OPTIMA 2121

Du même auteur

chez le même éditeur

L'étrange histoire d'Igor Bredev demandeur d'asile
*roman*

Thierry Schwab

# OPTIMA 2121

*roman*

L'OMBRE ROUGE

Voilà, cela n'a pas été facile, j'ai retourné le problème dans tous les sens, j'ai évalué soigneusement chaque possibilité, j'ai passé des nuits interminables à réfléchir aux différentes options parce que je sentais bien que les enjeux me dépassaient. Tout cela dans une terrible solitude. Mais finalement j'ai pris ma décision : je ne suivrai pas les recommandations du professeur.

Je ne les suivrai pas car c'est à cause de lui, de son insistance, de son pouvoir de persuasion que j'ai entrepris ce voyage dément qui m'a éloigné de mes amis et de ma famille pendant six mois, sans la moindre possibilité de communiquer. J'y ai vu, j'en conviens, des inventions inouïes, vécu des expériences hors du commun, rencontré une femme merveilleuse. Beaucoup de mes semblables auraient rêvé de prendre ma place. Mais quand je suis rentré, j'ai appris que mon père était mort depuis deux mois et qu'à la toute fin de sa vie, malgré notre relation exécrable, il n'avait cessé de me réclamer. Ma sœur avait essayé en vain de me contacter avec les maigres indications que je lui avais fournies sur le conseil du professeur. Malheureusement, là où je me trouvais on ne pouvait pas me joindre. Pourtant mon père voulait à tout prix rétablir le contact avec son fils avant de mourir. Il refusait de quitter ce monde le cœur lourd d'une pesante douleur. Maintenant il est mort depuis des semaines et je garderai toujours une plaie ouverte que le temps ne pourra cicatriser. Alors j'en veux au professeur, même si je connais son triste destin. Sans lui j'aurais assisté mon père sur son lit d'agonie, nous nous serions tenu la main, je lui aurais peut-être avoué pour la première fois mon amour et mon admiration, et nous aurions mêlé nos larmes. Mais c'est fini, fini, et la culpabilité me minera jusqu'à l'ultime seconde de mon existence.

Je vais donc parler librement. Je sais que les conséquences de la confession qui va suivre peuvent s'avérer graves, peut-être même conduire à des catastrophes, mais je me sens délié de mes engagements par ce qui est arrivé. Et puis j'aurais eu du mal à vivre avec de tels secrets. Je crois que la connaissance de notre avenir, qui nous concerne tous, ne peut rester l'apanage de deux élus, dont l'un va bientôt mourir. C'est pourquoi j'ai décidé de vous rendre compte de toutes mes découvertes, de vous relater dans le détail ce que j'ai pu observer au cours de ce fabuleux voyage, de ne pas farder la réalité, de ne rien vous cacher, à vous mes contemporains, mes frères, tellement inquiets pour l'avenir de la planète et de l'humanité. De ces révélations, dont beaucoup vous surprendront, vous tirerez vos propres conclusions.

Mais commençons par le début.

Aussi loin que remontent mes souvenirs, la nature m'a toujours fasciné. Il faut dire que j'ai eu la chance de passer mon enfance dans une villa dotée d'un jardin, à deux pas du parc Montsouris, à Paris. Tout petit, j'adorais observer les papillons et leurs ailes chatoyantes, les coccinelles trottant sur ma main de géant, les millepattes avec leur démarche de ressort, tous les insectes en général, que je saisissais sans crainte, provoquant l'inquiétude de ma mère qui en avait une peur bleue. J'examinais les fleurs à la loupe. J'apprenais à reconnaître les arbres du parc. Je collectionnais les feuilles de marronnier. J'aimais prononcer des mots savants comme chlorophylle, étamine ou pistil. A sept ans, mes parents m'ont offert un herbier, que j'ai conservé précieusement depuis et qui exhale encore, quand il m'arrive de le feuilleter, les odeurs délicates d'un passé révolu.

Les plus beaux cadeaux d'enfance dont je me souvienne furent une longue vue pour mes dix ans et un microscope un peu plus tard.

Avec la première j'ai découvert les mystères du ciel, j'ai localisé des étoiles, planètes et constellations dont je me récitais avec fierté la litanie des noms. Je me rappelle les discussions avec mon père sur les dimensions de l'univers où nous autres, pauvres animalcules, comptons pour si peu. S'il était fini, que se passait-il quand on arrivait au bout ? On ne butait tout de même pas sur un mur, comme le mur en pierre qui cernait notre jardin ! Donc on pouvait continuer d'avancer. Donc il n'était pas fini. Mais d'un autre côté comment concevoir l'infini ? Comment imaginer un monde qui n'a pas de fin, qui ne se termine jamais, où l'on peut sans cesse continuer d'avancer ? Mon père m'expliquait que c'est pareil à un voyageur qui peut marcher tout le temps, droit devant lui, à la surface du globe, alors que la Terre est finie. Naturellement ces explications m'échappaient et j'insistais, têtu. En général mon père abandonnait le premier ces discussions oiseuses, après lesquelles, pour essayer de trancher, je me plongeais dans des livres savants qui me passaient au-dessus de la tête, en rêvant du jour où, devenu adulte, je comprendrais ces mystères.

Avec le microscope, j'ai exploré d'autres horizons, j'ai observé mes cheveux, mes globules rouges, les cellules d'un pétale. Je m'émerveillais de penser que nous nous situons quelque part sur cette échelle qui court de l'infiniment petit à l'infiniment grand, aussi inconcevables l'un que l'autre. Et pourquoi à cet endroit de l'échelle et pas ailleurs ?

De sorte que très jeune j'ai pensé que j'aimerais, quand je serais « grand », comprendre le monde, son origine, son fonctionnement, et faire connaître ces merveilles que j'entrevoyais à peine. Ma vocation de journaliste scientifique était née.

Ma mère, une femme d'une rare sensibilité, qui, de son côté, m'avait initié très jeune aux beautés de l'art, passionnée qu'elle était par la musique, la peinture, la poésie, est morte quand j'avais seize ans. Un cancer du sein découvert trop tard, une saloperie inguérissable qui l'a tuée en six mois. Sa mort a marqué la fin de mon enfance : jamais je n'ai retrouvé ce bonheur insouciant, cet amour qui vous enveloppe comme une coque et vous protège quoi que vous fassiez, cette confiance qui vous rassure et vous rend fort pour la vie.

Moins d'un an plus tard mon père s'est remarié avec une collègue de bureau que je n'aimais pas, une grande bringue acariâtre dont je ne supportais ni le parfum entêtant ni la voix stridente, et mes relations avec lui se sont détériorées. Définitivement.

A dix-neuf ou vingt ans, toujours mû par cette insatiable curiosité pour la nature qui m'avait conduit à choisir un cursus scientifique, j'ai découvert l'électro-magnétisme de Maxwell, la physique des quanta de Max Planck, puis, avec passion, les théories d'Einstein qui, comme chacun sait, ont révolutionné il y a un siècle notre vision de l'univers. Autant je crois avoir compris dès cette époque la relativité restreinte, autant je n'ai guère su pénétrer les arcanes de la relativité générale, faute d'un bagage mathématique suffisant, et peut-être aussi, ce qui s'avoue moins facilement, du fait d'une intelligence limitée. Il faut dire qu'on se sent tout petit devant un tel génie, qui, partant d'une réflexion sur la notion de simultanéité et sachant, comme tous les savants de son époque, que des expériences indiscutables prouvaient la constance de la vitesse de la lumière quel que soit le mouvement de la source, a pu traduire ce qui ressemblait à de simples réflexions philosophiques en équations mathématiques révolutionnaires, débouchant sur l'incroyable simplicité du fameux E=mc2.

A la fin de mes études j'ai suivi un stage à New-York, dont le dynamisme cosmopolite m'a séduit, de sorte que j'ai décidé d'y démarrer ma vie professionnelle. Je passais mes nuits dans les clubs de Greenwich village, où j'ai eu la chance d'entendre un fameux clarinettiste, Woody Allen, et mes jours à pondre des piges pour divers magazines à faibles tirages.

Au bout de deux ans, l'envie m'a pris de découvrir l'autre face de la pièce si je puis dire et je me suis installé à Shangaï. Une ville et une culture étonnantes, où la modernité éclate à chaque coin de rue. Là j'ai passé trois années, avant de conclure que je préférais poursuivre ma vie et ma carrière en France où mes racines m'attachaient. Et je me suis installé à Paris.

Mon métier de journaliste scientifique m'a rapidement permis de rencontrer des personnalités de premier plan, des chercheurs qui contribuent sans relâche à notre compréhension du monde, loin de l'écume quotidienne, et qui apprécient de trouver en moi un relais médiatique, un haut-parleur, un traducteur, pour essayer d'intéresser le grand public à leurs travaux abscons.

Les théories d'Einstein me passionnaient toujours et je m'y replongeais de temps en temps avec le même émerveillement, une émotion proche du plaisir esthétique. Naturellement, ces conceptions révolutionnaires de l'espace, du temps, de la gravité, de la lumière, de l'univers, dont l'élégance et la beauté me sidéraient, restaient pour moi des théories géniales, produites par un esprit hors du commun, mais sans impact sur ma vie personnelle.

Cela jusqu'à une rencontre extraordinaire qui a marqué ma vie à jamais.

Il y a bientôt un an, le 29 décembre 2018, une date que je ne suis pas près d'oublier, j'ai fait la connaissance, au cours d'un dîner chez des amis enseignants, d'un homme exceptionnel, Pierre Maréchal, dont vous avez probablement entendu parler si vous vous intéressez tant soit peu à la science. Sous son allure d'étudiant attardé, cheveux hirsutes, jean, polo et baskets, c'est l'un de nos plus illustres astrophysiciens, spécialiste de la relativité générale, dont je connaissais la réputation et vaguement les recherches, mais que je n'avais jamais eu la chance de croiser. Son nom figure régulièrement sur la liste des nobélisables pour ses travaux sur le temps. Sa simplicité, son intelligence, sa gentillesse, son charisme m'ont tout de suite séduit. Et lui a dû m'apprécier aussi lors de cette soirée puisqu'il a souhaité que nous nous revoyions régulièrement. Nous déjeunions ainsi deux ou trois fois par mois près de son laboratoire, à Saclay, en banlieue sud, où je me rendais à moto, et nous parlions surtout de science et de philosophie. J'adorais sa conversation, son esprit incisif, sans tabou, la clarté de ses raisonnements, son absence totale de conformisme.

Un jour il m'a fait part de ses travaux étranges et difficiles à comprendre sur la réversibilité du temps et l'inversion possible de la causalité, dans l'infiniment grand et dans l'infiniment petit, qui, sous certaines conditions, se rejoignent, a-t-il tenté de m'expliquer, comme les deux bouts d'une corde circulaire. Contrairement au sens commun, la théorie des quantas et la relativité montrent que le temps ne s'écoule pas toujours du passé vers le futur, de la cause vers l'effet, mais parfois dans l'autre sens. Il peut même arriver qu'on y circule comme on le fait dans l'espace. Les concepts de « passé », « présent », « avenir » ne sont que des constructions humaines que nos pauvres cerveaux étriqués plaquent sur une réalité qui nous échappe, si tant est que la notion de réalité ait un sens.

Au fur et à mesure de nos échanges, je sentais que j'intéressais ce grand savant au-delà de nos simples confrontations d'idées. A la différence de la plupart de ses confrères, il ne souhaitait pas que je vulgarise ses travaux. Au contraire, il me priait de ne pas divulguer ses propos et de garder pour moi les idées qu'il m'exposait. Je me demandais donc pourquoi cet homme important, croulant sous le travail, admiré de ses pairs, illustre dans le monde entier, consacrait autant de temps au jeune journaliste que j'étais.

J'ai reçu l'explication trois mois environ après notre première rencontre, alors que nous étions attablés devant un couscous appétissant, bien ancré à coup sûr dans la réalité présente. Ayant vérifié, me dit-il, mon intérêt pour l'histoire, les sciences et la prospective, jugeant sans doute que la nature et mon éducation m'avaient doté des qualités physiques, psychologiques et intellectuelles requises, sachant par ailleurs que je n'avais ni compagne stable ni enfant et que mon métier de journaliste indépendant me permettait une longue absence, il m'a proposé, en toute simplicité, d'être le cobaye de sa première expérience de voyage dans le temps ! Plus précisément dans le futur, un futur lointain, distant de plusieurs décennies !

J'ai d'abord cru à une plaisanterie, à une blague de ce savant qui ne manquait pas d'un humour pince sans rire et avait conservé son esprit potache comme beaucoup de scientifiques que j'ai rencontrés. Les récits de science-fiction, livres, bandes dessinées, films, regorgent de ces déplacements amusants dans l'avenir ou le passé. Au premier abord, il ne s'agit que de fantaisies sans fondement scientifique. Car à l'évidence nous sommes solidaires du temps qui passe, comme les brindilles d'une eau qui les entraine sans qu'elles ne puissent ni ralentir ni accélérer. Le temps est un fleuve impérieux qui ne tolère aucun écart. Il emporte tout sur son passage, à son rythme effréné, hommes, animaux, plantes, rochers, planètes, étoiles, sans que rien ni personne n'ait la possibilité de s'y opposer. Je lui ai donc répondu en riant que j'allais y réfléchir, sans prendre très au sérieux sa proposition.

Pourtant, au fil des échanges que nous avons poursuivis les semaines suivantes, des lectures ardues qu'il m'a conseillées, des calculs qu'il m'a soumis, j'ai fini par admettre qu'il ne se moquait pas de moi. Il avait conçu un plan on ne peut plus sérieux : il s'agissait bien de me projeter dans le temps, comme on le fait dans l'espace. Il m'a garanti que je ne risquais rien, que si l'aller marchait, le retour serait assuré, qu'au pire cela ne fonctionnerait ni dans un sens ni dans l'autre, mais qu'en cas de réussite cette première mondiale jouirait d'un retentissement considérable, ce que je voulais bien croire.

Je me suis documenté des nuits entières sur ce sujet complexe. J'ai replongé dans des ouvrages de référence consacrés à la relativité. J'ai appris que des déplacements dans le futur et dans le passé avaient déjà été observés en laboratoire, mais pour des particules élémentaires et des durées infinitésimales, alors qu'il s'agissait là d'un être humain et de dizaines d'années. J'ai essayé de comprendre l'enchainement des équations qu'il alignait devant moi et le protocole expérimental qu'il m'exposait, ainsi que les théories qui les sous-tendaient. J'ai aussi vérifié que je pouvais sans risque pour ma carrière m'absenter plusieurs mois, puisque le professeur m'avait annoncé une durée de cet ordre.

Et, après quelques dernières nuits d'intenses réflexions, dans un moment qu'on pourrait qualifier de folie, j'ai fini par accepter !

Quand j'ai appelé le professeur pour lui donner ma réponse, cet homme d'habitude placide et rationnel, soudain submergé par l'émotion, m'a remercié dix fois en bafouillant. Il m'a répété que je ne devais pas m'inquiéter, qu'il garantissait ma sécurité et que mon nom resterait dans l'histoire, comme ceux de Christophe Colomb ou de Neil Armstrong.

Puis, ayant du mal à cacher son excitation, il est revenu sur un point crucial que nous avions à peine abordé : en quelle année serais-je envoyé ? Dans l'état de ses recherches, il pouvait aller jusqu'à deux cents ans environ. Au-delà l'opération présentait des dangers, notamment un risque de non-retour que je ne souhaitais naturellement pas assumer. Lui penchait pour une durée de quatre-vingts à cent vingt-ans ans, avec des arguments techniques qu'il a juste évoqués, mais il m'a demandé d'y réfléchir soigneusement. Seul, a-t-il précisé, car ce projet devait rester absolument confidentiel jusqu'à mon retour à l'époque actuelle.

J'ai pris plusieurs jours pour étudier cette question. J'ai pensé que découvrir le monde dans une centaine d'années serait idéal, pas trop loin de notre époque pour ne pas me trouver complètement désorienté, mais suffisamment pour voir ce que la technologie aurait produit, ce que le réchauffement climatique, dont nous craignons tellement les conséquences, aurait provoqué, où nous aurait conduit le développement de l'intelligence artificielle et des robots, où en seraient les démocraties et le gouvernement du monde qui souffrent tant aujourd'hui, en un mot comment la société des hommes aurait évolué. Un projet fou mais passionnant, vous en conviendrez. Et puis dans une centaine d'années, on peut rêver, peut-être rencontrerais-je les enfants ou les petits-enfants que j'espère avoir un jour, ce qui serait inouï !

D'un commun accord, après avoir comparé plusieurs possibilités, nous avons choisi l'année 2121, une année qui ne s'imposait pas techniquement, mais un nombre qui nous plaisait bien à tous les deux, et fixé la durée du voyage à six mois, un délai raisonnable pour observer à loisir et qui ne me pénalisait pas trop dans mes activités professionnelles.

J'ai alors entamé une préparation intense, qui a dû ressembler à celle d'un agent secret avant son infiltration en territoire inconnu et ennemi, en Corée du Nord par exemple. Mais plus rapide, sans doute parce que le professeur ignorait ce que j'allais trouver, même s'il avait des intuitions qui se sont avérées justes, et probablement parce qu'il était impatient de vérifier l'exactitude de ses calculs. Je crois aussi qu'il craignait qu'un confrère américain ou chinois ne le précède.

Avant de me choisir pour cette mission, il avait vérifié deux points importants à ses yeux : grâce à mes longs séjours aux États-Unis et en Chine, je parlais couramment l'anglais et correctement le mandarin. Il pensait en effet que l'une de ces deux langues se pratiquerait encore dans un siècle, sans doute plus largement qu'aujourd'hui, alors qu'il n'en était pas sûr pour le français. Après m'avoir fait tester, il m'a demandé de perfectionner mon chinois, car il n'excluait pas que ce fût la seule langue véhiculaire en 2121. J'ai donc dû consacrer des centaines d'heures à progresser, à l'oral et à l'écrit, guidée par l'une de ses adorables étudiantes, native de Pékin, qui a su rendre mon effort supportable.

Il m'a aussi briefé sur ce que je devais annoncer en France avant de partir. Je n'avais pas de petite amie attitrée, ma mère était morte depuis longtemps, et je ne voyais que très rarement mon père pour la raison que je vous ai indiquée. Je lui dirais, ainsi qu'à mes clients et amis les plus proches, que j'allais participer à une mission scientifique de six mois en Arctique, consacrée à l'étude de la fonte des glaces. Mon rôle consisterait à rendre compte ensuite de cette recherche par une série d'articles et par un livre. Dans ces zones privées de réseau, j'aurais sans doute beaucoup de mal à communiquer. Un mensonge somme toute bien trouvé.

Pour mon séjour dans le futur il m'a prodigué de nombreuses recommandations. J'apparaîtrais dans un lieu isolé pour que personne ne panique en me voyant émerger du néant. Après des recherches soigneuses, il avait choisi un bosquet touffu au cœur du parc Montsouris, située dans la partie sud de Paris, et que je connaissais bien pour y avoir passé maintes après-midi de mon enfance. J'y apparaitrais au crépuscule, à une heure où il ferait encore jour mais où les promeneurs devraient être rares. Il m'a emmené là-bas, m'a dit que selon toute probabilité ce parc subsisterait dans cent ans, avec une végétation plus dense qui me protègerait des regards. Je marcherais vers le nord et chercherais un hôtel ou une location, sans que nous sachions très bien ce qu'on trouverait alors.

Au début je m'exprimerais le moins possible, j'écouterais. D'abord pour savoir quelle langue parleraient les parisiens, sans doute encore le français, mais peut-être pas. Auraient-ils un accent, que je devrais essayer d'imiter pour ne pas attirer l'attention ? Je porterais un autre nom, Stéphane Martin, choisi par le professeur pour sa banalité qui devrait rendre difficile les recherches sur mon passé. Aux questions insidieuses, je répondrais qu'à la suite d'une chute j'avais perdu la mémoire. En effet, si j'inventais un état-civil, des activités, un passé, sachant que toutes nos données personnelles sont dorénavant enregistrées pour l'éternité, les moyens techniques de l'époque prouveraient sans doute très vite la fausseté de mes déclarations. Je devrais donc simuler l'amnésie.

Par ailleurs, j'apporterais les quelques affaires nécessaires dans un sac à dos, celui-ci et les vêtements étant fabriqués dans des matières résistantes, car si moi-même je me retrouvais en 2121 inchangé, exactement tel qu'avant, les objets que j'apporterais avec moi, compte-tenu des limites de sa technique, auraient vieilli de cent ans. Il ne faudrait pas qu'ils partent en lambeaux.

J'aurais aussi besoin d'argent. Le professeur avait choisi des dollars, des euros et des yuans, en espérant que l'une au moins de ces monnaies aurait encore cours. Il avait prudemment ajouté des louis d'or, que je devrais cacher avec les billets dans la doublure de mon sac. Il faudrait que j'en prenne le plus grand soin car il ne savait prévoir si dans un siècle l'honnêteté des hommes aurait progressé ou régressé.

Il m'a par ailleurs alerté sur les avancées gigantesques qu'auraient accompli l'IA et les robots, et sur le fait que je risquais à cette époque de confondre ces derniers avec des humains. Je devrais m'en méfier car ils disposeraient sans doute de puissantes capacités d'investigation et d'analyse face auxquelles mes mensonges ne résisteraient pas longtemps.

Il m'a recommandé aussi de mémoriser tout ce que je verrais afin d'en rendre compte à mon retour, mais de ne rien écrire pour ne pas éveiller de soupçons si l'on découvrait mes notes.

Naturellement je n'aurais aucun moyen de communication avec lui, ni avec qui que ce soit de mon passé. Je devrais me débrouiller seul, encore plus seul qu'un espion infiltré qui garde la ressource des télécommunications. Personne ne serait là pour m'aider. Absolument personne.

Il faudrait enfin que je m'organise pour que ma disparition six mois après mon arrivée, à l'heure précise qu'il m'indiquerait juste avant de partir, se produise dans un lieu solitaire afin qu'elle n'ait pas de témoin, comme pour mon arrivée. Idéalement dans le même bosquet du parc Montsouris.

Et puis sur un plan personnel, il m'a fait prendre un engagement auquel je ne m'attendais pas et qui m'a donné à penser. Celui-là même que j'ai décidé de rompre. Au retour de ce voyage, je lui relaterais tout, à lui et à personne d'autre. Et c'est lui qui déciderait quoi faire de ce récit, le garder secret ou pas, n'en divulguer que les grandes lignes ou l'intégralité, selon ce que j'aurais constaté, selon que le monde de nos descendants s'avèrerait meilleur ou pire que le nôtre. Car les impacts de la diffusion de ces informations pourraient se montrer gravissimes, les conséquences terrifiantes, si des savants ou des dirigeants, sachant ce vers quoi nous allons, tentaient de modifier cet avenir, qui, pour Pierre Maréchal, est déjà écrit. Il pourrait se produire une sorte de collision entre le futur prévu et un autre modifié par les hommes, collision à l'ampleur imprévisible et possiblement dramatique. A mon modeste niveau, j'ai dû lui jurer de ne pas essayer de contrecarrer mon avenir personnel tel que je le découvrirais peut-être en 2121 lors de mes rencontres ou en plongeant dans des archives historiques auxquelles j'aurais accès. Par exemple si j'apprenais que j'allais me marier dans trois ans pour divorcer avec fracas six mois plus tard, je devrais quand même me marier. Si je me découvrais une petite fille en 2121, je ne pouvais pas l'empêcher de vivre puisqu'elle existait dans le futur.

Comme je manifestais mon étonnement, Pierre a insisté :

— Imagine le scénario suivant : tu apprends que le fils que tu auras de l'une de tes amies, je dis au hasard Sandra, est devenu un tueur abominable, qu'il a massacré plusieurs personnes, et que lui-même a engendré trois enfants, dont une fille, architecte réputée en 2121. Même dans ce cas, ne tente pas d'empêcher la naissance de ton fils. Couche avec Sandra et fais-lui un enfant. Si tu essaies de contrecarrer ce qui doit arriver, d'abord je crois que tu ne pourras pas, tu te heurteras à une impossibilité matérielle sans que tu comprennes pourquoi, ton esprit se refusera à agir dans un sens contraire au fil de l'histoire telle qu'elle est écrite, ton inconscient te l'interdira. Car si tu pouvais le faire et que tu n'avais pas cet enfant, tu n'aurais pas appris son existence un siècle plus tard. Cette femme architecte n'existerait pas. Elle n'aurait pas construit des immeubles que tu observeras peut-être. Tu aurais vu un autre futur. Si tu as appris que ce monstre, ton fils, a existé, c'est qu'il a existé. Il n'y a pas d'échappatoire. Tu comprends ? Je crois donc que toute velléité d'action de ta part pour essayer de modifier, d'améliorer, de transformer à ton retour ce monde que tu auras découvert se heurterait à un mur. Maintenant, comme la complexité de ces questions dépasse sans doute nos faibles capacités d'entendement, peut-être me trompé-je. Mais dans ce cas, je ne sais pas ce qu'il adviendrait si l'avenir déjà dessiné, que tu auras constaté de tes propres yeux, était changé par des actions réalisées en fonction même de cet avenir. Pour tout te dire, je craindrais une catastrophe relativiste majeure à côté de laquelle Hiroshima serait une peccadille, un effondrement cosmique qui pourrait mettre en cause la matière noire et les univers parallèles, des sujets très délicats sur lesquels portent aussi mes recherches. Donc quand tu vas revenir, après que tu m'auras rendu compte de ton voyage, tu devras essayer de tout oublier et de mener ta vie comme s'il n'avait pas eu lieu. Mais puisque je pressens la difficulté de ce comportement, je te recommande vivement d'aller alors consulter mon ami

Roland Dageonville, un neurobiologiste de grand talent que tu as peut-être interviewé, non ? Il vient de mettre au point une technique qui permet de provoquer une amnésie partielle, dans une sorte de déprogrammation d'une partie des neurones. Il saura donc gommer de ta mémoire tout ce qui se sera passé entre ton départ et ton retour afin que tu puisses vivre exactement comme avant. Tu lui indiqueras juste les dates et les heures précises et il effacera de ton cerveau les souvenirs de cette période, sans pouvoir en prendre connaissance.

J'ai passé les jours suivants à essayer de comprendre les interactions entre présent et futur, à réfléchir à ce fil de l'histoire, comme disait le professeur, qui serait déjà déroulé sans que nous puissions en modifier le tracé. L'avenir est-il figé ? Y a-t-il place pour notre libre arbitre ? Ou bien les décisions que nous croyons prendre à chaque instant nous sont-elles en fait imposées par nos milliards de neurones sur lesquels nous n'avons aucune prise ? Nous croyons agir selon nos désirs. Soit. Mais d'où nous viennent-ils ? En avons-nous la maîtrise ? Notre volonté ne se limite-t-elle pas à vouloir accomplir les actions que nos désirs nous imposent ? Quel impact, finalement, avons-nous sur le futur ?

Les nuits qui ont suivi l'avertissement du professeur m'ont paru bien longues.

Un jour enfin, au cours d'un déjeuner mémorable, Pierre m'a dit ce que j'attendais impatiemment depuis longtemps : il jugeait que je pouvais maintenant accomplir ce voyage, que ma préparation, une période de travail intense et d'attente fébrile telle que je n'en avais jamais connue, était terminée. Il m'a demandé si je partageais son point de vue. Comme je hochais la tête, le cœur battant, incapable de prononcer un mot, il m'a annoncé le grand saut pour la semaine suivante et m'a donné rendez-vous à son laboratoire le vendredi 12 avril 2019, soit huit jours plus tard, à dix-sept heures. Il m'a recommandé d'annoncer d'ici là mon absence à mes proches et de mener une vie calme, de ne prendre aucun risque pour ma santé : pas de sports violents, beaucoup de sommeil, une nourriture saine, pas d'alcool, aucun excès.

J'ai mis mes papiers en ordre, j'ai vérifié que ma longue absence ne poserait de problème ni à ma banque ni au service des impôts, j'ai appelé tous les gens que je devais prévenir, j'ai saisi une réponse automatique sur ma boite mail, j'ai changé le message de mon répondeur téléphonique et j'ai informé mon gardien que je m'absentais pour six mois, en lui demandant de bien vouloir arroser mes plantes et garder mon courrier. J'ai même, à tout hasard, déposé un testament chez mon notaire de famille, qui a paru surpris puisque je n'avais que trente ans et semblais en bonne santé.

Le jour J, après une nuit difficile où je me suis demandé maintes fois si je n'allais pas abandonner ce projet complètement fou, j'ai enfilé, comme me l'avait prescrit le professeur, un jean bleu, une chemise blanche, un pull gris et des baskets blanches, le tout de bonne qualité. Des vêtements passe-partout dont on pouvait espérer qu'ils se porteraient toujours en 2121 et n'arriveraient pas en loques. J'ai donné à une voisine ce qui restait dans mon frigo, rempli et vérifié mon sac plusieurs fois, et je me suis rendu en taxi au laboratoire de Pierre.

Le soleil brillait en ce début de printemps. Quand nous avons quitté la ville et ses embouteillages, peu après le pont de Sèvres, j'ai ouvert la fenêtre. Je respirais à pleins poumons et savourais l'air délicieux, j'admirais le feuillage panaché des frênes qui bordaient la route et les champs où fleurissaient de fragiles coquelicots, et je me demandais si ce n'était pas la dernière fois que je contemplais ces merveilles, si je reviendrais vivant de ce lointain voyage. Lorsque je suis descendu du taxi, j'ai entendu des rossignols chanter. Subsisteraient-ils dans cent ans ou auraient-ils tous disparu, comme certains l'annonçaient ? Verrais-je, comme je le vis alors, des nuées d'oiseaux danser dans le ciel, les feuilles d'un chêne frémir délicatement sous la brise ? Tout cela, je le saurais bientôt, d'ici quelques heures !

Dès mon arrivée, Pierre, visiblement ému, m'a accueilli avec une chaleur dont il n'était pas coutumier. Il m'a introduit dans son antre, où je n'avais jamais pénétré. Rien de très spectaculaire : un bureau, quelques chaises, un tableau noir couvert d'équations à moitié effacées, une reproduction d'un paysage méditerranéen de Nicolas de Staël et dans un angle une cabine métallique. Il a soigneusement vérifié ma tenue et le contenu de mon sac : des habits de rechange, des affaires de toilette, qui se révéleraient peut-être inutilisables à mon arrivée, des billets et des pièces d'or cachés dans une poche invisible que j'avais cousue au fond du sac. Il a contrôlé une dernière fois les coordonnées spatio-temporelles de mon point d'arrivée en commentant ses actions à voix haute. Il m'a rappelé les quelques consignes qui lui semblaient essentielles et m'a souhaité toute la réussite possible, en insistant sur la chance que j'avais. Surtout il m'a donné une information capitale que je devais à tout prix mémoriser : le retour se produirait dans six mois, en fait cinq jours plus tard pour des raisons théoriques qu'il ne m'a pas expliquées, le 17 octobre, à 17 heures précises, si possible dans le bosquet du parc Montsouris où j'allais débarquer. Mais je n'avais pas à me soucier : même si je me trouvais ailleurs, je reviendrais instantanément à cet endroit.

Enfin il m'a demandé si je n'avais pas de questions, si tout me paraissait clair. Et comme je restais muet, l'esprit paralysé par la peur et l'enjeu, il m'a montré la cabine et m'a prié d'y entrer. Après une chaude accolade et un dernier sourire d'encouragement, il a fermé la porte et m'a laissé seul, debout, dans le silence et l'obscurité. Au bout de quelques secondes à peine, j'ai perçu un léger ronronnement. Il s'est progressivement amplifié, durant une ou deux minutes, pas plus. Je n'ai guère eu le temps d'avoir peur, ni de réfléchir.

Et soudain, sans la moindre sensation désagréable ni aucune perception du temps écoulé, comme lorsqu'on s'endort et plonge dans le monde des rêves, je me suis retrouvé sous un cèdre immense, entouré d'épais calicarpes aux boutons mauves, une splendeur que j'avais seulement entrevue dans des livres de botanique. Plus de ronronnement, quelques pépiements discrets, un léger vent tiède. Je me suis d'abord examiné, j'ai palpé mes bras et mes jambes, j'ai touché mon visage : tout paraissait normal, aucune différence avec mon état quelques minutes auparavant (ou cent deux ans plus tôt ?). Contrairement aux craintes du professeur, mes vêtements et mon sac n'avaient pas changé non plus : pas de trace d'usure ou de vieillissement. Seule la hauteur des végétaux qui m'entouraient montrait qu'une longue période s'était écoulée. En vérifiant que personne ne regardait dans ma direction, j'ai sorti lentement la tête de ma cachette, j'ai observé tout autour de moi : j'ai reconnu le parc, ses collines, son lac, même si les arbres avaient considérablement poussé et si plusieurs nouveaux immeubles géants se dressaient dans les rues adjacentes. Je suis resté immobile un long moment, abasourdi, sous le choc. Puis, n'apercevant aucun promeneur, j'ai tenté prudemment quelques pas dans l'herbe, comme un lapin aux aguets. Ensuite, ne voyant toujours personne, j'ai rejoint une allée que je connaissais bien et je l'ai longée vers ce qui était, cent ans auparavant, le portail nord.

C'est ainsi qu'a commencé mon exploration d'un univers plein d'étrangetés, le monde de nos descendants d'ici trois générations, que beaucoup d'hommes vivants aujourd'hui connaîtront. J'ai vu des bouleversements incroyables, dans tous les domaines, dont les plus importants, à mes yeux, intéresseront à coup sûr nos dirigeants. Au cours de ces six mois, j'ai sillonné Paris, je suis allé sur la Côte d'Azur, en Amérique du Sud, ailleurs de façon virtuelle, j'ai parlé avec beaucoup de gens, d'experts en tous genres, des robots humanoïdes m'ont abreuvé d'informations. Bref je crois avoir bien compris ce que sera le monde de demain. Et mes surprises n'ont pas manqué, jusqu'au dernier jour.

Je suis même tombé amoureux. Follement !

Mais reprenons au moment où j'ai abordé le Paris de 2121.

Deux changements m'ont tout de suite frappé : le parc de mon enfance était maintenant cerné de gratte-ciel d'au moins cinquante étages dont les parois brillantes reflétaient le soleil couchant, et dans le ciel filaient sans bruit de drôles d'engins. A l'évidence j'avais changé d'époque, sans que je puisse encore savoir la date. J'ai franchi le portail qui m'a paru le même qu'autrefois, de la même couleur, un vert bronze, et j'ai longé l'avenue René Coty curieusement rebaptisée avenue Gao Zeng Hu comme je l'ai lu sur une plaque. Il n'y avait pas de voitures, uniquement des véhicules silencieux qui glissaient au sol ou s'élevaient pour franchir un obstacle. J'ai croisé de rares piétons, des quadragénaires m'a-t-il semblé, dont deux au moins se sont retournés sur mon passage. Pourtant, vus de loin, leurs vêtements ressemblaient aux miens et je n'avais pas l'impression de déparer. Impatient de me retrouver seul dans un lieu où je pourrais réfléchir au calme sur ce que j'allais entreprendre, j'observais les façades, à la recherche d'un hôtel ou d'un panneau « A louer », ou de l'équivalent en anglais ou en chinois.

Peu avant la place Denfert-Rochereau, j'ai aperçu sur ma droite, dans une rue perpendiculaire, une curieuse tour incongrue, encadrée d'anciennes maisons basses, sur laquelle clignotaient en rouge les lettres du mot Hotel, sans accent sur le o. Je m'en suis approché et l'ai examinée, à la recherche d'un quelconque signe particulier. Mais rien d'inhabituel ne m'a frappé. Très ému, j'ai tout de même tardé à entrer, préparant les premiers mots que je prononcerais, dans les trois langues que je connaissais, français, anglais, chinois. Puis je me suis lancé, le cœur battant, et j'ai franchi le seuil.

Un homme au visage étrange, figé comme un masque, qui se tenait debout à la réception, un robot ai-je compris plus tard, m'a accueilli d'un « welcome » sonore. Je l'ai salué en retour et lui ai demandé en anglais s'il y avait une chambre de libre.

— Pour combien de temps ?

— Je ne sais pas, au moins huit jours.

Il a paru surpris, m'a observé avec acuité, et, sans consulter ni document ni écran, en me fixant droit dans les yeux, m'a annoncé que le prix de la chambre 2334 était de cent cinquante yuans par jour, breakfast inclus. Donc le yuan chinois avait triomphé à Paris, et, semblait-il, la langue anglaise ! Belles intuitions du professeur !

— OK, ai-je marmonné.

Il m'a demandé mon nom.

— Stéphane Martin.

Il m'a jeté un drôle de regard, avant de me fournir une carte en plastique noire et de me montrer l'ascenseur. Dès que j'y suis entré et sans que j'aie rien eu à faire, la cabine est montée en quelques secondes au vingt-troisième étage. Dans le couloir qui s'ouvrait devant moi, des flèches lumineuses m'ont conduit à ma chambre dont la porte s'est ouverte automatiquement. Enfin seul et à l'abri, j'ai été soulagé de découvrir un vaste lit, des murs nus, une salle de bains semblable à celles d'aujourd'hui. Par la baie vitrée, au milieu d'une foule d'immeubles géants, j'apercevais la tour Montparnasse et la tour Eiffel, qui avaient donc toutes deux défié le temps, et ces engins volants, certainement des moyens de transport, que je découvrirais mieux plus tard. Je me suis allongé, nerveusement épuisé, et un sommeil profond m'a aussitôt happé.

Je me suis réveillé alors que l'aube naissait à peine. Dehors le spectacle était magique : des myriades de points lumineux fourmillaient telles des lucioles dans le ciel encore sombre.

Lorsque je me suis levé, j'ai vu, avec une intense émotion, une horloge incrustée dans le mur : elle affichait 6h20 – 13.04.2121 ! Difficile de lire cela sans trembler. Ainsi le professeur ne s'était pas trompé. J'avais accompli un bond instantané de cent deux ans et je n'avais pas changé. J'avais été projeté dans le futur, à l'identique, comme aucun homme avant moi !

Encore ensommeillé et sous le choc de cette découverte inouïe, je suis entré dans la salle de bain.

Dès que j'ai touché l'interrupteur dont je pensais qu'il commandait l'éclairage, le mur de droite, face au lavabo, qui m'avait paru normal la veille à la faible lumière du jour, s'est transformé en un grandiose paysage de montagne. Au fond s'étageaient des pics enneigés, un lac scintillait au soleil levant, des choucas me frôlaient de leurs sombres ailes. L'impression de réalité était totale, comme si une immense fenêtre s'ouvrait sur la nature. Fasciné par cette image, je me suis approché du mur et je l'ai touché. En bougeant mes doigts au hasard, j'ai constaté que je pouvais déplacer le paysage, m'en rapprocher ou m'en éloigner, comme nous le faisons aujourd'hui à petite échelle sur nos écrans d'ordinateur, mais avec le relief en plus, ce qui change tout. Soudain, sans que j'aie compris pourquoi, je reposais sur une plage de sable blanc où se succédaient délicatement des vaguelettes mousseuses pareilles à des dentelles. Encore un geste et un bocage normand est apparu, une vache a meuglé, un chien a aboyé dans le lointain, cela sentait l'herbe mouillée. En tâtonnant un peu, j'ai su revenir à la plage et je me suis lavé au bord de l'eau.

Quand je suis revenu dans la chambre et que j'ai voulu allumer la lumière, de la même façon que dans la salle de bain le mur en face du lit est devenu un écran géant montrant là encore un vaste paysage, un glacier dont des blocs colossaux plongeaient avec fracas dans l'océan. En tapotant le mur-écran, j'ai fait surgir toutes sortes d'images, jusqu'à ce que, saoulé par cette profusion de spectacles tous plus vrais que nature, je dise, excédé, « stop », et qu'à mon étonnement le mur s'éteigne.

Comme j'avais faim et ne savais trop où aller, j'ai demandé à tout hasard : « At what time is breakfast ? » Une voix m'a répondu : « Any time you like. » « Where is it served ? » ai-je demandé encore. « In your room or in the dining room. Where do you prefer ? » Après avoir hésité, j'ai choisi la solution la plus risquée, la salle à manger. « Go to the second floor, m'a précisé la voix, with your black card. »

Je me suis armé de courage, j'ai récapitulé les principales recommandations du professeur et, guidé par des flèches lumineuses qui s'allumaient sur mon passage, j'ai longé le couloir, pris l'ascenseur jusqu'au premier étage, fait quelques pas et, sans croiser quiconque, rejoint la salle à manger. Quand j'en ai franchi le seuil, envahi par une inquiétude que mon visage devait traduire, j'ai été surpris de constater qu'il n'y avait qu'une table, une table ronde pour cinq ou six personnes où une femme prenait son petit déjeuner. Il faut dire qu'il était tôt, sept heures environ. Néanmoins je comprenais mal qu'un hôtel apparemment très vaste fût doté d'aussi peu de places pour se restaurer. Les voyageurs déjeunaient peut-être dans leurs chambres. Après avoir respiré un grand coup, je me suis approché de la femme et lui ai dit bonjour en français. Elle m'a répondu en anglais, avec un sourire avenant. Affamé, je me suis largement servi au buffet qui présentait une grande variété de mets dont j'ignorais plusieurs et je me suis attablé face à l'unique convive. A côté de nous, un robot se tenait debout, prêt à répondre à nos moindres désirs.

Et là, pour la première fois, j'ai pu parler avec une femme du vingt-deuxième siècle, peut-être la petite-fille ou l'arrière-petite-fille de gens que je connaissais ! Elle n'était pas vraiment belle, mais pleine de charme : des yeux clairs qu'elle plissait adorablement de temps en temps, une bouche frémissante, des cheveux auburn qui ondoyaient lorsqu'elle secouait la tête pour dire non et une voix rauque qui me donnait la chair de poule. Très finement ridée, elle paraissait un peu plus âgée que moi, proche de la quarantaine.

Elle m'a tout de suite demandé pourquoi j'étais descendu à l'hôtel : « Pour affaires peut-être ? » La conversation s'est tenue en anglais, comme la plupart des échanges que je rapporterai par la suite. Cela confirmait la prévision du professeur sur le triomphe probable de cette langue à l'échelle planétaire. Pourtant, j'avais parfois du mal à comprendre mes interlocuteurs, car, ainsi que je l'ai découvert au fil des jours, cet anglais se mâtinait de chinois, en particulier pour des mots techniques.

Quand je lui ai répondu, pris d'une curieuse lubie, que j'arrivais de Sidney pour régler des problèmes, elle a paru surprise :

— C'est bizarre, vous n'avez pas l'accent australien.

— C'est vrai, ai-je répliqué, mais je n'y vis pas depuis longtemps.

— Des problèmes personnels ou professionnels ?

— C'est pour mon travail.

— Alors vous travaillez ? Cela fait longtemps que je n'ai pas vu un « travailleur », a-t-elle dit avec un sourire ironique. Et qu'est-ce que vous faites ?

— Je suis journaliste scientifique.

— Il y a encore des journalistes en Australie ?

— Bien sûr, mais plus beaucoup, ai-je répondu à tout hasard.

— Curieux, j'ignorais.

— Et vous ? ai-je demandé à mon tour en essayant de masquer ma surprise.

— Quoi moi ?

— Que faites-vous dans la vie ?

— Oh beaucoup de choses : j'adore les voyages, je pratique plusieurs sports, natation, jogging, golf, l'art me passionne. Je ne m'ennuie jamais.

— Mais comme travail, je voulais dire.

— Je ne travaille pas ! Vous avez de curieuses questions !

— Et comment gagnez-vous votre vie, si ce n'est pas indiscret ?

Elle m'a regardé d'un air incrédule et je me suis rendu compte, trop tard, que j'aurais dû me taire.

— Mais d'où sortez-vous, cher monsieur ? Vous n'allez pas me faire croire que beaucoup de gens travaillent en Australie ! Il n'y a donc pas de robots là-bas ? Pas d'allocation non plus ?

J'étais bouche bée. Que voulait-elle dire ?

— Quand vous êtes entré, a-t-elle ajouté, le ton soudain sévère, votre nom ne s'est pas affiché sur le mur. Vous avez un problème avec votre PICC, c'est cela ? Comment vous appelez-vous au fait ?

— Stéphane Martin.

— Stéphane Martin ! Drôle de nom. Pourquoi pas. Moi c'est Mouna Basri.

Et comme je paraissais de plus en plus étonné, elle a poursuivi, sur un ton sec, mais en chuchotant :

— Venez dans ma chambre, il faut qu'on parle. Sans témoin.

— Vous êtes très directe, ai-je trouvé le courage de répondre. Mais attendez un peu, je n'ai pas fini mon petit déjeuner.

Je me suis dépêché, sous son regard pénétrant, curieux alliage de douceur et de sévérité. J'avais un peu de mal à déglutir, me demandant ce qui allait bien pouvoir se passer. J'échafaudais toutes sortes d'hypothèses.

Dès que j'ai eu avalé ma dernière bouchée, elle s'est levée, avec une autorité surprenante, en femme habituée à commander, ou à séduire, et elle est sortie de la pièce sans prononcer un mot. Je l'ai suivie. Je pensais que cette première rencontre, malgré tous les risques qu'elle présentait, s'avèrerait capitale, qu'elle pourrait conditionner à elle seule la réussite ou l'échec de ma mission. Pendant que nous montions en ascenseur au trente-deuxième étage, j'essayais de me concentrer sur ce que je devais révéler ou cacher, mais je savais bien que le charme envoutant de cette femme et son parfum qui emplissait la cabine obéraient mes capacités intellectuelles. Il fallait pourtant que je reste sur mes gardes. L'enjeu était colossal !

Sa chambre ressemblait à la mienne. Le grand mur, qu'elle avait laissé allumé, nous plongeait sous l'eau au milieu de poissons multicolores.

Mais je n'ai guère eu le temps d'en profiter, car dès qu'elle a fermé la porte elle s'est retournée, s'est approchée de moi sans hésitation et s'est blottie dans mes bras ! Jamais je n'avais connu une femme aussi entreprenante.

Les rapports homme femme avaient-ils donc autant changé en un siècle, ou celle-ci constituait-elle une exception ? Je n'en avais naturellement aucune idée, mais, dans tous les cas, cette femme libérée de toute entrave et ne manquant manifestement pas d'expérience me plaisait, de sorte que mes résolutions de fermeté ont fondu plus vite que neige au soleil. C'est elle qui profitant de ma faiblesse de pauvre mâle a mené la danse. Sa peau présentait une douceur invraisemblable, son corps m'attirait autant que son visage, et je m'y suis jeté avec délices, comme un forcené, sans que nous ayons pris la moindre précaution. Pour un premier contact avec un être du vingt-deuxième siècle, c'était assez inattendu. Et plutôt réussi !

Quand nous eûmes terminé nos ébats et repris notre souffle, elle a éteint le mur et, réaffichant son air de femme d'affaires, m'a redemandé qui j'étais. Je prétendais vivre en Australie et je n'avais pas une once d'accent, je m'étonnais qu'elle ne travaille pas, mon PICC était en panne, je venais soi-disant régler des problèmes à Paris alors que presque plus personne ne se déplaçait pour ce genre de raison. Alors quoi ? D'où est-ce que je sortais ? D'un zoo ?

J'ai essayé de lui répéter mon discours. Je me suis souvenu que j'aurais dû simuler l'amnésie, mais après que j'ai trop abusé des « je ne me rappelle pas », « je ne sais plus » et autres enfumages, elle s'est énervée. Et soudain, prise d'une inspiration, tandis que nous étions allongés côte à côte sur le lit, nus comme de jeunes amants, elle s'est relevée et a observé mon nombril.

— Mais vous n'avez pas de PICC ! s'est-elle exclamée. Qu'est-ce que c'est que cette histoire !

Et quand je lui ai dit que je ne me rappelais plus ce que c'était, elle a bondi :

— Mais votre Personal Identification and Communication Chip ! Pourquoi n'en avez-vous pas ? Comment pouvez-vous payer, communiquer, voyager, exercer votre métier ?

Je me sentais de plus en plus mal à l'aise, ne sachant quel parti prendre.

Au bout d'une heure où j'ai su résister à son insistance et à ses caresses, j'ai fini par craquer, ce que je n'aurais évidemment pas dû me permettre. En fait pas totalement. Je lui ai dit que j'avais l'impression de venir d'un temps lointain, que tout ce que je voyais depuis moins de vingt-quatre heures me paraissait nouveau, comme si mon amnésie, que les meilleurs spécialistes n'avaient pas su guérir, avait effacé de mon cerveau des dizaines d'années et qu'il fallait qu'elle m'explique. Elle m'a de nouveau observé des pieds à la tête, les yeux plissés par l'attention. Ensuite elle s'est levée. Je l'ai entendue boire de l'eau au robinet du lavabo. Elle est revenue s'allonger à côté de moi et, à ma grande surprise, elle s'est endormie en quelques secondes, paisiblement, en confiance.

Quand j'ai eu l'impression qu'elle dormait profondément, j'ai allumé l'écran face au lit. J'ai réussi à couper le son, puis j'ai pianoté jusqu'à faire apparaître un champ de recherche. J'avais mémorisé son nom. Alors, un peu inquiet de mon audace et en lui jetant de brefs coups d'œil pour m'assurer qu'elle dormait toujours, j'ai tapé sur le clavier virtuel qui s'était affiché « Mouna Bascri Paris ». Aussitôt, sa photo est apparue, suivi de sa biographie.

Et là j'ai subi véritablement le premier traumatisme de ce voyage : loin d'avoir une petite quarantaine d'années ainsi que je le pensais, Mouna avait cent un ans ! Elle était née en 2020. Cent un an, ce n'était pas possible ! Elle en paraissait moins de la moitié !

Comme elle reposait sur le dos, j'ai pu l'observer soigneusement, j'ai comparé son visage à celui de la photo sur le mur, j'ai même regardé des vidéos en 3D : aucun doute, c'était elle ! Et la suite de son CV montrait bien que 2020 n'était pas une erreur. Elle avait suivi des études de biologie dans les années quarante, s'était mariée en 2045, et ainsi de suite. Je ne savais pas comment c'était possible, mais il n'y avait pas de confusion : moi qui trouvais les femmes de cinquante ans trop vieilles, j'avais fait l'amour à une femme de cent un ans qui en paraissait quarante !

Pris de frissons à cette pensée, j'ai voulu fuir sur le champ. Je me suis habillé aussi vite et silencieusement que possible tandis qu'elle dormait toujours, j'ai rempli mon sac en quelques secondes et je me suis sauvé lâchement. J'ai couru dans le couloir comme un fou et j'ai bondi dans l'ascenseur. Arrivé en bas, dissimulé derrière un pilier de la réception, j'ai attendu que le robot qui m'avait accueilli s'esquive un instant. Mais il ne quittait pas son poste et restait immobile, tel un soldat en faction. Au bout de dix minutes, ne pouvant plus tenir en place, je me suis armé de courage et suis sorti de ma cachette.

— Bonjour, monsieur Martin, m'a-t-il lancé. Vous avez un problème ?

— Non, ça va, ai-je répondu en m'avançant.

— Pourquoi portez-vous votre sac, monsieur Martin ? Vous voulez déjà nous quitter ?

Pris de court, j'ai balbutié, le cœur palpitant :

— Pas du tout, je vais seulement faire un tour. Et je préfère ne pas me séparer de mon sac.

— Alors à plus tard, monsieur Martin.

Je me demandais s'il était dupe, si l'expression de mon visage et le ton de ma voix, qu'il devait savoir analyser, ne m'avaient pas trahi.

En tout cas, j'ai réussi à quitter l'hôtel sans encombre. Et une fois dans la rue, je n'ai pu m'empêcher de courir, comme un enfant affolé, jusqu'au premier croisement où j'ai pris à droite pour ne plus être visible de l'hôtel. Un peu plus loin je me suis assis sur un banc afin de me calmer et de reprendre mon souffle. Je repensais à cette femme, au moment intense que nous avions passé ensemble. Comment pouvait-elle paraitre si jeune, de visage et de corps ? Intellectuellement aussi ! La médecine avait dû réaliser des progrès incroyables pour arriver à un tel résultat. Je brûlais d'impatience d'en savoir plus ! Mais mon voyage ne faisait que commencer, il fallait que je me calme.

Au bout d'un moment je me suis levé et j'ai marché au hasard, le long de rues dont je reconnaissais le tracé mais dont la plupart des noms avaient changé. Je croisais quelques passants, souvent métis ou noirs, qui ne faisaient pas attention à moi. Et je me retournais de temps en temps pour vérifier que personne ne me suivait.

Après une demi-heure de marche environ, je suis passé devant une curieuse petite maison en briques coincée entre deux gratte-ciel, un vestige de notre époque. Sur une fenêtre du premier étage un panneau indiquait : « For rent ».

Il fallait que je me renseigne. Ne trouvant pas de sonnette j'ai frappé à la porte. Comme personne ne venait j'ai tenté d'apercevoir quelque chose par une fenêtre du rez-de-chaussée, mais elle était opaque, on ne voyait rien.

Finalement, alors que je m'apprêtais à partir, la porte s'est entrouverte. Un homme d'âge mûr est apparu, grand, mince, un visage taillé à la serpe, des cheveux blonds coiffés en brosse, l'allure d'un militaire. Je lui ai dit en anglais que j'avais vu le panneau.

— Ça vous intéresse ? m'a-t-il demandé d'un ton peu amène en me dévisageant.

— Oui, peut-être, qu'est-ce que vous louez ?

— Une chambre, avec une salle d'eau et tout le confort.

— Je peux voir ?

— Naturellement. Ce serait pour combien de temps ?

— Je ne sais pas encore, plusieurs semaines sans doute.

— Entrez, je vais vous montrer.

Je l'ai suivi dans le vestibule, carrelé à l'ancienne, aux murs décrépits, puis dans l'escalier branlant.

— Voici, m'a-t-il dit en me montrant la chambre qui ouvrait sur le palier de l'étage.

J'ai découvert une petite pièce pauvre, donnant sur la rue par une étroite fenêtre, et sans trace de modernité : un plancher usé, des murs d'un blanc jauni par les années, un lit à une place surmonté d'une reproduction d'un mauvais portrait, une table de chevet brinquebalante, une chaise, une vieille armoire. Et dans un espace minuscule séparé par un rideau, une douche et un lavabo d'une propreté douteuse. Les WC, situés dans le couloir, étaient partagés. Je lui ai demandé le prix :

— Cent vingt yuans par jour, six cents pour une semaine, deux mille pour un mois.

— Cela me convient, je la prends.

— Tout de suite ?

— Oui, tout de suite.

— Vous êtes-là pourquoi, m'a-t-il demandé ?

Echaudé par ma première rencontre, j'ai répondu évasivement :

— Oh, quelques affaires de famille à traiter.

— De famille ! a-t-il réagi, l'air surpris. Bon, c'est votre problème, à tout à l'heure… Tenez, que je vous explique pour les clés.

Une heure plus tard, après avoir rangé mes maigres affaires et réfléchi aux événements de l'hôtel, je suis descendu car je commençais à avoir faim. Alors que je m'apprêtais à quitter la maison pour trouver un endroit où me restaurer, l'homme, qui avait dû entendre les marches grincer sous mes pas, est sorti de la salle de séjour.

— Je vous offre un verre, vous voulez ? m'a-t-il dit en arborant un mince sourire.

J'ai accepté, curieux de faire sa connaissance, et je l'ai suivi.

Il avait préparé sur une table basse une bouteille de muscat, deux verres et des chips. Nous nous sommes assis l'un en face de l'autre. Il m'a observé en silence, d'un œil scrutateur, et a fini par me demander :

— Vous venez d'où ?

— Je vis en Australie.

— En Australie ! a-t-il réagi, manifestement étonné par ma réponse. C'est un long voyage, plusieurs heures ! Et vous ne pouviez pas traiter vos problèmes à distance ?

Je le sentais inquisiteur, soupçonneux. Pareil à la femme de l'hôtel deux ou trois heures plutôt.

— Si, mais j'ai préféré venir. J'ai de la famille dans la région.

— De la famille ? Vous avez de la chance. Vous êtes déconnecté, peut-être ? Comme moi ?

— Comment ça, lui ai-je répondu ?

C'est vrai que je n'avais pas vu d'écran dans la chambre, ni dans cette pièce.

— Hum ! Longue histoire, a-t-il dit.

Et comme je semblais intéressé, il s'est raclé la gorge plusieurs fois, a bu une lampée de vin et s'est épanché :

— Je vous résume, je ne veux pas gaspiller votre temps. Vous avez sûrement autre chose à faire qu'à m'entendre. Mais il y a longtemps que je n'ai pas eu de locataire, j'en profite, ça me soulage de parler un peu… Vous vous rappelez sûrement la rébellion des tulipes, il y a trente ans ? En juin 91 ? Non ? Vous n'étiez pas né peut-être ? Mais vous en avez forcément entendu parler, même en Australie ! Eh bien j'y ai participé. Plus que cela, j'ai lancé le mouvement, avec une poignée d'amis. J'étais jeune et innocent à l'époque, je croyais que nous allions entrainer les foules, que nos mots d'ordre en faveur de la liberté, du droit à l'autonomie, du refus d'une technologie dévorante annonçant la fin de l'espèce humaine allaient séduire le plus grand nombre et provoquer la révolution. J'ai même cru que des robots, honteusement exploités, nous suivraient. Mais ça a été un bide retentissant, un échec terrible. Le gouvernement a su augmenter sans délai les doses de cette saloperie qu'ils mettent dans l'eau du robinet et brouiller toutes nos communications, de sorte que ceux qui songeaient à nous suivre se sont vite calmés. Deux semaines de révolte joyeuse, de fête, de comportements débridés, de remise en cause violente de leurs soi-disant progrès avant que nous soyons tous pris. Deux semaines seulement, c'est court dans une vie.

Il fit une pause, les yeux perdus dans le vague, avant de poursuivre :

— J'ai écopé de deux ans de conservatoire niveau 3, une épreuve effroyable que je ne souhaite à personne. Deux semaines de bonheur pour deux années d'horreur… Et aussi d'une déconnection à perpétuité. C'est pourquoi il n'y a pas d'écran ici, pas de numérique. Je ne peux rien acheter à distance, je dois aller faire mes courses à pied, dans la boutique du coréen, où il n'y a pas grand-chose. Je ne peux ni voyager, ni acheter quoi que ce soit sauf chez le coréen, ni voir des *vooks,* rien. Et aucune femme ne veut de moi, vous pensez, un homme déconnecté ! Heureusement j'ai parfois un locataire, j'y ai droit, mais les gens qui sont informés de mon passé me fuient comme la peste. Vous ne deviez pas savoir, n'est-ce pas ? Ça me permet quand même de respirer un peu, d'entendre des nouvelles du monde. Et puis j'ai accès à la Maison des Vieux. C'est loin, mais j'y vais quelquefois. J'y retrouve des compagnons de jeunesse, désabusés comme moi, et on rabâche notre passé, on analyse pour la millième fois les raisons de notre échec, on essaie de comprendre.

— Mon pauvre, vous n'avez pas une vie drôle… Mais dites-moi, pourquoi ce nom de « Rébellion des tulipes » ?

— Oh, c'est Optinet qui a baptisé ainsi notre mouvement parce que nous avions pris pour emblème la tulipe. C'est une vraie fleur la tulipe, naturelle, belle, vierge de toute technologie ! Et puis il en existe de tous les tons, comme c'était le cas pour nous. On rassemblait toutes les couleurs de peau, toutes les origines. Mais on a pêché par naïveté, par impréparation. On agissait dans l'improvisation permanente. Trop jeunes. Trop stupides.

Il paraissait tellement malheureux, son regard absent trahissait une telle douleur, que je n'osais approfondir.

— Et vous, a-t-il fini par dire, quelles sont vos occupations ? Vous aussi vous avez rencontré des problèmes, à l'autre bout du monde ?

Devant la surprenante franchise de mon hôte, je me demandais si je n'allais pas lui révéler la vérité. Mais non, c'était absurde. Pas question de me dévoiler. Son attitude pouvait être un piège pour me mettre en confiance. Je suis donc resté flou, évoquant de vagues activités. Il a alors repris ses propos tristes et nostalgiques. Je lui ai demandé s'il avait des enfants.

— Des enfants ? Non bien sûr. Vous non plus j'imagine ?

Quelle curieuse réponse ! Plusieurs de ses paroles m'ouvraient des horizons que j'étais impatient de creuser : les enfants, c'est vrai que je n'en avais pas encore vus ; les deux ans de conservatoire niveau 3, qu'est-ce que cela pouvait bien signifier ? Et puis il avait parlé de *vooks*, ou *vouks*. C'était quoi ? Un nouveau media ?

J'en étais là de mes réflexions lorsqu'on a frappé à la porte. Trois coups violents. Mon hôte a paru surpris, l'inquiétude s'est aussitôt lue sur son visage déjà marqué par la souffrance. Il a hésité, et, comme les coups redoublaient, il a fini par se lever et par aller ouvrir. Je l'ai entendu parler à voix basse quelques secondes, avant que deux individus ne le précèdent dans la pièce.

— Vous avez quitté l'hôtel sans payer, m'a asséné l'un d'eux d'une voix blanche.

J'ai nié cette accusation, répondant que j'allais évidemment y retourner pour régler ma note.

— Non, vous n'aviez pas cette intention il y a une minute. Vous allez nous suivre.

— Qui êtes-vous pour me donner des ordres et me parler sur ce ton ? ai-je répliqué.

L'homme a marqué un temps d'attente, ses yeux perçants rivés sur moi :

— Police, a-t-il-dit d'un ton sec en me montrant le bandeau sur sa manche.

— Bon, si vous insistez. Dois-je prendre mes affaires ?

— Oui, prenez tout, dépêchez-vous.

Je suis monté dans ma chambre, suivi par l'un des sbires tandis que l'autre restait en bas avec mon hôte. Je n'aimais pas leurs regards durs, ni leurs figures lisses qui ne trahissaient aucune émotion. Mille pensées me traversaient l'esprit. J'allais sûrement devoir affronter un interrogatoire. Ça n'avait pas tardé ! Saurais-y faire face ? Maintiendrais-je mes mensonges ? Vu l'état de leur technologie que je commençais tout juste d'entrevoir, ma version ne tiendrait pas longtemps. Et puis je ne savais évidemment rien de leurs méthodes. Je n'osais imaginer les techniques d'extorsion des aveux qu'on avait dû inventer. Voire les tortures sophistiquées.

Après avoir rassemblé mes affaires en m'efforçant de garder mon calme, je suis redescendu, le cœur battant. J'ai remercié mon hôte, qui montrait un visage ahuri et semblait incapable de prononcer un mot. Je lui ai demandé de me garder la chambre, sans savoir si je pourrais revenir, et je suis sorti avec les deux policiers. Un véhicule d'un rouge éclatant stationnait devant la porte. Nous y sommes montés tous les trois. Le seul qui avait parlé jusqu'alors a prononcé « Commissariat central ». Aussitôt l'engin a décollé, sans le moindre bruit, a filé à dix mètres du sol, a zigzagué entre les gratte-ciel et deux minutes plus tard nous a déposés devant un immeuble dont les parois lisses reflétaient les rares passants et les engins volants. J'ai tout de suite été conduit dans une salle confortable : de larges fauteuils en cuir, une longue table en verre, des murs couverts d'écrans éteints. On m'a demandé d'attendre.

Une heure est passée. Puis deux.

Je tentais de contrôler l'angoisse que je sentais monter inexorablement.

Enfin deux hommes que je ne connaissais pas sont entrés. Je n'avais toujours pas conclu sur ce que j'allais raconter.

— Bonjour, m'a dit l'un d'eux, le chef probablement, au visage plus doux, plus affable que ceux des policiers qui m'avaient amené. Expliquez-nous : d'où arrivez-vous ? Pourquoi avez-vous quitté l'hôtel des voyageurs précipitamment et sans payer ? Pourquoi vous êtes-vous installé chez ce rebelle de Peter Dorset ? Une vieille connaissance peut-être ?

— Je ne comprends pas cette interpellation, ai-je répondu en tentant d'affermir ma voix. J'ai quitté l'hôtel pour une raison… personnelle. Et bien sûr, j'ai prévu de retourner payer ma chambre. Je pensais y aller cet après-midi. J'arrive d'Australie…

— Vous mentez. Vous n'étiez pas dans le *rocklane* d'hier, ni dans aucun des jours précédents. Personne ne vous connaît en Australie. Et on nous a informés que vous n'avez pas de PICC. Par ailleurs, pas de Stéphane Martin correspondant à votre signalement dans la Base. D'où sortez-vous monsieur l'inconnu ?

J'ai senti des gouttes de sueur me couler de la tête aux pieds. Ainsi la vieille Mouna, cette habile séductrice, avait dû me dénoncer. Forcément ! Comment avais-je pu penser qu'elle n'avait agi que pour mes beaux yeux ! C'était évidemment une policière, aux méthodes d'une efficacité redoutable. Ou peut-être une citoyenne zélée comme en sécrètent tous les régimes totalitaires. Maintenant il ne servait plus à rien de mentir. Leurs moyens d'investigation ne me laissaient aucune chance de les berner.

Alors j'ai respiré à fond plusieurs fois, je me suis redressé sur mon fauteuil, j'ai regardé mon interlocuteur droit dans les yeux, et j'ai lâché :

— Je suis arrivé hier soir du passé. D'avril 2019. On m'a envoyé découvrir notre monde futur.

Les deux hommes ont hoché imperceptiblement la tête en continuant de me fixer, sans prononcer un mot et sans marquer la moindre surprise. Puis celui qui devait être le chef a repris son interrogatoire :

— Du passé dites-vous ? Comment vous appelez-vous ? Votre vrai nom, pas Stéphane Martin. Et ne mentez pas encore ou vous le regretterez.

— Je suis Damien Ferlot, né en 1989, le 14 janvier, journaliste scientifique. Je vis à Paris.

— Prénoms de vos parents ?

— Georges et Julie.

— Adresse ?

— 12 rue de l'est, dans le 14ème arrondissement.

— Prénoms de vos frères et sœurs ?

— J'ai seulement une sœur, Agnès.

— Nous sommes déjà en train de vérifier tout ça. Nous avons votre ADN. Attendez ici. J'espère que vous avez dit la vérité.

Ils sont sortis tous les deux, me laissant seul, dans un état d'intense excitation. Ils n'avaient pas bronché quand je leur avais annoncé que je venais d'un lointain passé ! C'est vrai que, puisqu'un déplacement dans le temps s'était avéré possible en 2019, cent deux ans plus tard nos descendants devaient maîtriser cette technologie.

J'ai attendu durant des heures interminables pendant lesquelles j'ai élaboré les pires scénarios. On m'a apporté de quoi manger, une curieuse mixture que j'ai à peine goûtée. On m'a montré une banquette sur laquelle je pouvais m'allonger pour dormir. Une porte donnait sur des toilettes mises à ma disposition. Je verrais quelqu'un d'autre le lendemain, dans la matinée.

Je n'ai pas fermé l'œil de la nuit, malgré le silence et une température agréable. Qu'allait-il m'arriver ? Pourrais-je poursuivre mon voyage ou devrais-je rester enfermé six mois, ici ou ailleurs ? Allais-je connaître l'effroyable

« conservatoire niveau 3 » ? Ou pire encore, allaient-ils m'éliminer ? Était-ce matériellement possible ? Je me demandais s'ils pouvaient me tuer, puisque je faisais partie du passé. Si je ne revenais pas à mon époque, le futur, leur futur, serait modifié, surtout si j'avais eu des enfants. Modifié peut-être à la marge, mais peut-être pas.

C'est ainsi que j'ai passé des heures épouvantables à remuer ces réflexions tordues, me demandant par quel coup de folie j'avais accepté la proposition du professeur.

Soudain, alors que je m'étais enfin endormi après une interminable insomnie, un robot m'a réveillé sans ménagement et a déposé devant moi un petit déjeuner tout à fait correct : café, pain, beurre, confiture. Avaient-ils préparé ce repas à l'ancienne pour me manifester qu'ils croyaient à ma version ?

Je n'avais aucune idée de l'heure dans cette pièce aveugle dont les écrans étaient vierges.

Je venais de faire un brin de toilette après m'être restauré quand trois hommes sont entrés, les deux qui m'avaient accueilli la veille, plus un troisième, au visage sévère et qui a été le seul à s'exprimer :

— Bonjour Damien Ferlot. Reposé ?

Et comme je secouais la tête :

— Vous vous rattraperez plus tard. Hier, vous avez dit vrai sur votre identité. Vous avez bien fait. Je me présente : Ryan Gao Viviani, président de l'Europe. Et voici Quentin Flein et Oscar 17 que vous avez vus hier. C'est la première fois à ma connaissance que nous recevons un visiteur d'un passé aussi lointain. Quatre-vingts ou quatre-vingt-dix ans on en a eu quelques-uns, trente ou cinquante à la pelle. Mais là, plus d'un siècle, vous battez un record. Votre ami le professeur Pierre Maréchal a vraiment fait fort. Dommage qu'il soit mort bêtement moins d'un an plus tard, il aurait pu apporter encore beaucoup à la science.

— Vous voulez dire que Pierre Maréchal est mort en 2019 ou en 2020 ? me suis-je écrié en entendant cette incroyable nouvelle. Vous êtes sûr ?

— Je n'ai pas l'habitude de mentir.

— Pourtant je viens de le quitter en parfaite santé !

— Oscar, apprenez à notre visiteur ce qui est arrivé au professeur.

— Accident de la route monsieur, renversé par un autobus à Gif sur Yvette le 17 janvier 2020, sur la départementale 14, répondit instantanément le robot. Le chauffeur avait 1,25g d'alcool dans le sang. Il s'appelait…

— Ça suffit Oscar.

— Quelle horreur ! me suis-je exclamé.

— Dommage en effet. Un type d'accident qui ne peut heureusement plus se produire aujourd'hui.

Je venais de calculer que lorsque je reviendrais à mon époque il ne lui resterait plus que trois mois à vivre ! Pauvre Pierre. Il aurait à peine le temps de savourer son triomphe… Devrais-je à mon retour l'informer de cette fin prochaine ? Mais quoi que je fasse, toute précaution serait inutile. Si je l'avertissais, lui le premier me répéterait que le futur est écrit. Oui mais peut-être souhaiterait-il utiliser le reste de sa vie d'une façon particulière ? Se consacrer à sa famille ou à je ne sais quelles recherches ? J'avais tout le temps pour y réfléchir mais je craignais que cette information ne ternisse irrémédiablement mon séjour. Quelle tristesse de perdre ainsi un homme exceptionnel, devenu mon ami ! Et quelle tragédie pour la science !

— Voulez-vous que nous vous laissions et revenions plus tard, monsieur Ferlot ?

— Non, parvins-je à articuler, poursuivez. J'espère que vous n'avez pas d'autres catastrophes à m'annoncer ?

— Non, plus rien de personnel. Néanmoins je dois vous avertir que parmi les visiteurs que nous avons déjà accueillis plusieurs n'ont pu effectuer leur retour. Probablement des erreurs de calcul dans les équations complexes qui régissent ces voyages. Certains sont restés chez nous, malgré eux. D'autres, à l'heure où ils devaient rentrer, se sont évaporés. Pschitt ! Fini ! Plus rien ! Nous le savons parce qu'en étudiant le passé, nous avons constaté qu'ils n'étaient jamais réapparus, ni à leur époque, ni entre la leur et la nôtre. Aucune trace dans les réseaux sociaux d'autrefois, ni dans Optinet aujourd'hui. Ont-ils été projetés plus loin dans le futur ? Ce n'est pas exclu. Nous le saurons peut-être un jour. Mais je ne voudrais pas vous inquiéter outre mesure et j'espère que pour vous tout se passera bien. C'est ce que pensent nos spécialistes. Par ailleurs je dois vous informer que ces visites ne nous plaisent guère. Pourtant nous n'avons pas les moyens de vous renvoyer avant les six mois que le professeur Maréchal a programmé. C'est malheureusement impossible.

Pendant que j'essayais de digérer les horribles nouvelles qu'il m'avait annoncées, la mort de Pierre, à peine âgé de cinquante ans, et les disparitions de voyageurs du passé, il a marqué un temps d'attente, puis il a poursuivi de sa voix dure, en me fixant dans les yeux. A l'évidence un homme d'autorité.

— J'ai consulté cette nuit Hillary Lerdov. Vous ne le savez pas encore mais c'est la présidente d'Optima.

Je ne savais pas non plus ce qu'était Optima mais je l'ai laissé poursuivre.

— Nous avons conclu que nous allions vous libérer et vous permettre de découvrir la planète dans son état actuel. Vous constaterez que, malgré quelques très rares rebelles que nous contrôlons tous, le bonheur règne dans l'espèce humaine, et certainement aussi dans la gent animale, en tout cas beaucoup plus qu'à votre époque. Mais je n'en dirai pas plus. Après tout, vous êtes journaliste, vous verrez vous-même. Et à votre retour nous comptons sur vous pour témoigner que les craintes de la population quant à l'avenir du monde ne sont pas fondées, au contraire. Ainsi vos dirigeants ne seront pas tentés d'essayer de modifier le futur, ce qui pourrait entrainer des conséquences cataclysmiques. Maintenant reprenez vos affaires, on va vous conduire à la Maison des Vieux où vous séjournerez. Pendant vos déplacements, proches ou lointains, Oscar 17 vous accompagnera. Il est là pour vous guider, vous renseigner et vous protéger. Un détail encore : les vieux billets et les louis d'or que vous avez cachés au fond de votre sac ne sont plus valables. Nous allons vous équiper d'un PICC doté d'un identifiant, et vous disposerez d'une allocation mensuelle de dix mille yuans, comme tout le monde. Bonne chance monsieur Ferlot. Nous nous reverrons avant votre départ.

N'ayant manifestement pas une seconde de plus à perdre, les deux hommes ont quitté la pièce sans ajouter un mot, me laissant seul avec mon garde-chiourme.

Je dois avouer qu'après les craintes qui m'avaient vrillé l'estomac toute la nuit, cette décision inattendue me soulageait. Même si les propos du président de l'Europe sur des voyageurs temporels coincés ou disparus n'étaient pas faits pour me rassurer ! Mais plus besoin de mentir ou de me cacher. J'allais pouvoir explorer ce monde en toute sécurité ! Et si je revoyais Mouna ou le soi-disant rebelle je pourrais leur annoncer la vérité sans fard. J'ai adressé un large sourire à Oscar 17, qui ne me l'a pas rendu.

— Prenez votre sac, m'a-t-il ordonné d'un ton sans réplique, je vous emmène à la MDV.

Trois minutes plus tard, nous avons débarqué devant une haute tour gardée par deux hommes, ou deux robots, j'étais encore incapable de les distinguer. Oscar m'a ouvert la porte, a traversé le hall d'entrée et m'a montré l'ascenseur qui nous a emmenés au dix-septième étage. Il m'a précédé dans un long couloir conduisant au studio qui m'était affecté. Quand j'y suis entré, j'ai été stupéfait de voir que la décoration était identique à celle de mon propre logement ! Ils avaient dû découvrir mon intérieur en consultant des photos que j'avais mises en ligne sur les réseaux sociaux un siècle auparavant : mêmes meubles, mêmes posters sur les murs, même vase en céramique verte sur la table basse. Incroyable ! Ils n'avaient rien ajouté d'ultra-moderne. Pas d'écrans visibles sur les murs. Seules les fenêtres, constituées de grands panneaux de verre, sans rideaux, ni stores, ni volets, étaient nouvelles pour moi. Oscar m'a montré qu'en touchant un bouton je pouvais les obscurcir ou les éclaircir à loisir. Et aussi qu'il y avait bien, dissimulé dans le mur en face de mon lit, un écran que je pouvais commander à la voix ou en manipulant des boutons cachés. Avant de partir il m'a indiqué que si je voulais quoi que ce soit, jour et nuit, je n'avais qu'à demander à voix haute.

Je rappelle que tous ces échanges se pratiquaient en anglais, avec quelques mots de chinois que je me faisais traduire lorsque je ne les comprenais pas. Je n'ai eu l'occasion de parler français au cours de ce séjour qu'avec deux ou trois habitants de la Maison des Vieux, et plus tard, mais c'est une autre histoire, avec certains de mes descendants.

Je venais à peine de ranger mes affaires et de m'allonger sur le lit pour me remettre des puissantes émotions de ce début de matinée lorsqu'Oscar 17 est revenu.

— Suivez-moi, m'a-t-il dit, nous allons vous poser un PICC.

Il m'a conduit tout en haut de l'immeuble, dans une salle blanche brillamment éclairée où m'a accueilli une femme entre deux âges, peut-être un robot.

— Relevez votre chemise et couchez-vous là, m'a-t-elle ordonné sans préambule ni l'ombre d'un sourire. N'ayez pas peur, vous ne sentirez rien.

Dès que j'ai été allongé, elle m'a fait une piqure près du nombril, avant d'y insérer, à l'aide d'une pince, un objet minuscule, le fameux PICC à l'évidence.

— Voilà, c'est fini, vous pouvez vous relever et rejoindre votre chambre. Bonne journée monsieur Ferlot.

L'affaire avait été réglée en deux minutes, sans qu'un mot de trop fût prononcé.

Une fois revenu dans mon studio j'ai observé mon ventre avec attention : on ne voyait qu'une minuscule trace bleutée. Le PICC avait été inséré avec habileté et sans douleur juste sous la peau. Je savais que maintenant je serais partout identifié, sans pouvoir échapper une seconde à la surveillance des autorités. Mais après tout c'était le lot commun. Et surtout je disposais d'un pécule de dix mille yuans par mois, comme tout le monde avait curieusement précisé le grand chef, ce qui me semblait correct compte-tenu des premiers prix que j'avais pu observer.

Après m'être reposé à peine une demi-heure, impatient de rencontrer des résidents de cette « Maison des Vieux » maintenant que j'étais libre de m'exprimer, je suis descendu à la salle commune dont j'avais aperçu la porte en entrant dans l'immeuble. N'ayant plus rien à cacher, je ne ressentais pas l'angoisse qui m'avait saisi la première fois en pénétrant dans la salle à manger de l'hôtel. Je pouvais sans crainte révéler mon identité et répondre à toutes les questions.

Dès que j'eus franchi le seuil, les regards de la demi-douzaine de locataires présents ont convergé sur l'intrus que j'étais. On avait dû les briefer sur ma personne, vu la façon soutenue dont ils me dévisageaient. J'ai adressé de la main un salut à la cantonade et me suis installé au fond de la pièce, meublée à l'ancienne, sur un fauteuil recouvert d'un velours jaune usé jusqu'à la corde. Trois vieillards ont repris leur partie de cartes, un jeu de lettres que je ne connaissais pas. Trois femmes âgées qui sirotaient une boisson chaude se sont mises à chuchoter en me jetant des coups d'œil par en-dessous. Et une quatrième s'est avancée vers moi, sans façon, un sourire aux lèvres. Une vieille femme au visage sillonné de rides, aux cheveux blancs, au long nez qui flirtait avec le menton.

— Bonjour jeune homme ! Je peux m'asseoir ? m'a-t-elle demandé, tout en rapprochant un fauteuil sans attendre ma réponse.

— Bien sûr, ai-je dit, quoique je fusse sur mes gardes, échaudé par mon aventure du matin.

Debout à l'entrée du salon, tel un domestique d'autrefois, l'imperturbable Oscar ne me quittait pas des yeux.

— Je me présente : Anne Desmoulins.

— Damien Ferlot, enchanté, ai-je répliqué en lui tendant la main.

— « Enchanté » ! Comme ce vieux mot sonne joliment ! Alors c'est vrai ce qu'on nous a dit ? Vous venez du passé ? De 2019 ?

— Oui, c'est vrai, même si cela paraît impensable ! Je suis arrivé avant-hier, après un saut de cent deux ans auquel je ne parviens pas encore à croire. Et je bous d'impatience de découvrir ce qu'est devenu le monde.

— C'est la première fois que je rencontre un voyageur temporel. J'en ai vu virtuellement mais jamais en vrai. Je dois dire que cela fait un drôle d'effet !

Je l'ai laissée me dévisager, m'examiner de haut en bas, sans vergogne, en émettant de brèves exclamations de surprise, avant qu'elle reprenne :

— Et comment vous sentez-vous, jeune homme, après ce bond fantastique ?

— Excité. Et fatigué, parce que je manque un peu de sommeil. Mais sinon tout va bien, comme si je n'avais pas changé d'époque. En fait je suis dévoré de curiosité, de l'envie de tout voir, de tout comprendre. Et je ne vais pas résister au plaisir de vous demander de m'éclairer sur mes premiers étonnements.

— Je le ferai volontiers si je peux, a-t-elle dit en arborant un large sourire. Qu'est-ce qui vous a surpris au premier abord ?

— Deux choses très différentes : j'ai rencontré une femme qui paraissait quarante ans et dont j'ai appris ensuite qu'elle en avait plus de cent, et d'autre part j'ai cru comprendre que peu de gens travaillaient. Mais peut-être pouvez-vous m'expliquer d'abord ce qu'est cette Maison des Vieux. Une « maison de retraite » comme nous disons à mon époque ?

Contrairement à Mouna, mon interlocutrice semblait très âgée. Je ne risquais pas de me laisser prendre dans ses rets. Mais elle avait en commun avec ma séductrice un regard droit qui ne me lâchait pas et un ton d'autorité auxquelles les femmes que j'avais fréquentées ne m'avaient pas habitué. Le féminisme avait-il triomphé au-delà de toute espérance ? Il faudrait que je contacte le MLH pour m'en assurer !

— Tous les résidents ont effectivement dépassé quatre-vingts ans et les paraissent, m'a-t-elle répondu, sauf quelques rares visiteurs et des jeunots comme vous. Cela vous semble sans doute banal, mais aujourd'hui ça ne l'est plus. Je ne sais pas si vous avez croisé beaucoup de gens depuis votre arrivée, en plus de la femme que vous avez mentionnée, mais peut-être avez-vous remarqué qu'ils avaient tous l'air jeune, moins de cinquante ans en tout cas, sauf ici ? Je vous vois acquiescer. Eh bien c'est le cas, jeune homme. L'humanité a rajeuni. Il n'y a plus de personnes âgées, tout du moins de façon visible, sauf les vieux croûtons que nous sommes, ici et dans quelques autres maisons du même type. Mais rassurez-vous, on n'a pas éliminé les vieillards ! Ils se cachent si je puis dire, vous comprendrez comment plus tard.

— Quel mystère ! Mais si vous préférez, abordons d'autres sujets.

— Oui, je préfère. J'aimerais que vous me parliez d'abord un peu de vous, car moi aussi je suis curieuse. J'ai hâte d'entendre un témoignage de première main sur le monde de mes grands-parents. D'ailleurs vous ne connaissez pas par hasard Jean-Pierre Desmoulins ? C'était mon grand-père. Il était informaticien, en région parisienne, un peu plus âgé que vous je crois. Il est né en 1980. Il habitait Asnières, ou Levallois, je ne sais plus.

— Non, désolé, je ne le connais pas. Mais vous savez, l'agglomération parisienne est immense.

— Oui, bien sûr. Mais il y a parfois d'étranges coïncidences… Et vous, vous faites quel métier ? Car vous travaillez encore, je suppose ?

— Je suis journaliste scientifique. J'écris des articles pour la presse et j'ai commis un ou deux livres de vulgarisation.

— Ah ! c'est pour ça qu'on vous a envoyé dans le futur, pour réaliser une sorte de reportage ! Je comprends. Et je suppose qu'on vous paye en général pour votre travail ?

— Pardon ? Evidemment, je ne bosse pas gratuitement ! Je touche des piges et des droits d'auteur, c'est mon gagne-pain.

— Et ça vous plait ? Vous êtes heureux de travailler ?

Je la regardai avec étonnement. Ses questions semblaient corroborer ce que j'avais entrevu.

— Oui, j'aime mon métier, je rencontre des hommes et des femmes hors du commun et je gagne correctement ma vie. Et j'ajoute qu'avec une autre activité je n'aurais sans doute pas accompli ce bond temporel et je ne serais pas assis maintenant en face d'une dame aussi charmante.

— Quelle curieuse façon de vous exprimer ! Avec votre vocabulaire et vos intonations, vous me rappelez mon grand-père. Et aussi des vieux films que je regarde parfois au foyer. Ce n'est pas désagréable. Mais pour revenir à ce que vous disiez sur votre métier, vous avez donc compris qu'aujourd'hui plus grand monde ne travaille ? Je parle des humains bien sûr.

— C'est effectivement ce que j'ai cru comprendre. Mais je me demande comment c'est possible. Quand je vois les problèmes que nous avons avec huit ou dix pour cent de chômeurs, je m'étonne que la société puisse fonctionner si la majorité des hommes et des femmes n'ont pas de travail. Ils ne se révoltent pas ?

— Jeune homme, vous permettez que je vous appelle jeune homme ?

— Bien sûr, vous l'avez déjà fait plusieurs fois !

— Vous tombez bien, car j'ai été prof et chercheuse en économie, il y a longtemps, avant que les enseignants disparaissent eux aussi. Si vous voulez, je peux vous parler de l'évolution du travail au cours du siècle écoulé. C'est un sujet que je connais parfaitement. Ça vous intéresse ? Vous n'êtes pas pressé ?

— Non, pas du tout, je dispose de tout mon temps, répliquai-je en souriant, et je meurs déjà d'envie de vous entendre.

— D'accord. D'abord une question : pensez-vous que ce soit une bonne ou une mauvaise chose qu'il n'y ait presque plus de travail pour les humains ?

— Comment puis-je répondre ? Sans connaître l'histoire récente, les raisons qui vous ont conduits à cette situation et les solutions que vous avez trouvées pour en pallier les inconvénients ! Ce que je sais, c'est qu'à mon époque, beaucoup de gens aiment leur métier, mais que d'autres, qui n'aspirent qu'à la retraite, le ressentent comme un poids, voire une souffrance dont ils se passeraient volontiers.

— Vous avez une ascendance normande peut-être ?

Et comme je marquais ma surprise :

— P'tet ben qu'oui, p'tet ben qu'non ! Excusez-moi, je plaisante. Mais je vais vous expliquer. Au passage je ne vous ai pas dit que je suis née en 2040. Hé oui, j'ai quatre-vingt-un an, même si je ne les fais pas ! dit-elle avec coquetterie.

Je n'osai pas lui répondre qu'elle les paraissait largement et la laissai poursuivre :

— Bon je vais vous expliquer la façon dont l'activité humaine a évolué depuis cent ans. Mais d'abord, prendriez-vous une verveine ? Hana 28 en prépare de délicieuses.

— Non, c'est gentil. Juste un verre d'eau peut-être, ou un jus de fruit s'il y en a.

— Bien sûr. Hana, appela-t-elle en haussant le ton, apportez-moi une verveine, et un jus de fruit pour ce jeune homme. Oh ! mais je vois qu'il est déjà midi et quart, s'exclama-t-elle soudain en apercevant l'horloge murale. Ça va être l'heure de déjeuner ! Voulez-vous vous joindre à nous ? Cela intéressera sûrement mes amis de vous connaître.

— Très volontiers, je serai heureux de les rencontrer.

Elle se leva de son siège avec l'aisance d'une jeune fille et apostropha les pensionnaires présents :

— Vous avez vu l'heure ? Je crois qu'il est temps de passer à table, et notre visiteur nous fait l'honneur de déjeuner avec nous.

L'un des joueurs de cartes dit qu'ils terminaient leur coup avant de venir, tandis que les trois commères se levèrent sans cesser de papoter à voix basse et nous accompagnèrent dans la salle à manger voisine. C'était une pièce tout en longueur, aux murs de couleur saumon, meublée d'une dizaine de tables dont plusieurs étaient déjà prises, éclairée par de larges fenêtres qui donnaient sur un jardin intérieur merveilleusement fleuri. Anne Desmoulins demanda à un serveur, un robot, comme tout le personnel de la maison, de bien vouloir ajouter un couvert à leur table habituelle, et nous prîmes place. Peu après arrivèrent les vieux messieurs qui avaient fini ou suspendu leur partie. L'un d'eux, que je trouvai d'ailleurs fort pâle, s'excusa de ne pas rester, car il n'avait pas faim. Tandis que le robot enlevait le couvert qu'il venait tout juste d'installer et nous apportait l'entrée, Anne Desmoulins demanda à chacun de se présenter en quelques mots. Je découvris ainsi que nous avaient rejoints deux couples et une veuve. Arthur Michalon, un homme très sérieux, grand front, regard droit, mains parfaitement manucurées, avait dirigé la région sud de la France pendant cinq ans. Ce serait, dans la suite de mon séjour, l'un de mes meilleurs informateurs, toujours très clair dans ses présentations bien structurées. Sa femme, Chloé, charmante petite vieille dominée par son mari et qui gloussait bizarrement quand il pérorait avec autorité, semblait dans les nuages, comme absente. Lan Gomez, aussi bavarde qu'une pie, écrivait son journal depuis plus de soixante ans. Elle avait élevé une ribambelle d'enfants maintenant éparpillés sur la planète. Son mari, Rudolph, sans doute étouffé par sa femme, ne bredouilla que quelques mots durant tout le déjeuner. Enfin Rose Duglantier, veuve depuis une trentaine d'années, se présenta comme une joueuse quasi-professionnelle, passionnée par les jeux de société d'autrefois. Elle arborait un sourire charmant et sembla tout de suite intéressée par ma personne. Après ces rapides présentations je dus à mon tour expliquer qui j'étais et répondre à leurs questions en rafales, surtout de la part de Rose. Manifestement, ma vie, un passé lointain pour eux, les passionnait. Il faut dire que tous les six avaient dépassé quatre-vingts ans et que leurs parents étaient donc mes contemporains ! Ils voulaient savoir si par le plus grand des hasards je ne les aurais pas connus. Mais non, aucun des noms qu'ils me citaient ne m'évoquait quoi que ce soit.

Lorsque j'eus un peu calmé leur curiosité et que le silence s'installa, je revins sur le sujet que j'avais à peine abordé. Comment était-il possible que la femme de l'hôtel, Mouna Basri, paraisse la quarantaine alors qu'elle avait cent deux ans ? C'est Anne Desmoulins qui entreprit de me répondre, Arthur Michalon et Lan Gomez glissant une précision de temps en temps.

Mais avant de poursuivre, je voudrais rappeler la situation actuelle. Des milliers de chercheurs dans le monde travaillent aujourd'hui sur le thème de l'immortalité, essaient de comprendre pourquoi nous vieillissons et de trouver des solutions pour ralentir et, pensent-ils, supprimer un jour cette décadence commune à tous les êtres vivants, qui s'apparente pour les spécialistes à une augmentation irrésistible de l'entropie, c'est-à-dire du désordre. Notre corps se compose de milliards de cellules ordonnées selon un plan parfait, divin pour les uns, fruit de l'évolution pour les autres. Mais la vieillesse bouscule inexorablement cette construction qui se désagrège au fil des ans jusqu'à former un tas de poussière. J'étais donc curieux de connaître l'avancement des recherches dans ce domaine en 2121. Eh bien je n'ai pas été déçu, car un changement radical s'est produit, dont les retombées innombrables ont bouleversé la société des hommes. Voici en effet ce que mes nouveaux amis m'ont appris.

Pendant la première moitié du vingt-et-unième siècle, l'espérance de vie n'a cessé d'augmenter au fil des découvertes scientifiques : remplacement de plus en plus fréquent des organes défaillants, éradication vers 2040 du cancer et de toutes les maladies infectieuses, diminution du stress lié à la raréfaction du travail, réduction du nombre d'accidents due aux progrès techniques (voiture autonome, etc.), avancées fulgurantes de la génétique et de la nano-chirurgie. Ces améliorations combinées ont porté l'âge moyen de décès à cent dix ans en 2050. Mais un événement capital pour l'humanité s'est produit deux ans plus tard, en Chine : une longue série de découvertes théoriques et technologiques a débouché sur l'arrêt total du vieillissement, et donc sur l'immortalité des hommes, sauf évidemment en cas de mort violente ! Plus précisément, m'a expliqué Anne Desmoulins, on a compris en 2052 comment traiter les embryons humains dès la fécondation afin de les rendre immortels. Et en 2054 on a su faire de même pour les enfants et les jeunes adultes, en empêchant qu'ils vieillissent au-delà de quarante ou cinquante ans ! Le corps de la plupart des hommes et des femmes évolue donc maintenant jusqu'à cet âge puis se stabilise. Les cellules continuent de mourir mais sont aussitôt remplacées, en quantité et en qualité égale, par des nouvelles. Le cerveau, le cœur et les autres muscles, les os, les nerfs ne vieillissent plus. Comme cette découverte est relativement récente, peu de gens dépassent cent vingt ans. En fait la plupart des hommes et des femmes qu'on croise ont l'air de quadragénaires en pleine forme, souriants et de contact facile. Je dois d'ailleurs préciser qu'au cours de mon voyage, je n'ai rencontré, sauf très rares exceptions, ni obèses, ni boiteux, ni aveugles, tous ces maux ayant été balayés par le progrès scientifique. L'âge administratif, qui a rythmé nos vies pendant des siècles, ne revêt donc plus aucune importance.

J'étais évidemment sidéré par ce que je venais d'apprendre. En tout cas cela expliquait le mystère de la jeunesse apparente de Mouna. Puisqu'elle était née en 2020, elle avait dû être traitée au plus tard dans les années soixante pour que son corps reste figé autour de la quarantaine ainsi que j'avais pu le constater.

Mais immédiatement m'est venue une question que j'ai posée à la tablée et que votre sagacité vous a conduit aussi à envisager : quid des enfants ? Si l'on ne meurt plus, la population croît-elle donc sans cesse ? Est-ce que cela ne pose pas d'insurmontables problèmes d'espace vital, de logement, de nourriture ? Comment les résout-on ?

Eh bien pour traiter cette difficulté majeure, ai-je appris au cours de ce déjeuner, nos descendants ont su faire preuve d'intelligence et de pragmatisme. Dès que l'immortalité a été découverte et mise en œuvre, la question s'est évidemment posée, des débats ont agité la planète, explorant toutes les solutions : faut-il limiter le nombre d'enfants ? à combien par femme ? deux ? trois ? faut-il euthanasier les adultes à partir d'un certain âge ? cent vingt ans ? cent cinquante ans ? seulement les volontaires ? les autres aussi ? faut-il multiplier les colonies sur la Lune et sur Mars, qui ont commencé à prospérer vers 2060 pour les premières, trente ans plus tard pour les secondes ?

Ces problèmes essentiels ont secoué l'humanité pendant des décennies, tandis que la population continuait de croître inexorablement, même si la natalité avait diminué. Cela jusqu'à ce jour du 22 mars 2099, une date commémorée chaque année, où un referendum mondial a été organisé. L'union politique (un autre sujet d'importance sur lequel je vous fournirai des éclaircissements plus tard) avait près de vingt ans et permettait qu'une décision fût prise pour l'ensemble de la planète. On a demandé aux électeurs, et les robots n'avaient pas le droit de voter, s'ils préféraient limiter la vie à cent vingt ans environ et continuer d'avoir des enfants, jusqu'à deux par femme, ou être immortels, stabilisés comme la science le permettait aux alentours de quarante-cinq ans et ne plus avoir d'enfants. Un choix clair, qui a suscité des débats passionnés pendant près d'un an. Eh bien, la seconde proposition a largement triomphé : 77 pour cent des votants, ai-je appris, ont préféré l'immortalité aux enfants. Plus précisément 84 pour cent des hommes et 70 pour cent des femmes. Une très large majorité donc, même chez les femmes. Cela s'explique surtout, à mon sens, parce qu'il est difficile, voire impossible, d'accepter de devoir mourir à un certain âge, même à cent vingt ans, lorsqu'on se sent jeune, en forme et heureux de vivre ! Qui prendrait cette décision pour lui-même ? Qui accepterait de se suicider simplement pour laisser de la place aux suivants ? Et puis si les enfants donnent beaucoup de bonheur, ils provoquent aussi, comme chacun sait, des soucis, voire des drames. Une troisième raison explique à mon avis ce choix : aujourd'hui beaucoup d'entre nous veulent une descendance pour que leur lignée se prolonge et que leur nom perdure. Mais si l'on vit éternellement, cette raison disparaît ! En fait je crois que, tout bien réfléchi, j'aurais voté comme la majorité.

Il a fallu une dizaine d'années pour mettre en œuvre cette décision sur l'ensemble des continents en pratiquant des modifications génétiques simples, souvent à distance. De sorte que depuis 2110 environ il n'y a plus de naissances. La population humaine s'est stabilisée à dix milliards et demi d'individus. Et on ne rencontre aucun enfant de moins de douze ans.

En fait il y a des exceptions. Très rares, mais elles existent. Des femmes à l'instinct maternel exacerbé ont refusé de se plier à la règle et se sont cachées, parfois pendant des années, ont fui dans des zones reculées pour éviter le traitement, avant d'être découvertes et traitées de force pour la plupart, ou de se donner la mort. Certaines ont accouché, mais ce sont des cas très rares qui font la joie des médias lorsqu'ils se produisent. Pendant mon séjour on a parlé d'un cas aux iles Vierges, d'un autre dans une région inaccessible de l'Antarctique. Moi-même, comme je le raconterai plus tard, j'ai vu de jeunes enfants en Amérique du Sud. Et j'ai entendu dire que des jumeaux étaient nés récemment au cœur de Paris, sous terre, dans une zone reculée des catacombes, ce qui paraissait impossible, et posera d'ailleurs un problème pour leur éducation car les écoles maternelles et primaires ont fermé, faute d'élèves. Mais en dehors de ces exceptions, de ces combats d'arrière-garde, les gens n'ont pas l'air de regretter la période antérieure. Ils sont en forme, ne ressentent plus le stress d'un travail imposé, ne souffrent plus de maladie, n'enterrent jamais personne, organisent leur temps à leur convenance et n'ont déjà plus la nostalgie de cette époque où fourmillaient les enfants, avec les joies qu'ils procuraient, mais aussi les peines.

Arthur Michalon a pris la parole pour apporter une précision sur l'immortalité. Il subsiste tout de même, a-t-il ajouté, des causes de décès, de quatre types : accidents, suicides, assassinats, catastrophes naturelles.

Les premiers sont devenus rarissimes car la robotisation les évite quasiment tous : plus guère d'accidents domestiques ou automobiles tels que l'humanité en connaissait autrefois par millions.

La fréquence des suicides a fondu elle aussi parce que les gens ont peu de raisons d'être malheureux — plus de deuils, plus de maladies graves, plus de licenciements brutaux, plus de misère comme je l'ai appris plus tard — et parce que l'eau du robinet, qu'ils boivent tous, et peut-être l'air qu'ils respirent, là Arthur Michalon avait un doute, contient un produit qui gomme le spleen et les éventuelles pulsions suicidaires.

Quant aux homicides, ils ont quasiment disparu grâce à une détection précoce des projets d'assassinats par des intelligences artificielles (IA) spécialisées. Comme me l'a expliqué Michalon, elle combine plusieurs méthodes. D'abord, le PICC que chacun porte dans son nombril analyse en permanence la composition sanguine et les ondes cérébrales, qui subissent de subtiles modifications si l'on caresse un projet d'assassinat. Ensuite, les écrans installés dans les logements, qui sont aussi des capteurs indiscrets, ainsi que les robots policiers déployés par milliers dans l'espace public, inspectent en permanence les visages, auscultent les voix et repèrent les moindres traces d'émotions anormales. Enfin, l'analyse fine des communications numériques de tous ordres fournit aussi des informations sur les états d'esprit. La combinaison de ces approches permet aux IA expertes de repérer les pulsions homicides au stade de l'inconscient, à un moment où l'on peut les éradiquer par la chirurgie génétique ou la chimie. Il reste néanmoins quelques cas, comme je le découvrirais malheureusement au Conservatoire du malheur.

Enfin les catastrophes naturelles, telles que tremblements de terre, inondations ou raz de marée, fournissent aussi leurs lots de cadavres.

Mais au total les décès d'hommes ou de femmes en principe immortels sont très peu nombreux et à peu près compensés par les naissances qui subsistent. La population humaine reste donc stable, ce qui était l'objectif.

Avant que nous ne nous quittions, j'ai souhaité satisfaire ma curiosité sur un point :

— Pardonnez-moi une question délicate. Sans vouloir vous blesser, mesdames, vous ne paraissez pas quarante ans. Ni cinquante. Pourquoi ?

— Parce que nous avons refusé l'immortalité, m'a répondu Anne Desmoulins avec vivacité. Pour des raisons diverses, religieuses, éthiques ou autres. Contrairement à la plupart des gens, nous n'avons pas voulu jouer aux apprentis sorciers, nous avons préféré laisser agir la nature, d'autant plus facilement qu'aucune de nous n'avait d'enfants. Cette pauvre Rose est une exception, car elle avait opté pour la vie éternelle, mais sur elle le traitement n'a pas fonctionné. Maintenant, comme vous le constatez, à quatre-vingts ou quatre-vingt-dix ans nous sommes toujours en pleine forme, n'est-ce pas chers amis ? L'avenir nous appartient, jeune homme, pour longtemps encore !

Après ce déjeuner si instructif, couronné par un délicieux café, j'eus envie d'aller revoir le quartier de mon enfance, qui n'était guère éloigné de la Maison des Vieux.

Je m'y rendis donc à pied, suivi par Oscar qui ne me lâchait pas d'une semelle. J'étais impatient de découvrir ce qu'avait pu devenir la villa de mon père et son environnement. Le quartier avait-il changé ? Reconnaitrais-je l'endroit où j'avais vécu mes premières années ? La rue, la maison, son jardin, le parc ? Ces lieux où un petit bonhomme s'était construit un siècle auparavant ?

Il faisait très chaud ce jour-là, beaucoup plus que la veille, au moins trente degrés, une température inhabituelle à Paris au mois d'avril, en tout cas à mon époque.

Très ému, je me demandais ce que j'allais découvrir cent ans plus tard, si la maison serait toujours debout après plusieurs générations, ou si elle aurait laissé place à l'un de ces gratte-ciel de verre et d'acier comme il y en avait tant.

Quand après un quart d'heure de marche je pénétrai dans la ruelle en arc de cercle qui jouxte le parc Montsouris, lieu de tant d'heureux souvenirs, je fus soulagé de constater que l'habitat n'avait guère changé. Je reconnaissais la plupart des villas, même si la couleur des murs et la végétation avaient évolué. Je cheminais lentement, m'approchant de mon but avec une émotion croissante. Et quand j'arrivai enfin au numéro 17, je retrouvai la maison de mon enfance intacte, telle que je la connaissais, sauf qu'un lierre abondant en cachait la façade.

Je m'arrêtai devant le portail ajouré pour observer cette bâtisse où mon père vivait encore quand j'avais quitté notre époque. Accroupi devant un parterre de tulipes, un homme coiffé d'un chapeau de paille arrachait des mauvaises herbes.

Comme il levait les yeux vers moi, je le saluai d'un geste de la main. Il me répondit par un sourire et, me voyant immobile, me demanda si je souhaitais quelque chose.

— Excusez-moi je regarde votre maison, car j'y ai vécu il y a fort longtemps.

— Ah oui ? demanda-t-il en m'observant, l'air surpris. Je crois que vous faites erreur.

— Non, je vous assure. Mais c'est une curieuse histoire.

— Ecoutez, j'habite ici depuis ma naissance, il y a près de cent ans. Vous devez confondre. Plusieurs villas se ressemblent dans le quartier.

— Je vous crois, mais pourtant j'ai vécu là avant vous.

Et devant l'air étonné de mon interlocuteur qui s'était relevé et fronçait les sourcils en m'examinant, je lui demandai si je pouvais entrer pour lui expliquer.

— Si vous voulez, me dit-il. Vous allez constater que vous vous trompez.

Tandis qu'il faisait les quelques pas nécessaires pour venir m'ouvrir le portillon d'une démarche souple qui dénotait un homme sportif, à l'aise dans son corps, une étrange impression me submergea : par la forme de ses yeux, le tracé de sa bouche, le timbre de sa voix, il me rappelait mon grand-père maternel ! Et, d'après ce qu'il m'avait dit, il était né autour de 2025, dans cette maison. Se pouvait-il que nous soyons parents ?

— Alors, m'interrogea-t-il dès que j'eus franchi le portillon, expliquez-moi ce mystère.

— Eh bien voilà, cela va sûrement vous surprendre, mais j'arrive du passé, de 2019 précisément. On m'a envoyé découvrir le monde futur, pour six mois.

— C'est cela, oui. Et moi j'ai connu Charlemagne, cher monsieur, on chassait le sanglier ensemble.

— Ecoutez, je suis sérieux. J'ai vraiment vécu ici, j'y ai longuement habité. Voulez-vous que je vous décrive l'intérieur pour vous convaincre ?

— D'accord, je vous écoute, dit-il, l'air amusé.

— Eh bien on entre dans un petit vestibule, qui était à mon époque pavé de tommettes. A gauche, si ça n'a pas changé, la salle de séjour, dotée d'une cheminée trop étroite qui ne tire pas très bien, à moins qu'on ne l'ait transformée depuis. A droite la cuisine. Au fond un escalier qui conduit à l'étage où se répartissent trois chambres et une salle de bains… J'ai oublié les toilettes en bas et un appentis derrière la maison où nous rangions le bois et les outils de jardin. Il y a aussi un grenier, accessible par une trappe et une échelle que l'on déplie. J'ai vécu là de ma naissance en 1989 jusqu'à 2006. Je suis parti à l'âge de dix-sept ans.

— 2006 ! Mais mon grand-père habitait ici à cette époque ! s'écria mon interlocuteur, l'air soudain stupéfait.

— Votre grand-père ? Comment s'appelait-il ?

— George Ferlot.

— Mon dieu ! m'exclamai-je, sentant la terre s'enfoncer sous mes pieds. Et qui était votre père ?

— Damien Ferlot. Il n'est plus de ce monde depuis longtemps.

Je fus alors pris de suffocation, je n'arrivais plus à respirer ni à me tenir debout. Et je tombai comme une masse sur l'herbe humide.

— Qu'est-ce qui vous arrive ? Vous avez un malaise ?

Je levai les yeux sur cet inconnu qui me regardait de toute sa hauteur, l'air très inquiet, et dans un souffle, le cœur battant à tout rompre, je lui révélai mon identité :

— Je suis Damien Ferlot, ton père !

— Mon père ? Qu'est-ce que vous racontez ! dit-il en réprimant un fou rire. Un sosie peut-être, car c'est vrai que vous lui ressemblez. Mais mon père est mort il y a plus de soixante ans ! Vous divaguez monsieur. Voulez-vous que je vous apporte un verre d'eau, ou autre chose ?

— Ecoutez, ce n'est que la vérité, parvins-je à articuler en reprenant mes esprits.

Je me relevai avec difficulté et observai son visage, en levant la tête car il était nettement plus grand que moi.

Ainsi j'aurais un fils dans quelques années, un fils qui jouirait d'une longue vie et habiterait la maison de mon enfance ! Un fils dont j'ignorais naturellement tout !

Reprenant petit à petit mon souffle, je continuais à le dévorer des yeux. J'étais impatient de le convaincre de la véracité de mon affirmation et d'entendre son histoire.

Au bout de quelques minutes d'hébétude, je retrouvai la parole :

— Vous savez sans doute, repris-je d'une voix faible, que plusieurs fois déjà des visiteurs sont venus du passé ?

— Oui, on le dit, mais je n'en ai jamais vu.

— Eh bien je suis l'un d'eux. Vous pouvez vérifier, je suis vraiment Damien Ferlot. Et je suis arrivé ici hier soir, après un bond de cent deux ans. Je vis en 2019, à Paris. Seul. Je n'ai pas d'enfant, pas encore. Je suis journaliste scientifique.

— Venez avec moi. Je vais vérifier ce que vous me dites, mais ça me parait complètement absurde ! Au fait qui est ce type planté devant la grille, qui ne vous quitte pas des yeux ?

— Oh, j'avais oublié ! C'est le garde-chiourme qu'on m'a imposé. Attendez, je vais lui glisser un mot.

Je m'approchai d'Oscar, lui expliquai la situation et lui demandai s'il pouvait me laisser seul et attendre un peu plus loin. Impassible comme d'habitude, il sembla réfléchir un instant. Sans doute se renseignait-il. Il finit par hocher la tête et s'éloigna de quelques mètres.

Je suivis l'homme dans la maison, puis dans la salle de séjour, les jambes flageolantes, l'esprit en ébullition. La décoration avait complètement changé, je ne reconnaissais aucun meuble, ni rien sur les murs. Les fenêtres à petits carreaux avaient été remplacées par des baies vitrées et le plancher par un revêtement lisse.

Tandis que j'observais cette pièce emplie de vieux souvenirs, l'homme consultait l'écran qui jouxtait la porte. Soudain je le vis écarquiller les yeux. Mon identité, sans doute transmise par mon PICC, venait de lui sauter au visage : Damien Ferlot, né le 14 janvier 1989, en voyage temporel depuis le 17 avril 2121. Je remarquai aussitôt que la date de ma mort n'apparaissait pas. Peut-être l'avaient-ils gommée pour la durée de mon séjour, par décence. Mais j'avais entendu l'homme dire que son père était mort il y avait plus de soixante ans, donc avant 2061.

Il se laissa lourdement tomber sur le canapé. Il m'observait, les yeux grands ouverts, muet de stupéfaction. Et moi je découvrais le fils que j'aurais dans quelques années, qui avait autour de quatre-vingt-quinze ans et en paraissait quarante ! Des traits virils, un menton volontaire, des yeux clairs sous d'épais sourcils, la peau bronzée. Un beau visage qui devait plaire aux femmes. Quelle folie !

— Alors c'était vrai ces histoires de voyageur temporel ! dit-il. Pourtant je n'y croyais pas trop.

Je parvins à murmurer « Comme tu le vois, j'en suis la preuve », avant de sombrer dans un état de sidération dont je mis longtemps à sortir.

Quand je pus à nouveau m'exprimer, je lui demandai de me parler de lui, de me raconter sa vie.

Aussi bouleversé que moi, il resta d'abord muet, le visage figé. Puis il se leva du canapé, arpenta la pièce à grands pas d'échassier en me jetant de temps en temps un coup d'œil ahuri. Au bout d'un long moment où nous restâmes silencieux l'un et l'autre, il s'assit, apparemment calmé, et put enfin s'exprimer.

Il s'appelait Louis.

Et sa mère Sandra. Sandra Gardin de son nom de jeune fille.

A ce nom je bondis, incrédule ! C'est donc avec cette ravissante écervelée que j'aurais ce fils ! Avec Sandra ! Nous avions vécu une aventure à Paris peu après mon retour de Shangaï, mais sans lendemain. Je la revoyais de temps en temps, comme d'autres filles. Elle dansait dans une troupe et riait pour un rien. Elle partait souvent en tournée. Une nature heureuse que tout amusait. Alors c'est avec elle que j'avais fait ma vie ! Je ne l'aurais jamais prédit, j'avais du mal à le croire. Et comme il se taisait à nouveau :

— Parle-moi davantage, lui demandai-je. Moi je ne sais rien de ma vie avec ta mère, ni de toi bien sûr.

— Attendez, il faut que je reprenne mes esprits. C'est la première fois que je vois en vrai un voyageur temporel. Et en plus vous seriez mon père ! Il faut que je boive un verre. Vous m'accompagnez ?

— Qu'est-ce que vous prenez ? Qu'est-ce que tu prends ?

— Une vodka orange.

— Pareil.

Il souleva sa grande carcasse et s'absenta quelques minutes à la cuisine, tandis que j'observais un pêle-mêle de photos d'enfants et d'adultes dont je me demandais lesquels étaient de ma famille.

Lorsqu'il fut revenu avec les cocktails et que nous eûmes trinqué à cette rencontre insensée, il commença à me raconter sa vie.

Il était né le 1er septembre 2025 à Paris. Il gardait le souvenir d'une enfance heureuse, entre cette maison, le parc voisin, les écoles où il se rendait à pied et nos vacances à Aiguebelle, sur la côte d'Azur. Son père, moi donc, avait hérité cette villa parisienne de son grand-père qui était mort en 2019 ou 2020, il ne se rappelait plus. Voyant à ces mots mon visage se défaire, il me demanda :

— J'espère que je ne t'apprends rien ?

— Tu viens de dire que mon père serait mort en 2019 ou 2020 ? m'exclamai-je, stupéfié par cette nouvelle.

— Oui, désolé si vous ne le saviez pas.

— Tu ne te rappelles pas la date plus précisément ?

— Non, mais on peut vérifier si vous voulez.

— Non, je ne préfère pas.

Difficile de vous décrire ce que j'ai alors ressenti. L'horrible impression d'un vide soudain, d'une trappe qui s'ouvre sur un trou béant. Une mort aussi rapide, que rien à ma connaissance ne laissait présager. J'espérais de toutes mes forces qu'elle ne se produirait pas en mon absence, pour qu'une chance me soit donnée de rétablir le contact avec mon géniteur, et aussi afin de pouvoir soutenir ma sœur, restée très proche de lui. Je me sentais dans un drôle d'état, au bord de la folie : cet événement s'était produit cent ans auparavant, mais dans mon calendrier à moi il aurait lieu dans quelques mois sans que je puisse rien faire pour l'empêcher. Et j'apprenais cette nouvelle après qu'on m'eut annoncé le matin même la mort prochaine du professeur. Comment avais-je pu me lancer dans cette aventure ! Je réalisais la chance que nous avons de ne pas connaître l'avenir et de ne pas souffrir à l'avance de la kyrielle de malheurs qui nous frapperont à coup sûr.

Au bout de plusieurs minutes d'un silence qu'il respecta, les yeux baissés, je bus une gorgée du cocktail qu'il avait préparé et lui demandai de poursuivre.

Il me raconta alors qu'il avait une sœur, Juliette, plus jeune de deux ans, et un frère, Zéphyrin, plus jeune de cinq. Comme je m'étonnais d'avoir pu donner un nom aussi ridicule à mon fils, il me dit que c'est sa mère qui l'avait choisi, car c'était le prénom d'un oncle qu'elle chérissait.

Il avait été un enfant studieux, sans histoire. Il adorait la nature, les plantes, les animaux. C'est moi qui lui avais transmis ce goût. Il se souvenait de balades dans des forêts humides pour cueillir des cèpes, le dimanche matin, même quand il pleuvait. Et lorsque nous revenions trempés et la goutte au nez, il me dit en riant que sa mère rouspétait et nous préparait de délicieuses fricassés. Il se souvenait aussi que je lui avais appris les noms de toutes les fleurs, de tous les arbres du parc Montsouris, comme mon père le faisait avec moi. Parfois nous allions dans la forêt de Fontainebleau pour escalader les rochers. Un jour il s'y était cassé un bras. Et puis je lui avais fait partager ma passion pour l'astronomie. Quand il avait une dizaine d'années, je lui avais offert une longue vue, pas un jouet d'enfant, mais une lunette puissante, presqu'un télescope.

— C'est étonnant, lui fis-je remarquer, mon père m'avait donné le même cadeau, au même âge ! Lui aussi m'a transmis sa passion pour les étoiles.

— C'est vrai ? Eh bien tu as fait pareil avec moi. On a passé ensemble d'innombrables soirées dans le jardin à observer le ciel, les planètes, les constellations, résistant aux appels de maman qui avait peur qu'on prenne froid. Tu te souviens ? Excuse-moi, je dis n'importe quoi, tu n'as pas encore vécu cela, bien sûr. C'est tellement étrange. J'ai bientôt cent ans et je parle avec mon père qui en a trente.

— Et tu parais à peine plus âgé que moi ! Comment est-ce possible !... Et après, continue, quel genre d'études as-tu suivi ?

Des études scientifiques, me répondit-il. Il s'était spécialisé dans un domaine pointu : l'influence des rayons cosmiques sur les mutations génétiques de l'homo sapiens. Il avait publié une thèse sur ce sujet et travaillé vingt ans avant d'être remercié comme tant d'autres, étant devenu moins performant et beaucoup plus cher que les robots qui l'assistaient jusque-là. Cela faisait donc une cinquantaine d'années qu'il n'avait plus d'activité professionnelle, mais il gardait un grand intérêt pour la génétique et pour la science en général. Il assistait à des conférences, il lui arrivait même de mettre en ligne des communications et d'avoir des échanges avec les meilleurs experts de son domaine. En réponse à mes questions, il me parla de ses travaux récents et je lui exprimai ma fierté d'avoir un fils aussi brillant.

— Es-tu marié, lui demandai-je ? As-tu des enfants ?

— Je ne me suis jamais marié, mais j'ai vécu très longtemps avec une femme qui s'appelle Agnès Dubord. Je crois que tu connaissais sa mère.

— Evelyne Dubord ? C'est cela ? sursautai-je.

— Oui, elle s'appelait ainsi.

— Ça alors ! Tu as eu pour compagne la fille d'Evelyne ! Si elle savait, elle qui me disait encore il y a quinze jours qu'elle ne voulait pas concevoir d'enfants dans ce monde inquiétant ! Et tu as donc quitté Agnès ?

— Disons qu'on s'est séparés, en 2080. Cela faisait déjà un bail qu'on ne vivait plus vraiment ensemble. Elle est toujours en vie, mais on s'est perdu de vue. Je crois qu'elle s'est installée dans le grand Nord. Tu pourras facilement vérifier si tu le souhaites.

— C'est incroyable ce que tu me racontes ! J'aurai du mal à ne rien révéler à Evelyne quand je vais rentrer. Et tu as eu des enfants avec cette femme ?

— Oui, j'ai eu deux enfants. Pierre, qui est né en 2050, et préfère maintenant se faire appeler Pierre-Hung, et Ursula en 2052. Ils ont donc… soixante-et-onze et soixante-neuf ans, mais en paraissent quarante comme moi. Eux aussi ont choisi l'immortalité quand l'alternative leur a été soumise.

J'avais donc des petits-enfants en âge d'être mes parents ! Il allait falloir que je m'y habitue.

Pierre-Hung, continua-t-il, avait épousé une Afghane et vivait à Kaboul. Ursula habitait Aiguebelle, près du Lavandou. C'est elle qui avait récupéré la maison qu'avait achetée mon père, où j'étais encore allé l'an dernier, je veux dire en 2018. Je compris que lorsque mon père était mort, ma sœur et moi avions dû hériter de la maison de Paris et de celle d'Aiguebelle, et lorsque nous étions morts à notre tour, Louis avait récupéré celle-ci. Celle du midi c'est sa sœur qui en avait hérité. La fille de cette dernière la lui avait rachetée peu après, quand on pouvait encore acheter des maisons. Et depuis des dizaines d'années Ursula la louait à sa cousine.

— Pourquoi dis-tu « quand on pouvait encore acheter des maisons » ?

— Parce que maintenant on ne peut plus, mais je t'expliquerai plus tard.

— Inouï tout ça ! Tu crois que je pourrai aller un de ces jours à Aiguebelle, découvrir ma petite fille et voir ce qu'est devenue cette maison que j'adore ?

— Bien sûr. Tu as de la chance, j'y vais la semaine prochaine, pour quelques jours, comme je le fais plusieurs fois par an. Il faudra naturellement que je demande d'abord à Ursula, mais cela ne devrait pas poser de problème, elle sera très curieuse de découvrir son grand-père.

— Tu as dit « découvrir » ? Tu veux dire qu'elle ne m'a pas connu ?

— Excuse-moi, j'ai parlé trop vite. Mais c'est malheureusement vrai. Tu es mort en…

— Ne me dis pas ! m'écriai-je. Je ne veux pas le savoir. Ne me dis pas !

— Excuse-moi encore, je comprends.

— Ce n'est rien. Il faut que j'intègre tout cela.

Mon fils respecta de nouveau mon long silence. Je me rappelai les propos du professeur sur la difficulté que j'aurais à vivre avec cette connaissance du futur. Je comprenais mieux sa recommandation d'aller voir dès mon retour son ami neurologue qui saurait effacer tous ces souvenirs de ma mémoire.

Je demandai à Louis s'il croyait ses enfants heureux.

Ursula pas vraiment, me répondit-il, une ombre de tristesse voilant son beau visage.

Mais il pensait le contraire pour son fils. C'était un fou de sport, autrefois un cavalier champion de courses d'obstacles. Maintenant, à Kaboul, il dirigeait une équipe de bouzkashi, un jeu splendide et dangereux que je connaissais. Il avait lui-même deux enfants, Karl-Shen et Eva-Belch. Karl, lui, n'avait pas d'enfant, mais Eva en avait fait trois quand c'était encore possible.

Comme il me voyait froncer les sourcils, il me proposa de me montrer plus tard l'arbre généalogique sur Optinet, je verrais mieux. J'avais eu, me dit-il en réfléchissant, trois enfants, cinq petits-enfants et … sept arrière-petits-enfants.

Phénoménal ! Quinze descendants ! Avec leurs maris ou leurs femmes, ça devait faire au moins vingt-cinq. J'avais du mal à y croire.

Il me demanda alors si je savais quand je retournerais à mon époque.

— Oui, la date est fixée. C'est dans six mois, le dix-sept octobre précisément.

— Six mois seulement ! J'espère qu'on se verra souvent durant cette période. Ça te ferait plaisir que j'organise une fête familiale réelle, pas virtuelle, une vraie rencontre ? On se retrouverait tous ici, dans la maison de ton enfance, tous ceux qui voudraient venir.

— Ce serait merveilleux bien sûr ! Pourtant une inquiétude me taraude depuis tout à l'heure. J'ai compris que je vais mourir jeune, mais je ne veux pas savoir quand. Je viens d'apprendre que mon père va nous quitter dans quelques mois, peut-être en mon absence, et aussi que mon ami Pierre, le professeur qui a su m'envoyer ici, va bientôt disparaître stupidement dans un accident de la route. Cela me suffit. Pour moi je veux rester dans l'incertitude. Tu crois que c'est possible qu'avec un tel rassemblement de mes descendants l'information ne circule pas ?

— Je ne sais pas…

— Il faudrait que tu leur demandes de ne pas en parler. Mais avant d'envisager cette fête, crois-tu que je pourrais rencontrer mes deux autres enfants, et les tiens ? Au moins virtuellement ?

— Pour mes enfants sûrement. Ils m'ont souvent posé des questions sur toi et je suis sûr qu'ils seraient heureux de te rencontrer. Et évidemment sidérés.

— Tu me confirmes ainsi que je ne les ai pas connus ?

— Oui, malheureusement. Tu es mort avant la naissance de Pierre, avant 2050. Mais je ne t'en dis pas plus puisque tu me l'as demandé.

— Tout à l'heure tu m'as dit que j'étais mort il y a plus de soixante ans, mais en fait c'est plus de soixante-dix. Il me reste donc moins de trente ans à vivre. Il va falloir que j'en profite sérieusement ! Mais cela veut dire que je n'ai pas bénéficié de l'immortalité. C'est bien cela ?

— Non, bien sûr, puisqu'elle date de 2052. Tu n'as pas eu de chance, à quelques années près. Mais tu as réalisé plein de belles choses dans ta vie, tu vas voir. Et tu as fondé une grande famille. Ne regrette rien !

— J'espère que tu as raison… Tu as l'air de dire que pour ton frère et ta sœur une rencontre sera plus difficile à organiser ?

— Je le crains. Nous n'avons plus de contact depuis un demi-siècle, à la suite d'une histoire ridicule, un petit conflit familial qui a dégénéré. Mais avec leurs noms tu dois pouvoir les retrouver facilement. Je crois qu'il vaut mieux que tu t'en occupes toi-même.

— D'accord, j'essaierai. Le plus simple, c'est donc peut-être pour ta fille, qui habite Aiguebelle ?

— Tout à fait. Pour elle il n'y a pas de souci. Tu veux m'accompagner dans quelques jours ? Ce serait merveilleux de nous retrouver là-bas tous les trois !

— Avec grand plaisir, mon fils, je n'ai aucune contrainte. Tu souhaites sans doute la prévenir avant ?

— Oui, je vais l'informer. A moins que tu ne veuilles lui faire la surprise en arrivant ?

— D'accord, si elle n'est pas cardiaque.

— Il n'y a plus de cardiaque, cher jeune père !

— Ah bon ? Là aussi la science a sévi ?

— Absolument.

— Eh bien à toi de décider si tu veux la prévenir. Quand veux-tu que nous partions ?

— Je vais regarder, mardi ou mercredi prochain. Et naturellement je t'invite.

— Merci, ça va être un grand bonheur. Mais dis-moi, est-ce que les étés sont devenus torrides dans le Sud, comme nous le prévoyons à mon époque ?

— Oui, souvent plus de quarante degrés, parfois quarante-cinq pendant des semaines. Moi je supporte mal, mais Ursula a fait récemment modifier son métabolisme de sorte que maintenant elle adore les canicules.

Je suis à nouveau resté silencieux un bon moment, en pensant à tout ce que je venais d'apprendre sur ma vie future et sur celle de ma famille. J'avais du mal à me convaincre que j'étais dans la réalité, que je ne rêvais pas.

— Tout ce que tu me racontes là me semble tellement incroyable ! J'ai du mal à croire que c'est vrai, que tu es bien présent devant moi, mon fils, en chair et en os !... Tu peux me montrer des photos, que je mette des visages sur les noms que tu m'as cités ?

— Bien sûr, mieux que des photos. Installe-toi sur le canapé… Tu te sens bien ? Je peux commencer ?

Sur l'immense écran incrusté dans le mur qui nous faisait face, Louis m'a alors présenté des films en relief, saisissants de vérité. J'ai ainsi découvert son ex-femme, Agnès, ses deux enfants, Pierre-Hung, tout le portrait de mon grand-père maternel, et Ursula, une belle blonde plantureuse. Et aussi son frère Zéphyrin, et sa sœur, Juliette, lorsqu'ils étaient âgés de dix ou douze ans. J'ai même cru voir mon père, avant que Louis ne me dise qu'il s'agissait de moi dans une quinzaine d'années, je veux dire vers 2035 !

Toutes ces images, ces voix, ces regards, ajoutés aux nouvelles terribles que j'avais apprises dans la journée, me remuaient tellement que je sentais mes capacités d'attention faiblir. J'avais de plus en plus de mal à tenir les yeux ouverts, mes paupières s'alourdissaient de minute en minute. Et j'ai fini par m'endormir sur le canapé.

Lorsque je me suis réveillé, seul dans la pièce, l'après-midi était déjà bien entamée. La lumière commençait de faiblir. Entendant du bruit dehors, je suis sorti. Louis avait repris ses travaux de jardinage. Il me tournait le dos et ne me voyait donc pas. Je l'ai longtemps observé, essayant de me persuader que ce grand gaillard était mon enfant, l'enfant que Sandra me donnerait un jour. Déjà presque centenaire !

— Ça y est, tu es réveillé ? m'a-t-il dit en se retournant soudain, un large sourire éclairant son visage.

— Oui. Ça m'a fait du bien de dormir un peu. Quelle heure est-il ?

— Six heures passés. Veux-tu rester dîner ? Nous avons tellement de choses à nous raconter.

— D'accord, si tu n'as pas d'autres projets… Tu vis seul si je comprends bien ?

— Oui, j'ai une amie que je vois de temps en temps. Mais pour l'essentiel je vis seul. Cela me convient. Peut-être qu'un jour je changerai d'avis, on verra.

Je réalisai alors que l'immortalité changeait tout par rapport à ma vie. Plus rien n'était définitif, il n'y avait plus rien qu'on craigne d'accomplir pour la dernière fois, ce qui constitue pour nous la marque de la vieillesse. Tout pouvait toujours arriver encore. Pour n'importe quel projet on disposait d'un temps infini. On pouvait multiplier sans fin les tentatives. La notion d'échec n'avait plus guère de sens.

— Et toi, père, as-tu une compagne ?

— Non, moi non plus. Mais j'ai quelques années de moins que toi, mon fils, je profite de ma jeunesse. Un jour je me stabiliserai. Et je me mettrai avec Sandra, ce qui est quand même incroyable.

— Tu ne regrettes pas que je te l'aie dit ?

— Non, pas du tout. Mais cela me surprend tellement.

— C'est pourtant le choix que tu as fait… J'arrive, je range mes outils et j'arrive.

— Prends ton temps mon fils.

Mais que signifiait « prendre son temps » pour lui ? Pour nous le temps est une denrée rare, une ressource précieuse que nous cherchons à économiser, de plus en plus au fur et à mesure que les années passent et que notre peau de chagrin rétrécit. Mais quand on dispose de l'éternité, sauf accident, le temps n'a plus de valeur. Peu importe qu'on le perde. Pour nous, une année c'est un centième de vie. Mais pour mon fils, qu'est-ce que cela signifie ? Quelle importance de passer une heure plutôt que deux pour accomplir une tâche quand le stock en est infini ?

— Voilà, je suis prêt. Tu veux prendre un verre à l'intérieur ? me demanda-t-il.

— On dirait que tu bois beaucoup. Je me trompe ? Fais attention à ton foie !

Dès qu'il me dit « Oui, papa » en souriant, je réalisai que ma phrase n'avait pas de sens pour lui. Il pouvait boire autant qu'il voulait. Décidément l'immortalité ne manquait pas de bons côtés.

Nous nous assîmes dans le salon, un verre de bordeaux à la main.

— A la tienne ! me dit-il. Au père que je retrouve miraculeusement.

— A la tienne ! Au fils que Sandra a eu la bonne idée de me donner… Dis-moi, est-ce que tes enfants et tes petits enfants travaillent ? Parce que j'ai cru comprendre que la plupart des gens n'avaient plus de boulot.

— Tu as raison. Aucun ne travaille.

— Mais comment marche la société ? Tu vois, à mon époque, il y a environ huit pour cent de chômeurs, entre quatre et vingt pour cent selon les pays, et cela pose de graves problèmes. Je me demande donc quelle solution vous avez mise en œuvre si cette plaie touche presque tout le monde ?

— Je vais t'expliquer.

Louis entreprit alors de me raconter longuement ce qui s'était passé au fil du temps, comment on était arrivé à cette situation de chômage quasi-général, au point d'ailleurs que ce terme n'avait plus cours. Pour être complet dans ce qui va suivre, j'ai enrichi ses propos des observations que j'ai pu récolter tout au long des mois passés là-bas (je ne sais pas si là-bas est le bon terme). Il y a sûrement des leçons à en tirer pour notre époque, même si je sais qu'on ne peut plus modifier un futur figé puisque je l'ai observé de mes propres yeux.

En 2121 la plupart des hommes et des femmes ne travaillent pas. Presque tout est réalisé par des robots qui ont atteint un niveau de sophistication difficile à imaginer aujourd'hui et qu'on peut, pour certains d'entre eux, parfaitement confondre avec des humains. Comme on le prévoyait, il n'y a plus de chauffeurs de taxi, bus, camion, plus de conducteurs de train, plus de pilotes d'avion, plus de caissières dans les magasins, plus d'ouvriers dans les usines, plus d'hôtesses d'accueil, plus de femmes de ménage, presque plus de serveurs dans les restaurants (sauf dans certains lieux très luxueux). Mais il n'y a plus guère non plus de médecins, d'avocats, de comptables, de journalistes, de commerçants, même d'informaticiens ! Tous ces métiers, et beaucoup d'autres, sont assumés par des robots, humanoïdes pour la plupart, ou par des intelligences artificielles invisibles, logées dans des serveurs quantiques dont la puissance dépasse l'entendement.

J'estime qu'au moins quatre-vingt-dix pour cent des gens n'ont pas de travail, ce qui en 2019 provoquerait la révolution. Eh bien pas du tout en 2121 où la population accepte parfaitement cette situation. Cela parce que nos descendants, après des décennies de mises au point et d'ajustements, ont su régler le problème de ce chômage de masse d'une façon radicale, qui va vous surprendre et qui a totalement transformé le rapport au travail. Ecoutez plutôt.

Qu'il ait travaillé ou travaille encore, qu'il ait réussi de brillantes études ou n'ait pas dépassé le collège, qu'il soit en bonne santé ou malade (ce qui n'arrive guère), ne change rien : chaque adulte touche la même rémunération, dix mille yuans par mois, et chaque enfant jusqu'à dix-huit ans deux mille cinq cents ! Les différences de revenu ont totalement disparu, ce qui paraît insensé. J'ai essayé d'évaluer ces sommes en euros actuels, en étudiant le prix des produits et des services. Je dirais que cela correspond à environ trois mille euros par adulte et sept cent cinquante par enfant. Entre parenthèses, comme je l'ai déjà mentionné, le yuan chinois est devenu l'unique monnaie, utilisée partout dans le monde, mais j'en parlerai plus loin. Un couple touche donc vingt mille yuans par mois, soit environ six mille euros, et une famille avec deux enfants, ce qui est rare et le sera de plus en plus, vingt-cinq mille yuans, l'équivalent de sept mille cinq cents euros.

En fait j'ai appris que l'humanité a commencé à prendre vraiment conscience dans les années 2040, à la suite de très nombreux mouvements sociaux, parfois violents, qu'il était parfaitement injuste, anormal, qu'un travailleur gagne plus qu'un autre, idem pour un retraité ou un chômeur, sous prétexte qu'il exerce ou a exercé un métier plus « important ». Car cette « supériorité » professionnelle résulte du hasard de sa naissance, des gènes qui lui ont été transmis et de son environnement familial, qui l'ont doté de plus ou moins d'intelligence, de mémoire, de dynamisme, de créativité, de confiance en soi, et lui ont permis de faire de meilleures études ou de disposer de relations plus utiles. Pourquoi en déduire de telles différences de moyens et de statuts, alors qu'en dernière analyse les différences de performances ressortissent à la chance ? Chez les animaux ou les peuplades primitives, les écarts de richesse ou d'avantages matériels demeurent très minces. Le loup alpha copule avec la plus belle femelle de la meute et dévore les meilleurs morceaux, le sorcier ou le chef de la tribu possède plus d'amulettes ou de fourrures que les autres membres du clan, mais rien à voir avec les écarts colossaux que nous connaissons dans nos sociétés.

Au-delà même de cette injustice fondamentale, les gens ont progressivement pris conscience qu'un travail plus intéressant qu'un autre, ou impliquant davantage de responsabilités, donne plus de satisfaction à celui qui l'exerce. Alors n'est-il pas injuste d'ajouter à cet avantage celui de gagner plus, d'avoir une meilleure vie matérielle ? La justice ne commande-t-elle pas au contraire de compenser ?

La croissance du chômage au fil des décennies explique aussi cet égalitarisme. On comptait de plus en plus d'hommes et de femmes qui n'avaient jamais travaillé de leur vie. A ceux-là il était naturel de donner une allocation identique. Sinon, sur quels critères l'aurait-on fait varier ? Donc petit à petit une part croissante de la population, celle des chômeurs permanents, gagnait la même chose. Il devenait alors plus normal, moins aberrant en tout cas, de généraliser cette égalité de revenu à l'ensemble de la population.

Un autre argument a facilité l'évolution : toutes les études montraient que les gens riches n'étaient pas plus heureux que les autres, à condition que les besoins primaires soient satisfaits. Comme chacun sait, le bonheur ne vient pas de l'accumulation de richesses, d'objets matériels, qui au contraire crée souvent problèmes et soucis, la peur de perdre pouvant excéder le plaisir de gagner, mais d'une interaction positive avec ses congénères, autrement dit de l'amour et de l'amitié, et aussi du sentiment de réaliser ses talents, d'aller au bout des capacités dont la nature nous a dotés. Il n'y avait donc pas de raison objective pour qu'un nivellement des ressources, passé un temps d'accoutumance, fasse trop souffrir les privilégiés. Et encore un point : la réduction des moyens des plus riches non seulement ne les rendrait pas plus malheureux, mais augmenterait le bonheur des autres qui, avant cela, jalousaient ces différences.

J'ajoute que cette révolution, le mot n'est pas trop fort, a été rendu possible par deux bouleversements gigantesques, intervenus à l'issue de longs processus, qui nous paraissent aujourd'hui impensables et sur lesquels je reviendrai naturellement : la fusion de tous les pays en un seul, baptisé Optima, en 2080, et celles de toutes les entreprises en une seule, Opticom, deux ans plus tard !

Donc en 2121, à Paris, et j'ai appris que c'était pareil dans le monde entier, chacun dispose du même revenu. Sauf que, et là vous allez être encore plus surpris, les rares travailleurs gagnent moins que ceux, la grande majorité, qui n'ont pas d'emploi !

Leur principe en effet, qui semble universellement admis, est que, pour certaines personnes en tout cas, le travail constitue une source de plaisir, offre de grandes satisfactions, comme à d'autres le tennis ou les voyages. Par conséquent, de même qu'on paye pour jouer au tennis, on paye pour travailler : le travail est devenu une activité payante !

Les rares métiers de faible intérêt qui restent offerts aux humains et qui ne tentent pas grand monde ne coûtent pas cher. Par exemple de l'ordre de mille yuans par mois pour assister des personnes seules que les robots d'accompagnement ne satisfont pas. En général des vieux, même s'ils ne le paraissent pas, qui ont connu une autre époque.

En revanche, les prix des métiers intéressants peuvent s'envoler. Pour un patron de région, ou un spécialiste d'IA, car il en subsiste encore qui collaborent avec des robots, ils peuvent atteindre cinq mille yuans par mois. Il faut dire que, pour un prix aussi élevé, les bureaux ou les laboratoires restent ouverts jour et nuit, les horaires ne sont pas limités, on peut travailler chez soi autant qu'on veut. Donc ramené à l'heure, ce n'est pas excessif. D'ailleurs on ne manque pas de candidats.

Leur méthode de recrutement n'est pas non plus dénuée d'intérêt. Lorsqu'un poste devient disponible, ce qui arrive souvent car les contrats ne dépassent pas cinq ans, non renouvelables dans la plupart des cas, la direction des ressources humaines d'Optimum diffuse une annonce mondiale.

S'il s'agit d'un emploi d'intérêt limité qui suscite peu de vocations malgré son faible prix, les candidats sont sélectionnés par un robot, qui décide en dernier ressort. Il tient évidemment compte des capacités des gens, qu'il scrute à la loupe, je ferais mieux de dire au scanner, mais aussi de leurs capacités financières, pour s'assurer qu'ils pourront bien payer. Par exemple, si le conjoint d'un candidat travaille déjà et exerce un métier cher, sa candidature sera probablement refusée car il n'est pas sûr que le couple puisse assumer cette double charge.

En revanche quand il s'agit d'un poste important et coûteux, tel un responsable de haut niveau, le processus se conclut différemment. Un robot recruteur évalue aussi les candidats, mais il en sélectionne entre trois et cinq, sans aller jusqu'au choix final. Comme il y a en général pour ce type de poste beaucoup de gens intéressés, les candidats retenus à ce stade sont tous excellents et aptes à la fonction proposée. Ensuite s'ouvre la dernière phase : une vente aux enchères publiques, diffusée sur les écrans de la planète ! J'ai assisté à l'un de ces événements. Ce jour-là plus de cinquante postes étaient mis aux enchères. Un robot commissaire-priseur animait la séance. A chaque fois les candidats présélectionnés enchérissaient jusqu'à ce que tous, sauf un, abandonnent. Le robot présentait alors brièvement le vainqueur avant de passer au poste suivant. Le tout a été expédié en deux heures, guère plus, et j'ai appris que des millions de gens se tenaient comme moi rivés devant leur écran 3D. On m'a raconté un cas où les enchères sont montées jusqu'à sept mille cinq cents yuans, les trois quarts du revenu du gagnant ! L'heureux vainqueur a pu enchérir à ce niveau car sa femme ne travaillait pas et parce que pendant les vingt années précédentes il avait su mettre de l'argent de côté. Maintenant, m'a dit quelqu'un qui le connaît, il adore son métier et ne regrette pas du tout son choix. Mais il n'est engagé que pour cinq ans. Après, place à un autre.

Voilà ce que m'a appris mon fils ce premier soir, interrompu sans cesse par mes exclamations et mes demandes de précisions. Il vit donc, comme tous ses semblables, dans un système égalitaire, qui peut nous rappeler par certains côtés le communisme dans sa pureté originelle. A méditer. Mais j'y reviendrai.

Après cet exposé professoral, Louis m'a raconté des histoires de famille à n'en plus finir et posé des questions sur ma vie et mon époque, un lointain passé pour lui, tandis que je tentais de rester éveillé, épuisé par une tension nerveuse permanente depuis mon arrivée.

Enfin, peu après dix heures, il m'a raccompagné à la Maison des Vieux où j'ai passé ma troisième nuit sur Optima, une nuit bien méritée après ce torrent d'informations plus extraordinaires les unes que les autres.

Le lendemain matin, j'ai retrouvé au petit-déjeuner Anne Desmoulin, toujours aussi vieille de traits et vive d'allure. Je lui ai raconté ma visite tellement émouvante chez mon fils, ce que j'avais appris sur ma famille. Et, de façon moins personnelle mais tout aussi intéressante, sur ce qu'était devenu le travail et sur l'égalitarisme économique qui régnait sur Optima.

Ayant réfléchi durant la nuit à cette révolution douce, je lui ai demandé si les gens supportaient facilement de ne pas travailler. Cette oisiveté ne leur pesait-elle pas ?

Comment passaient-ils leur temps ? Ne s'ennuyaient-ils pas ? Nos chômeurs, même lorsqu'ils sont bien rémunérés, souffrent pour la plupart de l'absence d'un métier auquel ils étaient habitués ou même qu'ils n'ont jamais connu. Ils se sentent socialement inutiles.

— Rien de tel sur Optima, m'a-telle répondu, puisque la grande majorité des hommes et des femmes n'ont aucune expérience du travail et que le chômage, que nous n'appelons d'ailleurs plus ainsi, est la norme. Pour vous faire mieux comprendre, jeune homme, je ferais l'analogie avec le golf : aucun non-golfeur ne souffre de ne pas jouer, aucun ne se sent socialement inutile parce qu'il ne pratique pas ce sport. N'est-ce pas ? Eh bien c'est la même chose pour le travail, car un métier s'apparente à un loisir. J'ajoute que les gens pratiquent toutes sortes d'activités et ne s'ennuient jamais. Je me demande d'ailleurs, entre nous, si l'adjuvant qu'ils mettent dans l'eau du robinet n'y est pas pour quelque chose. Mais je vous citerai par exemple les activités des gens que je connais : le sport, dans toutes ses variantes, que les immortels, de loin les plus nombreux, peuvent pratiquer éternellement et les autres de longues années, l'art, comme créateur ou spectateur, la conversation, l'amitié, l'amour, la compagnie des animaux, le jardinage, le bricolage, le jeu sous de nombreuses formes, avec notamment nos jeux d'immersion hyperréalistes, les voyages, essentiellement virtuels, que sais-je encore. En somme mes contemporains mènent la vie d'un jeune retraité heureux à votre époque. Qui s'en plaindrait ?

Tandis qu'elle me présentait cette vision invraisemblablement idyllique, je pensais soudain au « rebelle » chez qui j'avais séjourné l'avant-veille.

— Pour aborder un autre sujet et peut-être nuancer ce tableau paradisiaque, quelqu'un m'a confié qu'il avait été condamné autrefois à deux ans de conservatoire niveau 3. Vu son air accablé je n'ai pas souhaité lui demander d'explication. Mais savez-vous ce qu'il a voulu dire ?

— Qui vous a parlé de cela ? a-t-elle réagi, le visage devenu grave.

— Un homme que j'ai rencontré brièvement avant-hier.

— Et il avait été condamné à deux ans niveau 3 ?

— Oui, c'est ce qu'il m'a dit en tout cas.

— Je le plains… C'est un lieu très particulier, qui a ouvert près d'ici, dans un ancien collège désaffecté, il y a une cinquantaine d'années, et qu'on peut visiter.

— Mais qu'est-ce qu'on y voit ? Et que signifie d'être condamné dans un conservatoire ? C'est une prison ?

— Cela va sans doute vous surprendre, mais c'est le Conservatoire du malheur, le CDM (j'ai traduit ainsi l'expression « Pain conservatory » et l'acronyme PC qu'elle a utilisés).

— Pardon ? Vous avez créé un Conservatoire du malheur ? C'est quoi ? Un musée ? Un asile ?

— Vous n'y êtes pas du tout jeune homme. Je vais vous expliquer.

Elle se racla la gorge, rassembla ses pensées et poursuivit :

— Même s'il reste quelques poches de résistance, quelques réfractaires au progrès, vous avez compris, je crois, que la misère, la souffrance, la douleur et même le chagrin ont progressivement disparu de notre société, grâce aux avancées de la science et à la transformation de l'économie. Il ne peut plus y avoir de gens malheureux, en tout cas pour des raisons matérielles. Et les peines d'amour, de deuil, la douleur physique, tout cela aussi a disparu, ou quasiment, avec les progrès de la génétique et de la chimie. Ces souffrances de tous ordres qui ont accablé l'humanité durant des millénaires, même si elles contribuaient, pour certains philosophes, au sel de la vie, car, faisaient-il remarquer, comment apprécier le bonheur si l'on ignore son contraire, n'ont plus cours depuis longtemps.

Or il s'est trouvé que chez l'un de nos anciens dirigeants, vous verrez qu'une plaque l'honore sur le fronton du bâtiment, si vous le visitez, l'idée a germé dans les années soixante de créer une sorte de Conservatoire du malheur, sous forme d'un musée accessible au public. Son objectif était double. D'une part, comme il arrivait que des gens, trop nombreux à son goût, se plaignent encore de leur sort en se comparant à leurs contemporains mieux lotis plutôt qu'à leurs ancêtres, il a jugé bon qu'ils puissent constater de leurs yeux ce qu'était la vie autrefois, difficile pour certains, pour d'autres insupportable. Mais en même temps, a pensé cet esprit diabolique, nous ne savions pas très bien comment punir les fauteurs de trouble, voire les rares criminels, autrement que par une privation de liberté physique ou numérique, coûteuse pour la première, peu dissuasive pour la seconde. C'est pourquoi il a imaginé, afin de faire d'une pierre deux coups, que certains condamnés animeraient, si je puis dire, ce conservatoire. Mais ça me gêne de poursuivre sur ce sujet délicat. Allez le visiter, si vous avez le cœur bien accroché. Vous vous ferez votre opinion.

Inutile de vous dire qu'après cette présentation interrompue je n'avais qu'une hâte. Je me suis donc rendu dans la matinée au CDM, qu'on appelle aussi Musée Werner Bachart, du nom de son fondateur, situé à quelques rues de la Maison des Vieux. Dix minutes de marche sous un ciel lourd, suivi par Oscar, qui commençait à me peser.

Dans le hall d'accueil, la file d'attente se composait d'un groupe d'adolescents bruyants emmenés par leur professeur d'histoire, un robot m'a-t-il semblé, d'une mère et de son fils âgé d'une quinzaine d'années, et d'une poignée d'adultes, dont plusieurs paraissaient très vieux. En attendant mon tour, j'ai consulté au-dessus du guichet le plan du musée sur lequel des flèches indiquaient le sens de la visite. Et les intitulés des espaces qui se succédaient m'ont aussitôt effaré :

Niveau 1 - Pauvreté : dénuement, misère

Niveau 2 - Douleurs morales : chagrin d'amour, deuil, dépression

Niveau 3 - Douleurs physiques : rage de dents, calculs rénaux, cancer

Très inquiet de ce que j'allais découvrir si je pénétrais dans ce lieu, j'ai failli renoncer. Puis, repensant à mon hôte d'une heure qui avait séjourné là durant deux ans, ainsi qu'à la mission d'observation que je devais accomplir, j'ai acheté mon billet et suis entré dans le premier espace, celui consacré à la pauvreté, ne sachant pas du tout à quoi m'attendre.

Sur la gauche, j'ai découvert aussitôt, à travers une large baie vitrée que venaient de quitter plusieurs visiteurs, une pièce misérable, un véritable taudis : des murs lépreux suintant d'humidité, un toit formé de tôles ondulées mal assujetties, un carrelage sale et cassé par endroits, et, reposant sur une mince couchette à même le sol, une femme vêtue de hardes, immobile et silencieuse. En face d'elle, une table et une chaise, au fond un coffre, une cuvette de WC et un lavabo fendu surmonté d'un miroir moucheté. Le tout parfaitement éclairé pour le voyeur que j'étais. A droite de la vitre, quelques lignes sur un écran présentaient cette femme, qui n'était ni une comédienne ni une employée du musée mais une prisonnière : Anna-Chou Gramont, né le 14 mars 2083, condamné le 10 novembre 2120 pour diffusion de fausses nouvelles à un an de musée niveau 1 - misère. Je l'ai observée quelques instants, en essayant de comprendre comment nos descendants avaient pu inventer un tel châtiment public, avant de quitter ce spectacle dégradant et de parcourir, sans tourner la tête, un couloir où se succédaient des condamnés à des peines de trois mois à deux ans de pauvreté pour des délits mineurs.

Puis venait l'espace dédié aux douleurs morales.

Dans la première pièce, un homme était couché, les yeux fermés, peut-être endormi : John-Hung de Villiers, né le 23 mai 2088, condamné pour vol le 17 janvier 2121 à six mois de musée niveau 2 - chagrin d'amour. A côté de l'écran qui le présentait était fixée une manette sous laquelle une flèche montrait le sens de rotation. Je l'ai saisie à tout hasard et l'ai tournée vers la droite. Aussitôt l'homme s'est redressé et s'est assis sur son lit. Il a pris sa tête dans ses mains et l'a remuée de part en part. Quand j'ai tourné la manette d'un cran supplémentaire, j'ai vu son visage blêmir et des larmes couler. J'étais sidéré par cette interaction instantanée avec le cerveau du prisonnier, par le pouvoir que je détenais sur ses émotions et par la cruauté de cette peine publique. J'ai lâché la manette, qui s'est remise dans sa position initiale. L'homme s'est alors essuyé les yeux avec un torchon sale, puis il a regardé dans ma direction sans me voir, tel un aveugle, et s'est recouché.

Dans cette zone du musée s'alignaient une douzaine de pièces, de cellules ai-je envie de dire, où les visiteurs pouvaient ainsi faire souffrir de chagrins d'amour des prisonniers condamnés à des peines légères, pour vol ou atteinte à l'ordre public (l'un d'eux avait simplement uriné au pied d'un arbre : trois mois de chagrin d'amour).

Au bout du couloir on pénétrait dans une seconde partie, celle consacrée aux douleurs du deuil. Je ne m'y suis pas arrêté, honteux de ce voyeurisme, tandis que des jeunes visiteurs riaient des tourments qu'ils infligeaient comme s'ils s'amusaient de clowneries.

Juste après, dans le département suivant, j'ai vu une femme assise sur sa chaise, totalement immobile. Elle paraissait jeune mais le texte qui la présentait contredisait son apparence : elle était née en 2041 et avait donc quatre-vingt ans. Elle avait menacé son mari avec un couteau, sans passer à l'acte : un an de musée niveau 1 - dépression. Je l'ai observée un bon moment. Quand pour se lever elle a repoussé sa chaise, j'ai réalisé que du couloir on n'entendait aucun bruit. L'isolation était parfaite, sans doute aussi dans l'autre sens. C'est alors que l'adolescent que j'avais remarqué à l'entrée avec sa mère s'est approché de la vitrine et, sans se préoccuper de ma présence, a tourné la manette d'un coup sec jusqu'à la butée. Instantanément l'allure de la femme a changé. Son visage s'est liquéfié, elle s'est mise à marcher de long en large, à se tirer les cheveux, levant parfois les yeux dans notre direction car elle devait savoir où résidait la source de son mal. Mais à l'évidence elle ne nous voyait pas derrière ce qui devait être une glace sans tain. Elle pleurait comme un enfant et se cognait la tête contre la vitre, juste devant nous, provoquant les rires du jeune homme et de sa mère. Outré par leur attitude, je leur ai crié : « Vous n'avez pas honte ? » J'ai saisi de force la poignée des mains du jeune homme et l'ai remontée dans sa position initiale. La prisonnière s'est calmée, a secoué la tête, puis est retournée s'asseoir en s'essuyant les yeux. L'adolescent et sa mère m'ont jeté un regard de désapprobation avant de s'en aller en se retournant plusieurs fois.

Décidément ce musée me faisait horreur, mais il faut bien dire que c'était le but recherché. Quelle chance avons-nous de ne plus souffrir ainsi ! Pauvres ancêtres minés par le malheur ! Vive la société actuelle qui a su nous libérer de ces maux ! Ne vous plaignez pas de votre sort, bonnes gens ! Regardez à quel point c'était pire avant !

J'ai hésité à revenir sur mes pas et à quitter ce lieu d'infamie. Mais mû par une curiosité malsaine j'ai tout de même voulu continuer jusqu'au niveau 3 dédié aux douleurs physiques. Pour l'atteindre, j'ai dû traverser une cafeteria où des visiteurs se rafraichissaient tranquillement, ne semblant pas dérangés le moins du monde par les souffrances qui les cernaient, avant de pénétrer dans la partie la plus effrayante du musée, celle qu'avait connue durant deux ans le pauvre Peter Dorset.

J'ai d'abord vu un homme aux muscles puissants, torse nu, qui marchait d'un mur à l'autre tel un lion en cage, le visage sale et secoué de tics, les cheveux hirsutes : Roger-Song Agostini, né en 2084, condamné pour meurtre le 14 octobre 2120 à quatre ans de musée niveau 3 – cancer. De temps en temps, les yeux écarquillés, il fonçait vers la vitrine qu'il cognait de ses poings avant de reprendre son manège. Plus loin, abattue sur sa chaise, les jambes agitées de soubresauts, Chantal Delermont, née en 2062, condamnée pour meurtre le 17 novembre 2119 à deux ans de musée niveau 3 – abcès dentaire. Je suis ensuite passé rapidement devant d'autres cellules où des élèves du professeur faisaient souffrir les condamnés de maux de dents ou de coliques néphrétiques épouvantables. Le plus terrible était d'apercevoir leurs bouches grandes ouvertes, hurlant de douleur sans que le moindre son n'en sortît, tandis que les jeunes gens, encouragés par leur maître, les montraient du doigt en s'esclaffant ! J'avais la nausée en longeant ce couloir maudit, lourd d'un terrifiant silence coupé de rires ignobles.

Sur le point de quitter cet enfer, j'ai été saisi devant la dernière cellule par le spectacle d'une jeune femme qui se collait contre la vitre. Des traits fins, des mains délicates, une extrême maigreur, des yeux hagards et cernés qui me fixaient sans me voir tandis que j'étais planté là, interdit, à quelques centimètres d'elle. Avec un doigt j'ai frappé la vitre, deux fois. Elle a paru étonnée et m'a répondu de la même façon. J'ai recommencé, et elle aussi. Elle a froncé les sourcils en se concentrant, et de l'index de sa main droite elle a dessiné sur la vitre une sorte d'arabesque, pour moi de droite à gauche. Puis elle a regardé dans ma direction, l'air interrogatif, comme si elle attendait une réponse. Je ne comprenais pas ce qu'elle voulait. Elle a alors recommencé ce qui m'a semblé être le même dessin, plus lentement. Et là j'ai soudain réalisé : elle écrivait ! Avec son doigt elle traçait maladroitement un message à ma destination ! Et j'ai réussi à le déchiffrer, avec difficulté puisque je le voyais à l'envers : « Help me ! I am innocent ! Help me please ! » En lisant cet appel au secours, j'ai senti mes jambes se dérober. Submergé par l'émotion, je me suis retourné : j'étais seul devant la vitrine, il n'y avait même à cet instant personne d'autre dans le couloir. Je me demandais comment des visiteurs pouvaient utiliser la manette et torturer à distance, sans le moindre risque pour eux, cette petite femme fragile, émouvante, désespérée. Décidément l'humanité ne changerait jamais. Vivement me suis-je dit qu'elle disparaisse. Au moins les animaux…

Reprenant mes esprits, j'ai lu qui était la prisonnière : Sofia-Wang Martel, née en 2091, condamnée pour meurtre le 5 août 2118 à trois ans de musée niveau 3 – calculs rénaux ! Il lui restait donc trois mois et demi à accomplir, si elle tenait jusqu'au bout. Quelle horreur ! Quelle atrocité !

Que pouvais-je faire pour l'aider ? J'ai frappé deux coups à tout hasard. Elle a alors écrit de son doigt frêle qui tremblait un peu : « Oui un coup, non deux coups », et a regardé l'endroit où j'avais tapé, l'air interrogatif. Soulagé de pouvoir ainsi communiquer, j'ai frappé un coup. Elle a écrit : « Voulez-vous m'aider ? ». « Oui » ai-je répondu. « Demandez une visite ». « Oui ». « Dès que possible ». « Oui ». « Merci ». « Oui ».

A ce moment précis les élèves sont arrivés en gesticulant, excités telles des sauterelles. Quand l'un d'eux a tendu la main vers la manette, je lui ai jeté à la figure :

— Ne fais pas cela, elle est innocente !

Il m'a regardé comme si j'étais fou et toute la classe a éclaté de rire. Je suis parti lâchement, le cœur brisé. En me retournant j'ai vu que le professeur tenait la poignée et qu'ils contemplaient tous ce magnifique spectacle d'une femme qu'on torture.

Je me suis précipité dehors où j'ai été pris de vomissements sous l'œil d'un policier qui n'est pas intervenu. Puis j'ai couru tel un forcené jusqu'à ma chambre. Là, bouleversé par ce que j'avais vu dans ce « musée », qui éclairait soudain cette société d'un jour différent, j'ai cherché sur Optinet ce qui avait bien pu arriver à cette femme.

Et j'ai tout de suite trouvé.

Trois ans plus tôt, randonnant dans l'Himalaya avec un groupe d'amis, elle avait été assaillie un soir dans sa tente par l'un de ses équipiers qui l'avait violée. C'est en tout cas ce qu'elle prétendait. Au petit matin, un peu à l'écart du camp, à l'issue d'une violente dispute qui avait réveillé tout le groupe, elle avait poussé son agresseur qui était tombé dans un précipice. Un mobile évident et le témoignage d'un sherpa l'accusaient. On n'avait jamais retrouvé le corps. Elle avait toujours nié toute volonté de tuer. Elle lui avait juste donner une chiquenaude, mais la plaque de neige sur lequel il reposait s'était effondrée, provoquant sa chute mortelle. Du moins, telle était sa défense. On l'avait ramenée à Paris où un jugement rapide l'avait condamné à cette peine terrible, difficile à supporter pour l'être chétif que je venais de découvrir.

Après cette visite et cette lecture, je n'eus qu'un objectif : la libérer, la sortir de cette monstruosité. Mais j'étais conscient de la difficulté, peut-être même de l'impossibilité de ce sauvetage. Heureusement il ne lui restait que trois mois à subir. Je me suis renseigné sur les visites auprès d'Oscar. Il m'a dit qu'elles étaient rares et réservées à la famille. J'ai insisté, en lui demandant si, dans mon cas particulier de voyageur temporel enquêtant sur la situation de la société, on ne pouvait pas consentir une exception. Pour une fois il a pris plusieurs minutes avant de me répondre. Je suppose qu'il consultait une autorité. Et une visite m'a été accordée pour le mardi suivant à dix heures.

Dès le lendemain, ne pouvant attendre, je suis retourné au musée. Quand je suis arrivé en courant devant la cellule de Sofia-Wang, je l'ai vu pendant quelques secondes se tordre de douleur sur le sol, secouée par de violents spasmes, la bouche grande ouverte, tandis qu'un petit homme d'une rare laideur tournait la manette, avec un rictus aux lèvres. Je l'ai jeté par terre. Effrayé par ma violence, il a rampé sur un mètre comme un infâme cloporte avant de se lever et de ficher le camp en courant. La manette était remontée, interrompant le supplice. Aussitôt j'ai frappé violemment trois coups sur la vitrine. La prisonnière a mis du temps à retrouver son calme, à cesser de trembler. Elle a tenté de se mettre debout et elle est retombée. Elle a recommencé et a fini par tenir sur ses pauvres jambes, des allumettes. Elle est venue tout contre la vitre et a écrit : « C'est vous ? ». « Oui ». « Visite bientôt ? ». « Oui ». « Mardi prochain ? ». « Oui ». « Merci ». Je suis reparti, les yeux embués.

L'après-midi je suis retourné chez mon fils. Dès que je suis arrivé, avant que j'aie pu lui parler de la jeune femme comme je le souhaitais, il a voulu me faire une confidence. Il m'a avoué, l'air un peu gêné, qu'à l'issue de notre première rencontre il avait conservé un doute sur la réalité de notre invraisemblable filiation, malgré tout ce que j'avais pu dire et mon évidente ressemblance avec son père dont il avait revu de vieilles photos. De sorte qu'en utilisant le verre que j'avais touché il avait effectué un test ADN, sujet qu'il connaissait fort bien. Et après une attente angoissante, le résultat était tombé : j'étais bien son père, sans le moindre doute !

Nous nous sommes longuement serrés dans les bras, avec émotion et tendresse, en retenant nos larmes.

Puis, interrompant nos effusions, je lui ai raconté ce que je venais de vivre le matin même. Il m'a dit qu'il n'avait jamais voulu visiter ce conservatoire maudit, mais qu'à sa connaissance aucun prisonnier ne pouvait en sortir avant l'accomplissement de sa peine. Heureusement, ils étaient peu nombreux car les délits pouvant y conduire s'étaient considérablement raréfiés. Je lui ai répondu que j'essaierais quand même d'agir pour cette jeune femme et que peut-être mon statut de voyageur du passé m'aiderait dans ma tentative.

Et puis, pour ne plus penser à ce drame, j'ai souhaité aborder un autre thème. Au cours de l'une de nos conversations, il avait mentionné un gouvernement mondial, nommé Optima je crois. Le président de l'Europe avait aussi utilisé ce terme. Pouvait-il m'en parler, m'expliquer ce qu'était Optima ? J'étais très curieux d'en savoir davantage sur ce sujet primordial.

Nous nous sommes confortablement installés dans son salon, une vodka orange à la main, comme la veille, et mon fils a entrepris de m'éclairer sur cet immense bouleversement politique.

Contrairement à ce que nous craignons en 2019, aucune guerre majeure n'a ensanglanté le monde au vingt-et-unième siècle : pas de catastrophe gigantesque, nucléaire, chimique ou bactériologique qui aurait annihilé l'espèce humaine. Au contraire, si je puis dire, grâce à une série de dirigeants éclairés qui ont su entraîner leurs peuples, l'humanité a pris progressivement conscience de la stupidité de faire cohabiter deux cents pays sur cette petite planète, avec deux cents gouvernements qui tirent dans tous les sens, alors que beaucoup de problèmes majeurs nécessitent une vision unique et une décision mondiale, et qu'en outre cet émiettement historique générait en permanence des conflits, qui s'éteignaient ici pour se rallumer là. Parmi les plus importants figure la « Guerre de trois ans », de 2045 à 2048, qui a débouché, par le traité d'Omsk, sur la séparation de l'ex-Russie en deux États, la Russie orientale, Oural inclus, et la Russie occidentale. Et puis deux guerres pour la maîtrise de l'eau, l'une au Moyen-Orient, autour du Nil, dans les années quarante aussi, et plus tard, le principal conflit du siècle, qui a provoqué des millions de morts, au nord du sous-continent indien, pour contrôler le bassin de l'Indus et de ses affluents. Mais ces trois guerres sont heureusement restées régionales, si je puis dire, et aucun des belligérants n'a pressé le bouton nucléaire.

Cette prise de conscience de l'inanité, plutôt du danger, de cet émiettement a permis qu'au fil du temps le nombre d'États autonomes ne cesse de diminuer, les pays fusionnant dans des confédérations plus ou moins vastes, pour aboutir à une centaine vers 2045, une dizaine vingt ans plus tard, deux en 2072, et finalement un seul en 2080, couvrant la terre entière, dirigé par un seul homme (en fait quand j'y étais, une femme), qui réside à la Maison Jaune, à Pékin ! Je précise en passant : une femme assistée d'un robot, comme c'est le cas pour tous les postes à responsabilités. Cet État unique a été baptisé Optima, un nom surprenant pour nous qui baignons dans le pessimisme, mais qui ne m'a pas étonné quand j'ai découvert progressivement cette société si différente de la nôtre et tellement meilleure à maints égards. Une évolution aussi rapide, sans conflit majeur, s'est avérée possible parce qu'une majorité d'humains a fini par comprendre que pour lutter, s'il n'était pas déjà trop tard, contre le réchauffement climatique, le terrorisme des extrémistes de tous poils, la fraude fiscale, la guerre, la peste des fausses nouvelles et tant d'autres maux, la meilleure solution, la seule en vérité, était l'unité du monde, dans une fédération tentant de préserver les cultures locales, malgré leur nivellement de toute façon inéluctable, provoqué en dernière analyse par le développement de la technologie.

Les deux États qui ont précédé l'union et ont donc mené la fusion finale étaient l'Amérique, qui comprenait les continents américains et européens, et la Chine qui englobait l'Afrique et l'Asie. La négociation qui a conduit à cette unité s'est conclue sur des décisions lourdes de conséquences : la langue universelle deviendrait l'anglais, plus pratiquée et plus facile à apprendre que le mandarin ; la monnaie mondiale le yuan chinois, compte-tenu de la prééminence économique de la Chine ; et la capitale Pékin, où s'installerait le président. Accessoirement, les nouveau-nés porteraient, en principe, un prénom double, anglo-chinois.

Ce président du monde est désigné pour cinq ans par les dirigeants des six continents, qui choisissent parmi l'un des leurs : l'Amérique du Nord, qui inclut l'Arctique ; l'Amérique du Sud, qui comprend le Mexique et les autres États actuels d'Amérique centrale ; l'Europe, dont fait partie la Russie occidentale ; l'Afrique, y compris l'Antarctique ; l'Asie de l'Ouest, un immense continent qui contient la partie orientale de la Russie actuelle, le Moyen-Orient, l'Inde et ses États limitrophes ; et enfin un autre continent géant, l'Asie de l'Est avec l'immense Chine, le puissant Japon, l'Indonésie, l'Océanie. Un seul État, dix milliards d'individus, et un nombre supérieur de robots et d'IA. Et tout cela semble fonctionner harmonieusement !

Les patrons des continents disposent d'une autonomie de décision sur les sujets locaux. Ils sont choisis parmi ceux des ex-États, eux-mêmes l'étant par ceux des régions, et ces derniers par les maires, les seuls qui soient élus au suffrage universel. Et pour chaque poste, le mandat, non renouvelable, est de cinq ans. Le chemin de la présidence du monde s'ouvre à tous, mais il dure vingt ans : cinq ans comme maire, cinq ans à la tête d'une région, cinq ans à celle d'un pays et cinq ans à la direction d'un continent. La durée de ce parcours, associée au non-renouvellement des mandats qui évite aux dirigeants d'agir en vue de favoriser leur reconduction, leurs confère une légitimité indiscutable.

L'ensemble de la population n'élit donc que les maires, une fois tous les cinq ans. Donc beaucoup moins d'élections qu'aujourd'hui. Et la grande majorité des élus n'exercent qu'un mandat, en tant que maire, ce qui constitue pour eux une parenthèse de travail dans une vie oisive. Il semble qu'ils se satisfassent de cette brièveté, car même si les missions sont passionnantes, elles sont fatigantes et coûteuses, de plus en plus au fur et à mesure que l'on grimpe dans la hiérarchie. Heureusement, l'inconvénient que pourrait représenter le changement fréquent de responsable, à quelque niveau que ce soit, est gommé par la présence à chacun de ces postes d'un robot qui assure la continuité, fournit toutes les informations, évaluations, prévisions nécessaires, et garantit le respect par le responsable qu'il assiste des valeurs fondamentales d'Optima. Ce contrôle et la brièveté des mandats semblent devoir écarter tout risque de dictature. Pourtant, de mon point de vue, un danger demeure : celui d'une prise de pouvoir par un robot, ou plusieurs, voire tous puisqu'ils constituent en fait un réseau universel. Mais cette possibilité que j'ai soumise à plusieurs de mes interlocuteurs les a fait rire comme une incongruité. J'espère pour mes descendants qu'ils ont raison de ne pas la craindre. Pourtant vous comprendrez plus loin que le doute est permis.

Un autre jour, au cours de l'un de nos sympathiques déjeuners, j'ai interrogé l'un des locataires de la Maison des Vieux, dont j'avais découvert la passion pour l'histoire, sur les raisons qui avaient conduit à ce que la population ne vote que pour les maires : une élection tous les cinq ans, point.

Il m'a expliqué qu'il y en avait trois.

D'abord la complexité croissante des problèmes impliquait de choisir des responsables, au niveau des États, des continents, du monde, capables de les comprendre et de les résoudre. Difficile de laisser cette décision à des électeurs qui avaient tendance, lorsqu'ils votaient encore pour ces hauts dirigeants, à privilégier les qualités de communication des candidats sur leur intelligence, leurs compétences, leur dynamisme, leur honnêteté et leur capacité de travail. Cela avait conduit dans plusieurs pays parmi les plus puissants à des catastrophes.

Deuxième raison renforçant la première : la baisse continue du QI tout au long du vingt-et-unième siècle, que nous constatons déjà, probablement due à la pollution chimique des aliments et de l'air, que les chercheurs n'avaient pas réussi à enrayer, en tout cas sur l'ensemble de la population, et qui rendaient l'avis des électeurs de moins en moins pertinent.

Dernière raison enfin : le raz de marée des « fakes news », des fausses nouvelles, que les progrès techniques, si l'on peut les qualifier ainsi, rendaient de plus en difficiles à repérer et qui là aussi avaient faussé de nombreuses élections et amené au pouvoir de dangereux démagogues à la langue bien pendue. Au niveau local, celui des maires, elles étaient beaucoup moins présentes car les enjeux manquaient d'intérêt pour les tricheurs et les complotistes, et parce que les électeurs connaissaient en général physiquement leurs candidats et se montraient donc moins sensibles aux calomnies diffusées par les réseaux numériques.

Voilà les trois raisons qui expliquent cette transformation de la démocratie que nous connaissons aujourd'hui et dont nous voyons avec inquiétude s'ouvrir les failles. Il semble que nos descendants aient su les refermer, avec succès pour l'instant.

J'ai passé les jours suivants, entre la Maison des Vieux et celle de mon fils, à découvrir toutes sortes d'autres évolutions qui m'ont sidéré mais que je vous raconterai au fil de ce récit, pour ne pas vous saturer d'informations.

En fait, je pensais sans cesse à la jeune femme qui croupissait derrière sa vitrine et j'attendais avec impatience le mardi où une visite m'avait été permise.

Ce jour-là, après une mauvaise nuit, je suis arrivé en avance au musée. J'ai dû attendre longuement à l'accueil, en essayant de comprendre les motivations des visiteurs qui s'alignaient face au guichet : des adolescents accompagnés d'un guide, leur professeur sans doute, des adultes entre deux âges, des couples de vieillards. Pourquoi venaient-ils visiter ce lieu terrible ? Pour réaliser, comme l'avait imaginé le fondateur, qu'ils avaient la chance de vivre dans une époque bénie, guérie de ces douleurs ancestrales ? Ou plus simplement pour jouir de la souffrance des autres et assouvir leur sadisme en toute impunité ? Y avait-il des habitués parmi eux ? Probablement, puisque j'avais remarqué que l'on pouvait acheter un billet valable un an !

Un robot est venu me chercher et m'a conduit, avec un petit groupe d'hommes et de femmes silencieux, à travers un dédale de corridors et d'escaliers brillamment éclairés, jusqu'au parloir, une longue salle coupée en deux par une vitre bordée de tablettes et de sièges de chaque côté. Il m'a installé au numéro 11, au milieu de la pièce. La moitié seulement des autres places ont été occupées par des visiteurs. J'ai dû encore patienter cinq minutes avant de voir à travers la vitre un petit groupe de femmes entrer, dont j'ai reconnu certaines que j'avais observées dans leurs cellules. Toutes portaient le même vêtement, une robe grise informe. Toutes avaient le teint cadavérique, les traits tirés, les cheveux mal coiffés. Sofia-Wang fermait la marche en boitillant, les yeux baissés. Sur l'ordre du robot qui guidait les prisonnières, elle s'est assise en face de moi, sans me jeter le moindre coup d'œil. Etrange de penser qu'elle ne m'avait jamais vu, ni même entendu. Ses mains posées sur la tablette qui longeait la vitre de son côté tremblaient, ses pieds aussi, trahissant son anxiété ou sa faiblesse. Elle gardait la tête basse. Enfin elle a levé les yeux et m'a regardé, manifestement surprise. Je l'ai saluée d'un sourire et me suis tout de suite présenté : Damien Ferlot, venu du passé, de 2019 précisément, pour un voyage d'étude de six mois. Je l'avais observée dans sa cellule à deux reprises, j'avais découvert son histoire sur Optinet et son cas m'avait ému. Des larmes ont coulé sur ses joues, elle a froncé les sourcils et a murmuré « Merci ». J'ai réalisé alors que je n'entendais rien des conversations voisines grâce à une parfaite focalisation du son.

— Vous allez sortir dans trois mois, ai-je dit.

— Je sais. Si je tiens jusque-là.

— Tenez bon s'il vous plait, je viendrai vous chercher.

— Pourquoi ? je ne vous connais pas. Tous les hommes m'effraient maintenant. Mon camarade aussi paraissait gentil.

J'ai pris le temps d'observer son triste visage, maigre mais délicatement dessiné comme par un artiste de la Renaissance, avant de lui demander :

— Vous avez de la famille pour vous réconforter ? Un compagnon peut-être ?

— Cela ne vous regarde pas. Vous me racontez une histoire invraisemblable. Je reste ici juste pour ne pas retourner dans ma cellule, mais je ne vous fais aucune confiance.

J'ai alors entrepris de lui raconter ma vie, j'ai tenté en vain de la faire sourire avec quelques anecdotes, j'ai essayé de lui donner des preuves de ce que j'avançais sur mon passé si lointain.

Lorsqu'un signal a retenti, beaucoup trop tôt, elle s'est immédiatement levée. J'ai eu à peine le temps de lui dire au revoir qu'elle avait déjà rejoint la file des prisonnières. Et elle a quitté la pièce sans se retourner.

J'étais bouleversé, incapable de bouger.

— C'est fini, monsieur Ferlot, vous devez partir, m'a lancé un gardien.

J'ai rejoint lentement la sortie, le cœur débordant d'émotion.

En rentrant du Conservatoire, lassé d'être suivi par Oscar comme par un toutou, je lui ai expliqué que sa présence permanente à mes côtés me gênait et me semblait inutile. Je n'avais aucune intention agressive vis-à-vis de quiconque et j'étais assez grand pour me renseigner tout seul lorsque c'était nécessaire. Je comprenais qu'on veuille contrôler mes gestes, mais n'était-il pas possible et suffisant de le faire à distance, compte-tenu de toute cette technologie de surveillance que je commençais à connaître ? Oscar a pris deux minutes pour réfléchir, sans doute pour consulter, et a fini par me donner son accord. Un vrai soulagement ! A partir de cet instant, je ne l'ai plus aperçu que rarement, et de loin.

Je n'ai pas eu l'autorisation de revenir pour une autre visite, malgré mon insistance. Mais je suis retourné voir la prisonnière dans sa cellule presque chaque semaine quand j'étais à Paris. Je me faisais reconnaître en frappant la vitre. Elle me posait une ou deux questions banales et nous en restions là. Quand des visiteurs s'approchaient, je monopolisais la manette le plus longtemps possible pour les empêcher d'agir. En haussant les épaules ils passaient leur chemin. Les cellules ne manquaient pas, ni les prisonniers à torturer. Et ils pouvaient revenir quand je ne serais plus là.

Dès le lendemain de cette première et unique visite, je suis parti dans le Sud avec Louis, impatient de découvrir ma petite-fille et mon ancienne maison de vacances.

Il est venu le matin me chercher à la Maison des Vieux. Il a appelé un *cair* qui nous a emmenés en quelques minutes à l'aéroport de Vincennes où une sorte de fusée, ce qu'ils appellent un *rocklane*, nous a conduits à Hyères, à côté du Lavandou, sur la Côte d'azur.

En réponse à mes questions, mon fils m'a dressé, pendant ce bref trajet, un panorama des moyens de transport, qui n'ont plus grand-chose à voir avec ceux d'aujourd'hui.

D'abord il n'y a plus de voitures particulières mais seulement des engins partagés, roulants et volants, les *cairs*, contraction probable de « car » et de « air ». Dans n'importe quel logement, ou même à l'extérieur, en ville ou à la campagne, il suffit d'émettre à haute voix le souhait d'aller à tel endroit pas trop lointain, disons à moins de cinq cents kilomètres, pour que dans les trois minutes qui suivent un *cair* vienne vous chercher, vide ou déjà partiellement occupé. Les trajets sont rapides et silencieux, le *cair*, piloté automatiquement, choisissant en permanence le meilleur chemin, au sol ou en l'air. Les embouteillages ont disparu. Le coût de la course, très faible, est débité sur le compte de l'usager. Et ces déplacements sont l'occasion, comme j'ai pu le constater, d'agréables rencontres.

Pour les transports plus lointains, deux modes coexistent. L'avion d'abord, le *rocklane* donc, qui ressemble plutôt à l'une de nos fusées. Il décolle et atterrit verticalement, monte au-dessus de l'atmosphère et met par exemple New-York à une heure de Paris. Pour les longs trajets continentaux qui n'imposent pas de franchir une mer profonde, les trains magnétiques souterrains, qui filent à une vitesse folle dans des tunnels rectilignes, permettent de faire l'aller-retour Paris Rome dans l'après-midi, mais je n'ai pas eu l'occasion de les utiliser. Demeurent aussi, pour transporter les marchandises lourdes ou volumineuses, comme l'acier ou le blé, des camions et des navires immenses, tous électriques et sur coussin d'air.

Ce qui m'a en fait le plus frappé, c'est que ces moyens extraordinaires, qui réduisent considérablement les dimensions du monde, sont en pratique peu utilisés parce que les gens ne voyagent guère. Pourquoi ? D'abord, très peu ont un emploi, de sorte que les trajets quotidiens du domicile à l'usine ou au bureau ne sont plus légion. Les déplacements professionnels plus lointains ont eux aussi quasiment disparu, car les rares personnes qui travaillent, même lorsqu'elles ont d'importantes responsabilités internationales, se contentent le plus souvent de communications électroniques virtuelles qui s'avèrent d'une efficacité prodigieuse. Le déplacement physique n'est pas nécessaire quand on peut parler à son interlocuteur en le voyant, en sentant les mêmes odeurs que lui, en ayant les mêmes sensations de toucher, en téléportant les objets comme je l'expliquerai plus loin. Quant aux robots, qui occupent la grande majorité des postes, ils n'ont pas besoin de se déplacer, sauf rares exceptions. Leurs collaborations sont virtuelles.

D'autre part les humains voyagent peu pour le plaisir (et les robots pas du tout, à ma connaissance), bien qu'ils aient le temps disponible et les moyens nécessaires. Là encore, grâce à la technologie, quelqu'un qui veut, disons, faire un safari en Tanzanie, va en général choisir un voyage virtuel, sans bouger de chez lui. C'est beaucoup moins cher, il n'y a pas un trajet de plusieurs heures à effectuer, et la personne ne quitte ni son confort ni ses amis, avec lesquels elle peut d'ailleurs voyager. Elle s'installe dans un bon fauteuil, éteint les lumières et opacifie les fenêtres, choisit parmi toutes les possibilités offertes un safari en Tanzanie, de dix jours par exemple, ferme les yeux, et le voyage commence. Grâce à une interaction directe du PICC avec les neurones, on a l'impression d'être rendu sur place, au milieu des animaux sauvages et des paysages grandioses. Je vous en parle parce que je l'ai testé. J'ai marché au milieu du cratère du Ngorongoro. J'ai vu des lions rugissants se prélasser sur un rocher à quelques mètres de moi, des flamands roses s'élever du lac central par milliers, j'ai entendu barrir des éléphants et feuler des guépards, j'ai senti le parfum de fleurs inconnues et humé des odeurs musquées portées par le vent tiède. Aucune différence avec un voyage réel : on voit, on entend, on respire comme si on était sur place. En outre, ce qui est difficile à comprendre, on a l'impression que le safari dure dix jours, avec les nuits dans les lodges, les repas au milieu de la savane, les découvertes qui s'enchainent du matin au soir, les aubes majestueuses et les rouges crépuscules, alors qu'à la fin, lorsqu'on ouvre les yeux et qu'on éclaircit les fenêtres, on s'aperçoit qu'il ne s'est écoulé que deux heures ! Il est donc compréhensible que les voyages réels n'aient plus la cote, sauf auprès de gens âgés qui ont passé leur jeunesse à une époque lointaine et en ont gardé le goût des déplacements physiques, des vrais dépaysements, des contacts humains authentiques, même si les risques sont plus grands, le temps perdu énorme et les différences avec les voyages virtuels insignifiantes.

Pour terminer sur ce chapitre des transports, en 2121 la téléportation est une réalité dont je peux témoigner. Si l'on veut envoyer un objet pas trop gros, ne dépassant pas une cinquantaine de centimètres, par exemple une soupière, ou un jouet, on le met quelques secondes dans son *transob*, appareil que possède chaque logement. Il est analysé jusqu'au niveau moléculaire, sa description est télétransmise, et chez le destinataire, un appareil identique, lointain descendant de nos scanners et de nos imprimantes 3D, fabrique le même objet en quelques secondes, à condition qu'il soit composé de matériaux disponibles dans les réservoirs du récepteur. Si ce n'est pas le cas, il est réalisé par le *transob* public le plus proche, mieux équipé, puis livré à domicile par un *cair*, le tout en quelques minutes. Pour les objets plus volumineux, jusqu'à plusieurs mètres, des meubles par exemple, l'émission et la réception utilisent des appareils publics de grandes dimensions. C'est ainsi que l'un de mes nouveaux amis s'est fait télétransmettre sur un *transob* public quatre chaises, qui lui ont ensuite été livrées une demi-heure après sa commande. Et moi j'ai reçu sur celui de la MDV un grille-pain que j'avais commandé sur Optinet.

Il reste un domaine où la téléportation balbutie encore, c'est celle des êtres vivants. Mais les choses progressent vite. La recherche est déjà très avancée pour les plantes, puisque on a pu, pendant mon séjour, envoyer un pétale de rose de Johannesburg à Londres en quelques secondes. Bientôt, il sera possible, ce qu'attendent tous les amoureux, de transmettre ainsi un bouquet de fleurs. Pour les animaux, il paraît qu'une mouche a déjà été envoyée par ce procédé de Pékin à Francfort, mais à l'arrivée il lui manquait une patte.

Lorsqu'au bout d'un quart d'heure nous avons atteint Hyères, le thermomètre marquait 44 degrés ! Je n'avais jamais connu en France une telle température au mois d'avril, ni même à aucune période de l'année. Une chaleur torride, un air difficilement respirable. Heureusement, un *cair* réfrigéré nous a pris tout de suite et nous a déposés cinq minutes plus tard devant la villa d'Aiguebelle où nous attendait Ursula, ma petite-fille, que Louis avait finalement prévenue. Je savais qu'elle avait soixante-neuf ans, mais je n'étais pas encore habitué à voir des femmes de cet âge en paraître quarante ! Une belle blonde élancée, d'au moins un mètre quatre-vingts, dont les yeux verts illuminaient un visage hâlé par le soleil et mis en valeur par de longs cheveux dorés et bouclés. Nous nous sommes observés de loin un bon moment avant d'oser nous approcher et de nous embrasser. Mais j'ai senti qu'elle le faisait avec réticence. Puis elle nous a vite conduits à l'intérieur où l'air conditionné apportait une fraîcheur acceptable. Elle nous a offert de grands verres d'eau bienvenus.

D'abord, comme je l'avais compris, elle n'a pas voulu me croire, malgré la ressemblance que je présentais avec son grand-père. Elle pensait que son père et moi lui montions un canular ridicule. Mais petit à petit, en accumulant les informations et en lui montrant les résultats du test ADN que Louis avait pratiqué, nous avons réussi à la convaincre que j'étais bien son grand-père. Et ce qui a fini par la décider complètement, c'est la consultation d'Optinet, qui me présentait comme étant Damien Ferlot, voyageur venu du passé quelques jours auparavant. Sur le coup, elle a été abasourdie, privée de parole une bonne minute, ses grands yeux écarquillés fixés sur cet ancêtre improbable, jailli du néant.

Puis elle m'a assailli de questions, les mots se bousculant dans sa bouche. J'ai dû lui raconter ma vie, ma courte vie de trentenaire, et les conditions de ce voyage dans le temps qu'elle avait du mal à comprendre. Je lui ai parlé du Paris de 2019, de ses ascendants, de mon enfance, de la villa de son père cent ans auparavant, de mes premières impressions en découvrant Optima.

Quand elle m'a paru à peu près rassasiée, en tout cas provisoirement, je l'ai interrogée à mon tour.

Elle avait eu plusieurs compagnons, était seule pour l'instant, n'avait pas souhaité concevoir d'enfant quand c'était encore possible, avait un peu travaillé dans sa jeunesse, après des études d'art. Sa passion, c'étaient les animaux, plus largement la nature. D'ailleurs un siamois aux immenses yeux bleus, un labrador blanc et un caniche chocolat n'avaient pas tardé à nous rejoindre, ainsi que des tourterelles gris perle, au cou cerné d'un fin collier noir, qu'elle avait su apprivoiser et qui voltigeaient bruyamment dans la pièce.

Par rapport à la maison où j'avais encore passé une semaine moins d'un an auparavant, le grand changement résidait dans le jardin : il était maintenant envahi par une végétation luxuriante, opulente, étouffante, qui cachait le spectacle magnifique dont nous jouissions à mon époque. On ne voyait plus ni la mer, ni les îles, ni même le ciel, mais seulement des pins gigantesques, des eucalyptus de la taille d'un immeuble, des dipladénias déployant leurs fastueuses corolles rouges, des plumbagos aux fleurs bleues envahissantes, des agapanthes montées sur leurs longues tiges comme sur des échasses, des pittosporums à profusion. Une vraie jungle impénétrable. Constatant mon étonnement, ma petite fille m'expliqua qu'elle se refusait à tailler les plantes, car elle croyait qu'elles avaient une conscience et pouvaient souffrir ! Elle se limitait donc à cueillir les fruits, action qu'elle pensait indolore, laissant les végétaux se déployer au maximum de leurs possibilités.

Nous passâmes rapidement à table. Elle nous avait concocté un agréable déjeuner : en entrée de surprenantes pilules mauves, au goût pas désagréable, puis un délicieux tajine de sauterelles aux olives et aux citrons confits, une spécialité régionale qu'elle dégustait avec plaisir, car elle pensait que les insectes, dépourvus de système nerveux, ignoraient la douleur, et pour conclure une salade de pêches, le tout arrosé d'un rosé de Provence bien frais comme il se doit. Après quelques nouvelles questions sur ses ancêtres, elle me parla longuement de la condition animale, avec une empathie surprenante.

A l'évidence, d'après ce qu'elle m'expliqua ce jour-là et ce que j'ai appris plus tard, les animaux sont plus heureux dans cent ans que maintenant. Largement. Si j'étais cynique, je dirais que ceux qui ont disparu de la surface du globe ont la chance de ne plus souffrir. Et ils furent nombreux, car jusqu'au milieu du vingt-et-unième siècle beaucoup d'espèces ont été éradiquées, totalement ou en grande partie, du fait de la déforestation, de la pollution, de la chasse, du braconnage, du réchauffement climatique. En dernière analyse, de l'homme. On ne trouve plus guère en 2121 de grands mammifères, sauf dans les zoos. Les oiseaux, les poissons, les insectes même ont été largement exterminés. On a pourtant fini par interdire la chasse partout lors de la création d'Optima, mais sans doute trop tard. Et puis, pour des raison morales, environnementales et sanitaires, les humains sont tous devenus végétariens, à quelques exceptions près dans des régions attardées du monde. Il faut dire que ce mouvement s'est accéléré vers 2090 quand on a diffusé sur Optinet la première conversation entre un homme et un cochon. Ce dernier ne pouvait pas plus qu'aujourd'hui prononcer de mots, faute d'un larynx adapté. Mais un robot avec lequel son cerveau communiquait parlait à sa place. Voici donc ce dialogue historique, qui a changé notre regard sur les bêtes et que j'ai pu entendre avec une émotion que vous comprendrez :

— As-tu faim ? a demandé l'éthologue au cochon qui le regardait.

— Oui, a répondu l'animal.

— Soif ?

— Non.

— Aimes-tu les hommes ?

— Non.

— Pourquoi ?

— Parce qu'ils puent, a conclu le cochon.

Et sur ces mots d'une grande sobriété il s'est éloigné nonchalamment.

Plus tard, on a su communiquer avec les dauphins, et tout récemment avec des singes, des chiens, des chevaux et même des poules. Difficile dans ces conditions de continuer à manger ses interlocuteurs ! Pour être plus précis, il y a tout de même des insectivores, dont ma petite-fille, mais l'essentiel de la nourriture, sauf pour des exaltés comme elle, vient des plantes, ingérées à l'état naturel ou transformées par des procédés qui se sont perfectionnés au fil des décennies, en même temps que l'odorat et le goût des humains s'affinaient ainsi que je l'expliquerai plus loin. Moi-même j'ai apprécié nombre de nourritures inconnues actuellement, tout en constatant que les hommes ou les femmes avec qui je partageais des repas, quand ils étaient relativement jeunes, jouissaient beaucoup plus que moi de ce qu'ils absorbaient, leurs commentaires montrant que mes papilles gustatives étaient loin d'avoir la finesse des leurs.

Il n'y a donc plus d'élevages industriels, plus d'abattoirs, avec leurs cortèges de traitements ignobles et de souffrances épouvantables, de moutons vivants pendus à des crochets, de vaches meuglant à la mort, de poussins broyés dans des centrifugeuses comme de vulgaires déchets. On trouve toujours des vaches, mais pour brouter l'herbe des champs, donner un peu de lait quand elles ont des veaux et entretenir les paysages, ainsi que dans les zoos pour éduquer les enfants qui restent ; des chevaux pour la monte et les courses ; des chiens, des chats, des serins, des furets et toutes sortes d'animaux domestiques dans les logements que j'ai pu voir, même si là aussi des robots ont souvent pris le relais, avec l'avantage qu'il n'y a besoin ni de les nourrir ni de les sortir.

Après une sieste qui a occupé les heures les plus chaudes de la journée, comme le soleil avait décliné et rendait l'air à peu près respirable, nous sommes descendus à la plage par l'escalier que j'avais souvent pratiqué. Je dis la plage à tort, car la mer était toujours là, bleu foncée vue de loin, d'un vert de cristal quand on s'en approchait, mais il n'y avait plus de sable ! L'eau l'avait entièrement recouvert ! Les vaguelettes battaient directement les dernières marches et ornaient de leurs dentelles mouvantes les rochers alentour. Les loueurs de chaises longues et de parasols avaient dû se reconvertir depuis longtemps et des hôteliers fermer boutique. Depuis mon époque, m'expliqua mon fils, la fonte de l'Arctique, de l'Antarctique et du Groenland avait fait monter la mer de plus d'un mètre, noyant presque toutes les plages de la région. Pour certaines, tout de même, mais pas les plus proches d'Aiguebelle, demeurait une mince bande de sable, comme le témoignage d'un lointain passé.

Dans le ciel d'une pureté de diamant, je m'émerveillai soudain d'apercevoir un vol d'oiseaux traçant d'élégantes arabesques, des hirondelles me semblait-il. Mais ma petite-fille me corrigea. Les hirondelles, ainsi que la plupart des oiseaux de nos régions tempérées, avaient disparu depuis fort longtemps, à l'exception de quelques spécimens conservés dans des volières. La civilisation des hommes les avait liquidées au fil des années. Mais alors que voyais-je dans le ciel ? Des robots, me dit-elle, des oiseaux mécaniques, qu'on avait fabriqués en masse, auquel le soleil fournissait l'énergie nécessaire, qui chantaient joliment comme leurs ancêtres vivants et dont il fallait reconnaître qu'ils présentaient l'avantage de ne pas lâcher de fientes. Au cours de mon séjour, j'eus l'occasion d'en observer et d'en écouter de toutes sortes, à de nombreuses reprises, dans la plupart des lieux où j'ai séjourné. Je me demandais si un jour il n'y aurait plus sur cette Terre que des robots humanoïdes pour admirer et écouter des robots oiseaux. Etrange perspective !

Je suis entré dans l'eau. Elle était chaude, plus fraîche que l'air ambiant à peine supportable, mais tout de même à une température inhabituelle au mois d'avril. Pourtant, ce qui m'a le plus frappé, c'est sa clarté, sa transparence, qui laissaient voir parfaitement les ondulations du sable doux et maillé de soleil sur lequel je posais les pieds. Tandis qu'Ursula, sans perdre une seconde, s'éloignait de nous dans un crawl impeccable, mon fils et moi nous sommes mis à nager tranquillement le long des rochers. Soudain je fus caressé, frôlé, chatouillé par un banc de poissons minuscules, d'un bleu étincelant, qui filèrent aussitôt au ras de la surface. A peine remis de mon étonnement, je vis un gros poisson se tortiller à mon côté, puis à nouveau des espèces plus petites aux couleurs chatoyantes, frétillant autour de nous. Je fis part de ma surprise à mon fils. Que s'était-il passé pour que cette eau, quasi-morte à mon époque, à part quelques méduses égarées de temps en temps, regorge ainsi de vie ? Et quelle propreté aussi ! Pas un bout de plastique ! Pas un détritus ! Louis esquissa un sourire satisfait, comme s'il était responsable de ce progrès, et me répondit qu'Ursula connaissait très bien le sujet et me fournirait les explications que je souhaitais.

Quand elle nous a rejoints un peu plus tard, légèrement essoufflée par son effort, et que nous avons commencé à remonter l'escalier sous le cagnard, je lui ai demandé par quel miracle la mer semblait s'être ainsi repeuplée. Comment avait-on fait pour que la vie animale revienne dans cette Méditerranée polluée dont l'avenir inquiétait mes contemporains ? Mes questions l'ont fait sourire, ce qui m'a réjoui car elle n'avait montré jusqu'ici qu'une triste mine.

— Papi, m'a-t-elle répondu, en s'amusant de m'appeler ainsi car j'étais et je paraissais plus jeune qu'elle, je vais t'éclairer. Je t'ai dit tout à l'heure que j'avais mené des études d'art. Dans ma jeunesse je voulais être artiste, je voulais créer de belles choses, sans savoir dans quel domaine. Or dès que j'ai obtenu mon diplôme, une occasion s'est présentée, que je n'ai pas refusée. J'habitais déjà ici, à Aiguebelle, et, comme tu le craignais en 2019, la faune marine avait quasiment disparu. La mer était propre, car des spécialistes aidés de myriades de robots sous-marins avaient pu, avant ma naissance, récolter et détruire la plupart des déchets qui l'encombraient, en combinant traitements physiques et chimiques. Cela avait duré des années, mais le résultat était là, spectaculaire. Enfant, je me baignais donc déjà dans une eau limpide. Mais presque sans vie animale, en tout cas près des côtes, à cause de la pollution et de la pêche excessive qui avaient sévi durant des décennies. Les pêcheurs n'en souffraient guère car il n'en restait qu'une poignée sur tout le pourtour méditerranéen. En revanche cette absence désolait les nageurs, les touristes, les habitants des côtes. On avait su purifier l'eau, devenue toute propre, cristalline même. Mais elle était morte, comme celle de ta baignoire.

Alors des chercheurs ont entrepris de résoudre ce problème. Réintroduire la vie, réensemencer les fonds marins semblait une tâche impossible, en tout cas beaucoup trop longue compte-tenu de l'immensité des océans. Il fallait donc se tourner vers d'autres solutions. Et c'est ce qu'ils ont fait avec talent puisque dès 2076, ou 77, ils ont réussi à fabriquer le premier poisson artificiel : un robot doté d'une IA lui permettant de se comporter pratiquement comme un vrai poisson d'autrefois, mieux même pour nous, ainsi que tu vas le comprendre. Mais il était moche, et ils avaient besoin d'un artiste pour concevoir et choisir de belles formes, des couleurs attrayantes qui séduisent le public. C'est pour cela qu'ils m'ont embauchée à l'usine de Lalonde les Maures qui venait d'ouvrir tout près d'ici. J'avais vingt-cinq ans, les projets que je leur avais soumis leur avaient plu et c'est moi qu'ils ont choisie parmi tous les candidats. Et là j'ai eu le bonheur pendant plusieurs années d'inventer des poissons, en m'inspirant des vrais, dans le respect des contraintes techniques que l'on m'imposait mais avec tout de même une grande liberté de création. J'ai conçu toutes sortes de formes, qu'on peut trouver dans la nature ou en tout cas que l'évolution aurait pu produire si elle avait suivi d'autres chemins. Mais surtout je me suis éclatée avec les couleurs. J'ai créé des poissons argentés, rouges, vert émeraude, dorés, d'un bleu profond ou lumineux, noirs comme le jais… Un véritable arc-en-ciel ! Ou plutôt un feu d'artifice ! Et l'usine de La Londe, la première au monde, s'est mise à fabriquer et à déverser dans la mer mes créations par centaines de milliers ! Je ne me lassais pas d'admirer la cascade multicolore que l'usine projetait en permanence dans les flots, jour et nuit, pour répondre à la demande colossale que cette invention avait suscitée. Nombre de mes poissons restaient dans les parages, pour le bonheur des baigneurs, d'autres s'éloignaient, certains traversaient même la Méditerranée, franchissaient le détroit de Gibraltar et repeuplaient les océans du monde où ils côtoyaient les rares espèces survivantes. Aujourd'hui l'usine continue de produire en masse, par millions, et d'autres font de même, en Afrique, en Asie, en Amérique, parce que les mers sont immenses et que les poissons artificiels finissent par s'user et par dépérir, précipités au fond des abysses où ils terminent leur existence. En tout cas je suis heureuse que tu en aies vus de près. Comme tu as pu le constater, ils ne sont pas farouches et ne craignent pas l'homme. Au contraire, ils le recherchent. Ils sont programmés pour s'en approcher et l'éblouir de leur beauté. Quand il m'arrive de croiser certaines de mes créations d'il y a quarante ans, c'est toujours avec un plaisir renouvelé. Et une certaine fierté je dois dire. Voilà, j'espère que j'ai répondu à ta curiosité.

Ma petite-fille y avait répondu au-delà de mes attentes. Que nos descendants aient su créer cette faune magnifique, sans danger pour l'homme, sans souffrance, dans les cieux et les océans, juste pour le bonheur de notre espèce, ne manquait pas de m'ébahir. Décidément Optima avait du bon ! En tout cas pour les animaux, réels ou factices !

Le soir, à la nuit tombée, après un dîner frugal et rapide, mon fils et moi sommes allés nous promener sur la colline, au-dessus de la maison, sous un ciel noir semé d'étoiles, pendant que ma petite-fille s'occupait de ses bêtes. Comme elle m'avait paru sombre depuis mon arrivée, sauf durant quelques secondes lorsque je lui avais soumis mon étonnement devant cette faune marine inattendue, j'ai interrogé Louis sur la cause de son état. Il m'a alors raconté les tristes événements qui avaient récemment secoué sa fille, en me demandant de ne pas lui en parler.

Trois ans auparavant, tandis qu'elle vivait seule après une énième rupture, elle était montée imprudemment dans un immense pin parasol qui ombrageait sa terrasse et où elle avait aperçu un nid abandonné. Une branche ayant cassé sous son poids, elle était tombée lourdement sur le dallage et s'était fracturé le fémur. Un accident devenu rarissime, provoqué par son caractère intrépide et son amour irraisonné des bêtes. Elle avait été bien soignée à l'hôpital de Toulon. Mais ensuite, pour l'aider dans les tâches ménagères qu'elle ne pouvait plus accomplir facilement pendant sa convalescence, elle avait dû louer un robot humanoïde. Elle l'avait soigneusement choisi : un mâle, car de façon générale elle supportait moins bien les femelles, très doux, de caractère facile, peu bavard, avec qui elle ne risquait pas de se fâcher.

Au début tout s'était très bien passé. Il accomplissait parfaitement son travail, restait toujours discret, ne la dérangeait pas. Et puis au bout de quelques semaines elle s'est mise à le regarder d'un autre œil. Sa forte personnalité n'avait jamais permis une relation durable avec un homme. Après deux ou trois mois de vie commune, au mieux un an ou deux, les conflits éclataient, les ego se heurtaient violemment et le couple se séparait. Tandis que là, avec cet être gentil et serviable, répondant à tous ses désirs, qu'il savait d'ailleurs souvent lire sur son visage avant qu'elle eût besoin de les formuler, la vie coulait harmonieusement. Elle a commencé à prendre plaisir à sa compagnie, à souffrir dès qu'il s'éloignait, à souhaiter sa présence la nuit dans sa chambre. Puis dans son lit. Bref, elle en est tombée amoureuse. Lui aussi, semble-t-il, qui ne voulait plus la quitter. De sorte qu'une fois complètement guérie, deux mois plus tard, elle a décidé de le garder auprès d'elle. Et ils ont mené une existence heureuse, sans le moindre nuage, pendant près de trois ans, comme j'ai pu le constater à chacune de mes visites. Je le voyais toujours serein, très respectueux de ma fille, ne la contredisant jamais même quand elle avait tort, alors qu'il savait tout, puisque, tu l'as sans doute appris, les *robs* ont accès à toutes les données du monde.

— Les *robs* ?

— Oui, on dit cela pour les robots humanoïdes.

— Ah bon ! Je n'avais pas encore entendu ce mot. Mais pardonne-moi une question indiscrète, Louis. Il s'agissait d'un amour purement platonique, j'imagine, ou…

— Pas du tout. Les *robs* mâles ont tout ce qu'il faut pour satisfaire une femme. Et ils le font à sa demande, à toute heure, quand elle veut. Ils ne sont jamais fatigués, jamais pris par une autre activité qu'ils jugeraient prioritaires, d'une patience infinie. Beaucoup d'avantages sur les pauvres hommes que nous sommes.

— C'est un service payant, j'imagine ? Ursula le louait à Opticom, c'est cela ?

— Tu as tout compris cher père. Son compte était débité chaque mois. Mais laisse-moi te raconter la suite.

Et Louis me relata la fin surprenante de cette liaison, qui malheureusement pour Ursula n'avait guère duré plus que les précédentes; tandis que les cigales mâles, aussi nombreuses me semble-t-il que cent ans auparavant, stridulaient bruyamment au-dessus de nos têtes pour convoquer les femelles comme elles le font depuis la nuit des temps.

— Je t'ai dit que ce robot, qui s'appelait Bao, était très doux, avait des gestes lents et gracieux, une voix suave, jamais un mot plus haut que l'autre. Timide, il rougissait comme un enfant et semblait vraiment adorer ma fille. C'est elle-même qui l'avait choisi dans le catalogue proposé par l'hôpital. Mais bien qu'il fût sans cesse aux petits soins pour elle tout au long de ces années, apparemment amoureux comme un jeune homme, manifestant pour elle un désir insatiable, la suite, ainsi que tu vas le voir, a montré qu'elle n'avait peut-être pas opéré le bon choix.

Un jour, elle a décidé d'aller se promener seule dans la colline, au-dessus de la maison. Elle voulait monter jusqu'à la crête que tu aperçois au loin, la longer sur plus de cinq kilomètres, redescendre alors et revenir en suivant la côte. Une balade magnifique que tu dois connaître. Une petite journée de marche. Seulement au bout d'une heure elle a changé d'avis, je ne sais plus pour quelle raison. Peut-être que ses chiens lui manquaient, ou qu'elle avait oublié quelque chose. En tout cas elle est rentrée beaucoup plus tôt que prévu, sans prévenir Bao. Et le spectacle qu'elle a découvert en arrivant l'a bouleversée : Bao était dans son lit, avec un autre robot humanoïde, mâle lui aussi, qui était venu une fois travailler au jardin ! Et manifestement ils n'étaient pas ensemble pour discuter. Bao la trompait ! Avec un jardinier !

Dotée du caractère que tu commences à comprendre, elle est devenue folle de rage et les a éjectés du lit tous les deux en vociférant. L'intrus a fui maladroitement, aussi vite qu'il pouvait. Mais Bao est resté, debout devant elle, immobile, sans réaction. Incapable de se contrôler, elle s'est emparée d'une pagaie qui traînait dans la chambre et s'est mise à le battre de toutes ses forces, en hurlant des insanités. Bao se laissait faire, sans un geste de protection, sans un cri. J'imagine qu'il ne savait pas comment affronter une telle situation. Ou peut-être la culpabilité le paralysait-elle. En tout cas, il ne bougeait pas et supportait stoïquement les coups que ma fille lui portait sans relâche comme une forcenée. Soudain l'un des yeux de Bao est tombé. Puis sa tête entière. Puis un bras. Puis son corps s'est scindé en plusieurs parties. Ursula ne s'est calmée, haletante, que lorsque le pauvre Bao s'est retrouvé morcelé, gisant à ses pieds sur le carrelage. Comme certaines pièces fumaient et dégageaient une odeur de brûlé, elle est allée chercher de l'eau et l'a versée sur son amant.

Elle commençait à peine à ramasser les morceaux refroidis, en sanglotant de tristesse, de colère et d'humiliation mêlées, lorsque deux policiers, aussitôt avertis du drame par le réseau, ont surgi dans la pièce. Deux robots, arrivés du Lavandou en *cair* ultra-rapide. Choqués par le sort de leur congénère, ils ont saisi ma fille sans ménagement et l'ont emmenée à Toulon où elle a été rapidement jugée et condamnée : remboursement du prix du robot, heureusement étalé sur trois ans, interdiction d'en employer un autre pendant cinq ans, et surtout, la peine la plus lourde de conséquences, intervention nano-chirurgicale dans le lobe droit du cerveau pour réduire définitivement ses pulsions agressives. L'opération a eu lieu dès le lendemain de sa condamnation et s'est bien passée. Son caractère s'est effectivement adouci, mais elle a mal supporté cette modification de sa personnalité. Il paraît qu'on s'y habitue. Cela prend dix ou vingt ans selon les gens, un mauvais moment à passer disent certains. Mais tout de même. Et puis elle ressasse en permanence cette histoire, cet échec, cette humiliation terrible. Elle a sombré dans un début de dépression, heureusement vite guérie, en tout cas superficiellement, par des pilules efficaces. Mais depuis ce drame, qui s'est produit il y a seulement trois mois, la tristesse ne la quitte guère. Le temps la guérira sans doute et elle vivra d'autres aventures. Avec des hommes ou des robots, je n'en sais rien. Mais une fois de plus son histoire d'amour n'aura pas duré.

Le lendemain matin, au petit-déjeuner que nous partagions, j'ai porté sur Ursula un regard différent, désolé qu'elle peine autant à trouver le bonheur. J'ai essayé, avec peu de succès, de la faire rire en lui racontant des anecdotes familiales.

Puis nous nous sommes à nouveau baignés tous les trois dans cette eau de cristal. J'ai admiré une rascasse, des rougets, des méduses ravissantes et indolores, ainsi que des espèces que la nature n'avait pas su produire, et, dans le ciel d'un bleu intense, des merles, des pinsons, des papillons mêmes, d'un jaune éclatant, qui rappelèrent à Ursula ceux qu'elle avait conçus quand la production de l'usine de poissons s'était diversifiée. Mais malgré quelques rares sourires, elle gardait son fond de tristesse. J'essayais de me consoler en pensant qu'elle avait, sauf accident, l'éternité devant elle pour trouver sa voie.

L'après-midi je suis allé voir si les autres plages de mon enfance, autour d'Aiguebelle, avaient survécu. Mais non, pas une seule. La mer les avait toutes submergées.

Deux jours plus tard, après m'être promené au crépuscule dans un vieux village provençal que j'aimais et dont j'eus le plaisir de constater qu'il n'avait guère changé, avec ses murs en pierres sèches couverts de bougainvillées foisonnant de fleurs mauves, ses pittoresques rues étroites aux pavés inégaux, ses échappées sur la mer rougie par le soleil du soir, et avoir longé, au-dessus des ruines du fort qui le domine, le sentier des crêtes d'où la vue sur les îles est somptueuse, comme éternelle, j'ai salué Ursula avec gravité, n'étant pas certain de la revoir, malgré nos promesses réciproques. Et je suis rentré à Paris, seul, laissant mon fils partager quelques jours d'intimité avec sa fille.

Je suis aussitôt retourné au Conservatoire du malheur où j'ai pu avoir un trop bref échange avec Sofia-Wang et la protéger, le temps de ma présence, du sadisme de ses contemporains. Elle me paraissait plus faible à chaque visite. Tiendrait-elle jusqu'à la sortie de cet enfer, dans un peu plus de deux mois ? Rien n'était moins sûr.

En fin d'après-midi, bouleversé comme à chaque fois par cette rencontre, j'ai voulu me changer les idées et me suis installé dans le salon de la Maison des Vieux. Arthur Michalon, dont j'avais fait la connaissance lors de mon premier dîner, n'a pas tardé à entrer dans la pièce. Dès qu'il m'a aperçu, il m'a salué de la main et m'a rejoint, manifestement heureux de me retrouver. Il m'a interrogé sur mes premières impressions, mes premiers chocs. Je lui ai résumé les évènements forts que je venais de vivre, l'incroyable rencontre avec mon fils et ma petite fille, mon étonnement devant les faunes artificielles que j'avais découvertes dans le midi. Je lui ai parlé aussi du calvaire de Sofia-Wang, pour laquelle il a exprimé de la compassion.

Puis, comme il avait dirigé une région et devait donc s'intéresser à la politique et à l'économie, je lui ai demandé s'il voulait bien me fournir des éclaircissements sur ce système dans lequel chacun dispose du même revenu. Qui dans ces conditions pouvait acheter des biens chers, une villa, un tableau de maître, une entreprise ? Comment le marché fonctionnait-il ? Et comment la population acceptait-elle cet égalitarisme ? Très gentiment et avec beaucoup de clarté il a entrepris de m'expliquer cette organisation économique si surprenante et qui semble bien fonctionner, avec un rapport à la propriété radicalement nouveau.

Au fil du vingt-et-unième siècle, le partage et la location des biens se sont développés partout, aux dépens de la propriété. Les automobiles privées ont disparu au profit de véhicules collectifs qu'on paye à l'usage, de plus en plus de jeunes ont loué leur logement à plusieurs, le partage d'œuvres d'art s'est banalisé. La location des biens durables a donc pris une ampleur croissante, jusqu'à l'extraordinaire loi de 2082, deux ans seulement après la naissance d'Optima, qui a institué l'allocation universelle et quasiment mis fin à la propriété privée ! Une loi qu'on peut qualifier sans risque de révolutionnaire. Depuis, les gens achètent à leur guise les biens de consommation, la nourriture d'abord, les vêtements, les cosmétiques, les petits équipements, c'est-à-dire les produits bon marché. Mais pour tous les biens durables, les logements, ce qui a remplacé les voitures, les bateaux, les *rocklanes*, même la terre, la propriété a disparu au profit de la location et du partage.

Cette évolution radicale va très loin puisqu'elle concerne aussi les entreprises. Sur Optima, il n'y a plus d'entreprises privées, mais une seule compagnie mondiale et publique, Opticom, qui fournit tous les produits et services nécessaires à l'humanité, et possède tous les biens durables. C'est Opticom qui règle l'allocation mensuelle, et c'est Opticom à laquelle on loue ou achète tout !

Au premier abord, ce système surprend, paraît même absurde, et nous rappelle évidemment le communisme, avec la générosité de ses objectifs initiaux et l'horreur de son déploiement. Mais là c'est très différent. Le système semble efficace et bien accepté, grâce à l'IA, omniprésente.

Au vingtième siècle, en Russie ou ailleurs, cette organisation économique a entrainé trois conséquences désastreuses : la démotivation des travailleurs qui n'avaient rien à gagner de leurs efforts et de la réussite de leur entreprise, ou si peu, d'où une productivité et une créativité catastrophiques ; une planification centrale inefficace car beaucoup trop complexe à gérer, qui a conduit à des pénuries insupportables ; et enfin, la pire des conséquences, le totalitarisme, la tyrannie, la volonté des chefs d'éliminer toute contestation, qui a entrainé les privations de liberté, les souffrances et les massacres épouvantables que l'on sait.

Or en 2121, ces trois maux sont inconnus.

D'abord la quasi-totalité du travail, de la production de biens et de services, est réalisée par des robots. La question de leur motivation ne se pose pas. Ils fonctionnent toujours au maximum de leurs possibilités techniques, vingt-quatre heures sur vingt-quatre, sept jours sur sept, sauf à de rares périodes de maintenance, et le fait qu'ils appartiennent à une entreprise privée ou publique ne change évidemment rien. De toutes façons ils ne sont pas rémunérés et leur efficacité ne faiblit jamais. Au besoin, lorsqu'ils sont usés, on les remplace.

Pour ce qui est de la planification de la production, quels objets fabriquer, quels services proposer, où, quand et en quels volumes, c'est l'IA qui a résolu magnifiquement ce problème. Les achats et les locations des humains sont en permanence scrutés, analysés. Même leurs désirs sous-jacents, quasi inconscients, sont étudiés. De sorte qu'un réseau d'IA dispose des informations lui permettant de décider à tout moment de ce qu'il faut produire, qu'il s'agisse de brosses à dents de tel modèle, ou de maisons de telles caractéristiques. Il faut dire aussi que les délais de fabrication, par rapport à ceux que nous connaissons aujpurd'hui, ont été considérablement réduits, les délais de transport aussi, ce qui explique que je n'ai pas constaté, durant mon séjour, la moindre pénurie ni entendu parler du moindre problème de rupture de stock, ou même de retard de livraison.

Quant au totalitarisme et à la tyrannie qui en est résulté dans notre monde, la question ne se pose pas sur Optima, parce que les dirigeants, à quelque niveau qu'ils soient, ne peuvent exercer leur mandat plus de cinq ans, parce que, loin de les enrichir ces fonctions leur coûtent en compensation de la satisfaction qu'ils y trouvent, et aussi parce que, du bas en haut de l'échelle, chaque responsable est assisté d'un robot qui le conseille, lui fournit toute l'information nécessaire, opère tous les calculs ou simulations possibles pour évaluer les décisions envisagées, et, très important, contrôle son action, l'obligeant si nécessaire à agir pour le bien public, à respecter l'éthique et les valeurs qui ont cours sur Optima, et en aucun cas à privilégier son intérêt personnel.

L'avantage de ce système, très surprenant quand on le découvre, est qu'il a éliminé le sentiment d'injustice qui mine nos sociétés, puisqu'il n'y a plus ni riches ni pauvres.

Il a aussi supprimé les problèmes que crée parfois la propriété privée lors des achats et des ventes. Une remarque en passant : comme il n'y a plus guère d'actes de délinquance, ni de litiges commerciaux et que les couples fâchés, dépourvus de fortune et d'enfants, se séparent sans difficulté, les avocats et les juges ne sont plus légion.

A ce moment de l'exposé, j'ai eu la surprise de voir mon hôte d'une heure, le héros malheureux de la Rébellion des tulipes, franchir la porte.

— Bonjour Peter, s'est exclamé Arthur Michalon en l'apercevant. Comment vas-tu ?

— Ça va, a maugréé Peter, ça va.

— Puis-je te présenter…

— Pas la peine, on se connait. Mais continuez, je ne voudrais pas interrompre votre conversation. Je vais prendre un verre. A tout à l'heure.

— Vous vous connaissez ? m'a demandé Michalon l'air surpris, tandis que le vieux rebelle quittait le salon.

— Oui. Quand je suis arrivé, il fallait bien que je me loge. J'ai vu un panneau « A louer » sur une maison basse. C'était chez lui. Les conditions me convenant je me suis installé. Mais à peine a-t-on eu le temps d'échanger quelques mots, lui notamment de me raconter l'échec de la Rébellion des tulipes, que la police est arrivée pour m'embarquer. Il m'avait d'ailleurs dit qu'il venait ici de temps en temps pour retrouver ses vieux compagnons et se changer les idées. Un homme intéressant, et désespéré m'a-t-il semblé. Si vous voulez qu'on reprenne plus tard…

— Non non. Il a tout son temps et moi aussi. Je continue… Où en étais-je, rappelez-moi.

— Vous me disiez qu'il n'y avait plus guère de juges, ni d'avocats.

— Ah oui, j'y suis.

Pour en revenir à la propriété, a-t-il repris, concernant les bijoux par exemple, les articles bon marché, jusqu'à mille cinq cents yuans (un peu moins de cinq cents euros), peuvent être achetés. Mais au-delà, on ne peut que les louer. Dans les deux cas à Opticom, puisqu'Opticom possède tout. Pour les œuvres d'art c'est un peu pareil. D'abord elles sont très répandues, car beaucoup de gens en produisent ou en reçoivent en cadeau d'un ami ou d'un parent. On peut aussi en acheter jusqu'à un certain prix. Mais pour les plus chères, notamment celles du passé, seule existe la location, quand elle est possible.

L'une des multiples conséquences de cette quasi-absence de propriété est qu'il n'y a pas de véritables successions, les legs étant minuscules. Et cela dans les rares cas d'accident, de suicide ou d'assassinat puisqu'on ne meurt plus de mort naturelle (sauf les hommes ou les femmes qui ont refusé l'immortalité lorsque le choix leur a été proposé et dont l'espèce s'éteindra prochainement). Les disputes d'héritage ont donc disparu. Encore une raison qui explique la rareté des avocats et des notaires.

J'ai alors posé à Arthur Michalon une question qui me brûlait les lèvres depuis un moment : avant cette loi de 2082, il y avait évidemment des gens riches, disposant de revenus ou de capitaux importants. Comment s'est faite la transition ? Que sont devenus ces privilégiés ? Ont-ils pu conserver leurs biens ?

— Eh bien contrairement aux révolutions violentes que vous avez pu connaître au vingtième siècle, m'a répondu mon interlocuteur qui me vieillissait en me parlant ainsi, les choses se sont passés en douceur. Il existait deux catégories de riches : ceux qui avaient déjà opté pour l'immortalité, puisque cette possibilité datait de près de trente ans, et les autres, qui soit n'en voulaient pas, soit n'avaient pas encore tranché, soit, ayant dépassé cinquante ans lors de cette découverte, n'avaient pas pu en bénéficier. En 2082, on a dit aux seconds, les mortels, s'ils n'avaient pas dépassé l'âge limite : vous devez maintenant choisir entre la fortune et l'immortalité. Si vous voulez la vie éternelle, donnez tous vos biens, acceptez l'allocation universelle et le sort commun. Vous n'en serez pas plus malheureux. Mais si vous préférez rester riches, alors vous mourrez sur votre tas d'or comme tous vos prédécesseurs depuis des millénaires. Et de toute façon vos enfants n'hériteront pas car nous avons supprimé les gros héritages en même temps qu'aboli la propriété au-delà d'un certain montant.

Aux mortels trop vieux pour subir sans risque le traitement, on a laissé le choix de garder leurs biens, ce que la plupart voulaient faire, ou de les offrir et de toucher l'allocation.

Quant aux riches qui avaient déjà opté pour l'immortalité à cette époque-là, ils devaient soit donner leurs biens à la communauté et abandonner leurs revenus, soit les garder en redevenant mortels. Un simple traitement à distance, opérable discrètement par des robots, permettait cette bascule.

Voilà quel choix s'offrait aux gens fortunés. Ils disposaient de trois mois pour se décider.

Comme vous pouvez l'imaginer, cette perspective provoqua des débats sans fin dans les familles, des conflits inextinguibles entre générations, quand les enfants voulaient vivre éternellement et les parents ou les grands-parents mourir fortunés. Cette spoliation les torturait. Elle allait tellement changer leurs façons d'être, leurs modes de vie, leur vision même du monde, qu'ils préféraient en général jeter l'éponge et abandonner leur territoire à ces fous d'égalitaristes. Mais souvent la jeunesse triompha et parvint à convaincre les sceptiques au nom de l'amour familial et du bonheur de vivre dans une société apaisée dont le malheur avait quasiment disparu. Que valaient les biens matériels innombrables, inutiles, devant la beauté de la nature et de leurs petits-enfants ?

De sorte qu'à la fin que croyez-vous qu'il arriva ? Presque tous ceux qui le pouvaient encore optèrent pour l'immortalité.

Il y eut néanmoins des réfractaires, en petit nombre, des pessimistes, des malheureux, que la perspective d'une vie éternelle effrayait et qui préféraient conserver leurs habitudes, vieillir et s'acheminer doucement vers la mort. La plupart de ceux-là se regroupèrent dans quelques villes réparties à travers le monde, où ils moururent les uns après les autres. Mais il en reste. Si vous voulez en rencontrer, allez par exemple à Deauville, en Normandie. Il doit y demeurer une cinquantaine d'habitants tout au plus, qui couvent leurs lingots en attendant de tomber en poussière.

Maintenant, tout de suite une précision : ce que je viens de dire concerne évidemment les gens qui disposaient de fortune ou de revenus élevés, pas les autres. Comme vous le savez déjà, la plupart des résidents de cette maison n'ont pas choisi la vie éternelle, pour diverses raisons mais sûrement pas pour conserver des biens qu'ils ne possédaient pas. Souvent parce qu'ils craignaient l'évolution du monde, l'invasion technologique, les catastrophes écologiques ou autres. Certains simplement parce qu'ils ont trop tardé à se décider et ont dépassé l'âge, qui dépendait de la condition physique mais tournait autour de la cinquantaine, la ménopause marquant une limite absolue pour les femmes.

— Pardonnez-moi de vous interrompre, Arthur, mais vous avez parlé de solution douce, sans violence, pas comme au vingtième siècle avez-vous ajouté. Or si j'ai bien compris, vous avez en fait décidé d'éliminer les riches immortels qui voulaient conserver ces deux attributs en leur retirant le second. Il s'agissait bien d'une exécution capitale, pas immédiate mais différée. N'ai-je pas raison ?

— C'est une façon de voir les choses, même si certains d'entre eux sont encore en vie, près de quarante ans après. Maintenant, si vous permettez, je voudrais ajouter plusieurs remarques sur les aspects économiques de cette organisation de la société pour que vous en compreniez bien l'équilibre. Mais avant cela, je boirais volonté un verre. Vous voulez quelque chose ?

— Un jus de fruit, de pomme si possible.

— Vous êtes très sobre. Moi je prendrai un… gin tonic. Hana, cria-t-il, un gin tonic et un jus de pomme. Et mets-nous quelques chips s'il te plait.

— Vous la tutoyez ?

— Le privilège de l'âge. Vous savez quel âge elle a ?

— Non.

— Trois ans. C'est une gamine ! Bon je reprends où j'en étais. Les prix de vente ou de location sont déterminés par des IA pour que les recettes d'Opticom compensent strictement ses dépenses. Il n'y a pas d'inflation, les prix sont quasi-stables. Simplement Opticom opère parfois des ajustements en augmentant tel prix ou en réduisant tel autre, ces modifications étant calculées pour que la moyenne des prix ne change pas. Donc pas d'inflation et pas de variation des revenus. Après quelques tâtonnements, les dix mille yuans mensuels ont été fixés en 2087 et n'ont pas de raison de changer. Néanmoins le pouvoir d'achat augmente doucement en même temps que la productivité et par conséquent la quantité de biens et de services disponibles. Si vous m'objectez que l'État, c'est-à dire Opticom, doit acheter des matières premières, de l'énergie, des robots, etc., je vous répondrai que non puisqu'il n'y a qu'une entreprise. Opticom n'achète rien, ni énergie, ni acier, ni robots. Elle les produit ! En résumé Opticom verse les allocations aux bénéficiaires, qui les lui restituent quand ils achètent ou louent. L'argent ne cesse ainsi de tourner. A la marge, certaines personnes peuvent parfois dépenser moins que leur allocation en mettant de l'argent de côté, parfois plus en consommant leurs économies. Mais le système est parfaitement bouclé. Génial, non ?

Voilà cette organisation inouïe que m'a expliquée Arthur Michalon et sur laquelle je reviendrai plus tard car beaucoup de conséquences en découlent.

Le soir même j'ai contacté mon fils, qui était resté à Aiguebelle chez sa fille, pour lui demander si, par hasard, il ne connaîtrait pas un habitant de Deauville que je pourrais rencontrer. Il m'avait en effet semblé l'entendre mentionner, au cours de l'un de nos entretiens, le nom d'un homme âgé vivant sur la côte normande. Effectivement, m'a-t-il répondu, il avait conservé dans cette cité balnéaire un vieil ami, en fait son beau-frère, le frère de son ex-femme, Agnès, qui avait accumulé une fortune en élevant des chevaux de course et avait préféré, quand la question s'était posée, attendre la mort dans son manoir, au milieu de ses haras et de ses vastes prairies, plutôt que de mener éternellement une vie plus modeste. Il l'a appelé avant de me confirmer que le vieil homme acceptait de me recevoir et m'attendait dès le lendemain, mais pour une visite brève car il était très fatigué. Et il m'a mis en garde : j'allais découvrir un vieillard usé, aigri, au bout du rouleau, ainsi qu'une bourgade à l'abandon. Si j'avais connu Deauville à mon époque, j'allais être surpris. Au fait, son ex-beau-frère s'appelait Jean Perugin.

Je m'aperçois, avant de poursuivre, que je ne vous ai pas encore expliqué comment nous communiquons à distance sur Optima : de façon très simple, sans appareil autre que le PICC qui fait office de téléphone. Il suffit de prononcer, même à voix basse, l'identifiant de la personne qu'on souhaite joindre, ou, si on ne l'a pas enregistré au préalable, son nom complété d'au moins une information permettant de l'identifier parmi les homonymes, pour que la communication s'établisse et que l'on puisse converser, la puce logée dans le nombril intégrant l'équivalent d'un micro et diffusant la voix de l'interlocuteur directement dans l'oreille interne sans que personne alentour n'entende quoi que ce soit. Pour les gens entraînés, dont je n'étais évidemment pas, il suffit même de vouloir la communication avec tel correspondant pour qu'elle s'établisse sans délai. J'ajoute que le PICC permet aussi de consulter des informations, de voir des images, fixes ou animées, sans aucun appareil autre que cet objet minuscule. D'une façon que je n'ai pas vraiment comprise, l'image demandée apparaît devant nos yeux comme si elle était réelle. Une sorte d'hologramme dont on commande les déplacements, les agrandissements d'un geste du doigt, pour certains même d'une simple pensée ! Spectaculaire. Et efficace.

Bref, le lendemain, je suis allé faire un tour à Deauville. Je voulais revoir cette élégante station balnéaire que je connaissais bien, devenue, d'après Arthur Michalon, un repère de riches vieillards. Un *cair* collectif m'y a conduit en une demi-heure, pour la modique somme de quatre-vingts yuans (environ vingt-cinq euros), après avoir déposé les autres voyageurs à Rouen, un couple adorable, tous les deux d'origine maghrébine, qui allait visiter la cathédrale et le musée des Beaux-Arts où se tenait une exposition consacrée à Edward Hopper, peintre curieusement tombé dans l'oubli au cours du vingt-et-unième siècle et redécouvert récemment.

Dès mon arrivée, la saleté ambiante m'a stupéfié, le délabrement de la plupart des villas, autrefois cossues, le silence dans les rues quasi-désertées. Les commerces semblaient abandonnés, rideaux métalliques baissés ou vitrines brisées comme après une émeute. Des chiens aux côtes saillantes fouillaient les ordures qui jonchaient les trottoirs. Les arbres dépérissaient au milieu d'herbes folles. Des plaques entières de macadam manquaient. Un changement sidérant, radical, par rapport à l'opulente cité que je connaissais. Ce triste spectacle m'a rappelé un village de chercheurs d'or abandonné depuis un siècle, que j'avais visité au Nevada. Même désolation. Même sentiment poignant d'abandon. Comment avait-on pu en arriver là et laisser pourrir ainsi ce joyau de l'architecture normande, cette charmante cité où les fêtes s'enchainaient jadis ? Pourquoi les habitants avaient-ils fui en masse ?

Malgré l'aide fourni par mon PICC, j'ai eu du mal à repérer l'adresse que Louis m'avait indiquée, tant les rues étaient défoncées, leurs noms illisibles, les numéros arrachés. Au bout d'une demi-heure de recherche, j'ai fini par la trouver, à l'extrémité ouest de la ville. J'ai sonné à une grille rouillée et me suis annoncé. Au bout de plusieurs minutes d'attente, un domestique très âgé est venu m'ouvrir, m'a demandé mon nom et m'a conduit lentement à travers un jardin mal entretenu, royaume des pissenlits et des trèfles, jusqu'à un vaste manoir à colombages qui avait dû avoir son heure de gloire mais semblait à l'abandon. D'une voix chevrotante il m'a prié d'entrer et de bien vouloir attendre dans le petit salon. Au mur, j'ai cru reconnaître un Vlaminck, un Van Dongen, peut-être un Soutine.

Dix minutes après, appuyé sur une canne d'ébène, un vieillard tremblotant est entré. C'était de loin le plus vieil homme que j'avais rencontré jusqu'ici sur Optima, en tout cas d'apparence : un visage plissé de rides profondes, de rares cheveux blancs sur les côtés d'un crâne parsemé de taches brunes, un teint de cendre, le dos voûté. Il m'a accueilli gentiment, en esquissant un mince sourire, et m'a prié de le suivre dans le grand salon voisin. Je suis entré derrière lui, à petits pas, dans une pièce où l'on devinait les ors d'antan mais qui respirait la mort : des tapis d'Orient usés jusqu'à la corde, des meubles lourds et poussiéreux, de sombres rideaux, une lumière chiche, une ambiance sépulcrale. Nous avons pris place sur des canapés inconfortables, de part et d'autre d'une table basse où l'antique serviteur avait disposé une bouteille de porto, deux verres d'un épais cristal, sans doute du baccarat, et des biscuits anglais. Au-dessus du maître des lieux trônait un crucifix, curieusement encadré de bougeoirs en bronze. Et à l'autre bout du salon un immense piano à queue laqué de noir attirait mon regard.

J'ai voulu, comme à chaque rencontre, expliquer qui j'étais. Mais je n'ai pas eu besoin de fournir beaucoup de précision car mon interlocuteur m'a cru tout de suite, probablement parce qu'il faisait confiance à son vieil ami et beau-frère dont j'étais le père. Ou peut-être parce qu'il manquait de l'énergie nécessaire pour s'assurer de la véracité de mes dires. J'ai compris aussi, à la fin de l'entretien, que le temps lui était vraiment compté. En tout cas, il m'a très vite interrompu :

— Que voulez-vous savoir, m'a-t-il demandé d'une voix gutturale qui cadrait mal avec le personnage ? Pourquoi j'ai choisi la mort ? Pourquoi j'ai refusé cette folie ? Pourquoi je vais bientôt laisser la place aux jeunes ? Je vais vous le dire. Lorsque la question s'est posée, il y a près de quarante ans, je menais déjà la belle vie. Mon frère et moi avions hérité de notre père les plus beaux haras de Deauville, les meilleurs pur-sang. Mes chevaux remportaient les plus fameux trophées, j'emmenais mon équipe de polo participer à des compétitions prestigieuses à travers le monde, les plus belles femmes me courtisaient. Je les invitais au Danieli à Venise, dans les palais féériques du Rajasthan, à Cordoue ou Manhattan, comme d'autres vont à Fontainebleau ou Pontoise. Je leur offrais des bijoux, des robes somptueuses, des tableaux de maître. Comment aurais-je pu troquer tout cela contre une existence médiocre ? Pourquoi vivre éternellement dans la nostalgie de ces fastes ? Pourquoi redevenir un simple mouton parmi le troupeau des médiocres ? Pourtant, c'est le choix qu'a fait mon frère. Nous avons discuté des soirées entières, chacun tentant de persuader l'autre. Mais nous sommes restés sur nos positions. Peut-être ai-je refusé de me laisser convaincre parce que je suis l'aîné. Par orgueil. Dans les affaires professionnelles, en cas de désaccord entre nous, c'est toujours moi qui tranchais. Et là je n'ai pas cédé. Lui non plus. Nos chemins ont donc divergé. Si vous le voyiez maintenant, vous n'en croiriez pas vos yeux. Un gamin ! Un vrai gamin ! Tandis que moi…

Il remua délicatement la sonnette d'argent posée sur la table. Le serviteur, qui devait attendre derrière la porte, apparut instantanément.

— Apporte-moi un verre d'eau s'il te plait. Vous en voulez-un ? Ou autre chose ? Ou un porto peut-être ?

— Non, merci, c'est gentil, je n'y tiens pas.

— Je ne vous ai pas dit que lui aussi, Fernand, a fait le même choix. C'était naturel, nous avons grandi ensemble et partageons beaucoup de souvenirs. Sa mère, déjà, travaillait pour la mienne. Mais parfois je me demande si je n'ai pas eu tort de l'inciter à me suivre. Pour lui la question de la richesse ne se posait pas, mais je concevais mal de garder à mon service un homme éternellement jeune tandis que je vieillirais sous ses yeux. Vous imaginez ? Et il s'est rangé à mon avis… Pour revenir à mon cas, après cette décision j'ai été longtemps heureux. J'avais finalement choisi une femme que j'aimais, un peu plus âgée, une amie d'enfance, qui naturellement avait opéré le même choix que moi. Le contraire eut été inconcevable. Et nous avons eu de belles années, très belles même. Mais elle est morte, il y a bientôt dix ans. Un cancer foudroyant, une tumeur au cerveau qui ne lui a laissé aucune chance, bien que je croie que les spécialistes n'ont pas fait le maximum pour la sauver car nous étions des maudits, des salauds de vieux riches. Ma vie a alors basculé. D'autant plus que je voyais mes revenus fondre et mes amis de jeunesse, ceux qui étaient restés dans leurs belles villas de Deauville, tomber telles des mouches, les uns après les autres. Et puis, comme nous n'étions plus qu'une poignée, dont pas mal de grabataires, je ne sais qui a décidé en haut lieu de ne plus entretenir la ville : plus de réparations, plus de ramassage des ordures, plus rien, sans doute pour nous faire payer notre décision et accélérer notre déchéance. Allez, débarrassez le plancher ! Déguerpissez ! Fichez le camp !... Je sais qu'ils ont des projets pour ici. Ils vont tout raser et reconstruire des habitats modernes avec leurs saloperies d'équipement et leur technologie de merde. Heureusement que je ne serai plus là pour voir ça !

Il but un peu d'eau et s'éclaircit la gorge.

— Possédez-vous toujours vos haras et votre écurie de course ? lui demandai-je.

— Non, bien sûr que non. Cela fait belle lurette que j'ai tout bazardé. Au fil des années, avec leur allocation universelle, il était devenu de plus en plus difficile de trouver du personnel acceptant de payer, même une somme modeste, pour s'occuper des chevaux. J'ai fini par proposer des jobs gratuits, et parfois payés, ce qui est illégal, mais en vain. Malgré ma répugnance, j'ai aussi employé des robots. Mais j'ai vite constaté que les chevaux ne les supportaient pas. Ils connaissaient les gestes techniques, ils savaient tout faire très bien, même monter. Mais c'était une question de contact, de regard. Les chevaux ont un sixième sens, ils ne se laissent pas berner par les apparences. Si vous voulez savoir si vous avez devant vous un homme ou un robot humanoïde parfaitement réalisé, un *rob* comme ils disent, faites venir un cheval, vous comprendrez tout de suite à qui vous avez affaire. Donc j'ai tout vendu, pour une bouchée de pain, il y a plus de vingt ans.

— Et vous savez ce que sont devenus vos chevaux ?

— Non, ils sont sans doute morts maintenant. Ils avaient fait le même choix que moi, ajouta-t-il en émettant un petit rire sec.

— Avez-vous eu des enfants, monsieur ?

— Non, je n'ai pas eu le temps. Mon frère en a eu, cela explique sans doute sa décision. Ma sœur aussi, comme vous savez.

Il reprit un peu d'eau avant de poursuivre :

— Aujourd'hui je m'interroge. Tous les jours. Aurais-je dû prendre la même route que la plupart ? Suivre la meute ? Vous verriez devant vous un homme jeune, en pleine forme, comme mon ami Louis, votre fils, et comme mon frère. Au début je les ai critiqués. Maintenant que la mort arrive je me demande. Mais vous savez, je croyais en Dieu, j'y crois toujours. Et je me disais : de quel droit supprimer cet attribut universel de la vie qu'est la mort, même si la science le permet ? Si Dieu l'avait voulu, il nous aurait conçu immortels, non ? N'est-ce pas faire preuve d'un orgueil insensé que de prétendre, nous, minuscules fourmis, monter sur la même marche que le créateur ? Et quid dans ce cas du jugement dernier, du paradis, de la résurrection des morts ? Aux oubliettes tout cela ? Vous savez, jeune homme, je suis foncièrement un conservateur. Je l'ai toujours été. Conserver mes biens, mes habitudes, mes croyances, même si ma vie devient chaque jour plus difficile et si la chandelle ne va pas tarder à s'éteindre. Mon médecin, un *rob* désagréable dont le regard de serpent me hérisse, m'annonce quelques semaines de sursis tout au plus. Avant que vous retourniez à votre époque, j'aurais quitté celle-ci…

Nouvelle pause, avant de reprendre d'une voix affaiblie :

— Mais vous, jeune homme, quel âge avez-vous ?

— J'ai trente ans, trente ans en 2019.

— Alors vous serez trop vieux quand la vie éternelle vous sera accessible. Pas de chance. Vous aussi vous mourrez. Bienvenue au club !

A cet instant la sonnette retentit.

— Va ouvrir, Fernand, va ouvrir à mon ami.

Le vieux domestique traversa lentement la pièce. De probables rhumatismes mal soignés lui donnaient une démarche claudicante.

— Dépêche-toi, ne fais pas attendre.

Manifestement épuisé, mon hôte profita de cette interruption pour souffler, les yeux fermés, les narines pincées.

J'observais le piano, qui m'intriguait. Peut-être un Steinway. Le silence était pesant.

Un autre vieillard finit par entrer dans la pièce, précédé par Fernand. Comme son ami paraissait endormi, il avança à pas feutrés et s'assit à côté de moi, en barrant sa bouche de l'index pour m'indiquer de garder le silence.

Au bout de cinq minutes d'une étrange attente, Jean Perugin ouvrit un œil et salua son ami :

— Comment vas-tu Sylvain ? Tu n'as pas eu de problème pour venir ?

— Non. Juste un chien qui m'a reniflé d'un peu près, mais je l'ai chassé d'un coup de pied.

—Bravo ! Ces clébards nous emmerdent. Vous avez fait connaissance ?

— Non, on ne voulait pas te réveiller.

— C'est gentil. Eh bien je te présente… Comment déjà ?

— Damien Ferlot.

— Oui, Damien Ferlot. Comme je te l'ai dit hier, c'est un reporter, qui vient de loin pour enquêter sur nous et écrire un article j'imagine. C'est bien cela, monsieur Ferlot ?

— Oui, tout à fait.

— Je lui ai déjà parlé de nous, de notre choix. Plutôt crever sur notre magot que vivre sans. Tu m'approuves ?

— Qu'en termes élégants ces choses-là sont dites ! Mais je plaisante, sur le fond tu as raison. Nous étions et nous sommes toujours de fieffés conservateurs. C'est sans regret pour moi. Aucune envie de voir le monde foncer dans le mur.

— Quel était votre activité monsieur, lui demandai-je ?

— Je possédais le casino, le Grand Hôtel, et plusieurs restaurants, les meilleurs de Deauville. Un empire que j'avais su construire avec mes petites menottes. Aujourd'hui, tout cela part en couilles pour parler comme mon ami.

— Vous vivez près d'ici ?

— Oui, à cent mètres. Ma femme est encore de ce monde, mais elle ne quitte plus son lit. Insuffisance cardiaque, bien qu'on lui ait remplacé le cœur deux fois. Hydropisie généralisée. Des jambes pareilles à des troncs d'arbre. Et elle ne parle plus guère. Mon neveu vient me voir tous les six mois, ma nièce une fois par an. Heureusement que j'ai mon ami Jean. On se voit chaque jour que Dieu nous accorde. On joue aux cartes, j'adorais le bridge autrefois. Je pianote un peu. On boit un petit verre. Et on attend…

— C'est un Steinway ? demandai-je en montrant l'instrument.

— Oui, un vieux, répondit Jean Perugin. C'est mon grand-père qui l'a acheté, dans les années vingt, il y a près d'un siècle.

— Et donc votre ami l'utilise ?

— Un peu, même si ce n'est pas un virtuose.

— Vous permettez que j'essaie quelques notes ?

— Vous savez jouer ?

— Oui, pas très bien, j'ai appris dans mon enfance.

— Allez-y, mais vous verrez que le son n'est pas terrible.

Je m'approchai avec émotion de ce meuble imposant, dont la laque rayée palissait par endroits. Je soulevai le couvercle du clavier, m'assis sur la banquette, plaquai quelques accords et jouai le début de Summertime, de Gershwin. Malgré un toucher un peu mou, et contrairement à l'avis de mon hôte, j'aimais le son, doux et puissant à la fois, qui emplissait la pièce de ses chaudes harmoniques. Je m'arrêtai au bout de quelques mesures pour ne pas m'imposer.

— Continuez s'il vous plait, me demandèrent les vieux d'une seule voix.

Alors j'allai jusqu'au bout du morceau, devant cet auditoire attentif, auquel s'était mêlé le vieux Fernand qui, pour mieux entendre, avait entrouvert la porte derrière laquelle il se tenait discrètement.

Quand j'eus fini, ils me remercièrent avec chaleur. Ils semblaient très émus l'un et l'autre.

— Je n'avais pas entendu cet air depuis mon enfance, dit mon hôte. Mon père le jouait.

— Moi non plus, approuva son ami. Papa le jouait aussi, mais moins bien que vous.

— Merci de m'avoir écouté. Je n'avais jamais joué sur un Steinway. Il semble bien accordé.

— Je le fais accorder tous les deux ans, ça suffit. Mais pas par un de ces foutus robs. Il n'y a plus que ça dans la région. Je fais venir de Francfort le seul accordeur encore en activité dans un rayon de mille kilomètres. Le résultat est correct.

Un nouveau coup de sonnette retentit et Fernand se précipita du mieux qu'il put.

Une femme nous rejoignit, une autre amie de Jean, du même âge environ. Elle aussi une voisine venue découvrir ce jeune journaliste qui alimenterait leurs conversations durant des semaines. J'appris qu'elle avait perdu son mari quinze ans auparavant, un industriel de la chaudronnerie dont l'affaire avait périclité peu après qu'ils eurent tous les deux refusé la vie éternelle. Une erreur qu'il avait payée plus tard en mettant fin à ses jours.

Puis une autre arriva, quelques minutes après. Décidément Jean Perugin avait battu le rappel pour cet événement extraordinaire. Ils conversèrent d'abord tous les quatre, échangeant des nouvelles sur leur santé et leurs voisins. Ils me demandèrent ensuite de jouer autre chose et je leur fis découvrir des chansons de Charles Aznavour et des Beatles, des succès d'un autre temps, qu'ils n'avaient jamais entendus.

Ce n'est qu'à la fin de la réunion que le maître de maison expliqua à ses amis d'où je venais, d'un passé lointain, celui de leurs pères. Manifestement peu curieux et n'utilisant pas Optinet, ils ne le savaient pas. L'homme, blasé par une longue vie, sembla croire son ami, au contraire des deux femmes qui parurent dubitatives. Mais ils m'interrogèrent quand même tous les quatre sur mon époque, sur le Deauville de 2019, sur ma famille, et me demandèrent, en vain, si je n'avais pas connu tel ou tel.

Comme je m'apprêtais à partir, impatient de quitter cette assemblée lugubre, le maître de maison me demanda si j'avais eu le temps, en venant, de me promener à travers les rues.

— Oui, répondis-je, j'ai marché un bon moment pour trouver votre adresse.

— Vous avez donc pu constater dans quel état de décrépitude a sombré cette ville si charmante, si pétillante autrefois ? Quand j'y pense ! J'y ai conduit les plus belles voitures, une Maserati dont j'entends encore le rugissement de fauve, une Jaguar d'un vert que je n'ai jamais vu depuis, et d'autres que j'adorais. Je collectionnais les vieux cabriolets. Et quand je les sortais du garage, j'arborais un costume de lin blanc, un panama du même ton, et je conduisais lentement dans les rues pour bien me montrer. Pendant le festival du film américain les starlettes se retournaient sur mon passage. Nous étions souvent ensemble, hein Sylvain ? Tu te rappelles comme on frimait tous les deux dans ces temps bénis ? Tu te souviens des anglaises qu'on a draguées un jour, la blonde et la brune, et de la soirée dingue qu'on a passée avec elles ? On avait tiré au sort ! Et toutes les autres, toutes les autres… Aujourd'hui si je sortais et s'il restait des jolies filles à Deauville, elles changeraient de trottoir les garces… Les chiens me suivraient, et encore…

Nouveau silence, respecté par ses amis. Paupières baissées comme s'il allait s'endormir.

Puis la faible voix reprit, telle une source au bord de l'extinction :

— Peut-être ai-je eu tort. Qui sait ? Peut-être que lorsque j'ai été confronté à la décision la plus difficile de mon existence, j'ai choisi la mauvaise route… Et vous aussi, mes amis, je n'étais pas seul… Mais j'ai tout de même vécu de belles choses. Hein ? Vous êtes d'accord ? Au fond, je crois que je ne regrette rien. A quoi bon ?...

Voilà, jeune homme, je n'ai plus grand-chose à vous dire. Mes invités non plus. Il faut que je me repose, je suis fatigué. Allez vous promener dans cette triste ville… laissez les vieux ensemble… voyez ce qu'est devenu la plage, un vrai paradis, et transmettez mes salutations à Louis. Je l'aime bien, malgré le choix qu'il a fait.

Il agita la sonnette. Le vieux serviteur entra dans le salon, lui essuya la bouche qui bavait un peu et me raccompagna de son pas trainant à la porte du manoir.

Sur le point de sortir du jardin, j'aperçus un enfant qui se cachait derrière un buisson. Dès qu'il comprit que je l'avais vu, il s'enfuit en courant.

— Qui est-ce ? demandai-je.

— C'est mon petit-neveu, monsieur. Mon petit-neveu.

— Il a l'air très jeune. Quel âge a-t-il ?

— Douze ans, bientôt treize.

— Si j'ai bien compris, il est né parmi les derniers ? C'est bien cela ?

— Oui monsieur, c'est cela. Parmi les derniers.

— Il vit ici ?

— Non, pas du tout, pas du tout. Ce serait impossible, il n'y a plus d'école à Deauville. Il est venu passer deux jours. Il retourne demain à Rouen chez sa mère.

— Et là il y a une école ?

— Oui, il en reste une. Une seule.

— Il a l'air timide, cet enfant.

— Pas toujours, pas toujours. Mais je lui ai dit qui vous étiez. Et il a eu peur en vous voyant.

— Je peux comprendre. Au revoir Fernand, j'y vais. Prenez soin de vous. Et de monsieur.

— Merci monsieur, je n'y manquerai pas. Merci.

Je regardai le vieil homme fermer le portillon sans faire de bruit et s'éloigner à pas lents dans le jardin pour rejoindre son maître. Deux êtres émouvants, au seuil du grand saut, que je ne reverrais sûrement jamais.

M'arrachant à ce triste spectacle, je suivis le conseil du vieux Perugin et laissai le hasard me guider dans les rues avoisinantes. Je croisai une vieille femme dépenaillée qui peinait à tenir en laisse un labrador aussi gros qu'elle. Plus loin, un homme se reposait sur un banc, avachi, le regard perdu. Ailleurs deux matous se battaient, ébouriffant leurs poils comme des diables et miaulant férocement. Des papiers voltigeaient, le vent s'était levé.

J'atteignis la plage. Elle avait beaucoup rétréci du fait de la montée des eaux, et ce qui en restait, une bande étroite longeant les cabines en ruine, était souillé d'algues, de crottes de chien, de bois flottés, de détritus divers. Bien que la température fût douce, elle était déserte. Personne ne se dorait au soleil, personne ne se baignait, et dans le ciel pas une mouette ne volait, rien, pas même un oiseau mécanique.

J'ai fui rapidement ce spectacle tragique. J'ai appelé un *cair* qui est venu me chercher aussitôt. Et j'ai regagné Paris, très marqué par cette visite : un vieillard désespéré, une ville à l'agonie, et un monde beaucoup plus dur que ce que j'avais entrevu jusque-là.

Dès que Louis est revenu du Sud, j'ai pris l'habitude d'aller dîner chez lui. Presque tous les soirs. Je savais que le temps de ces rencontres était compté et de plus mon fils pouvait satisfaire ma curiosité dans tous les domaines. Quand il ignorait quelque chose ou cherchait une précision factuelle, Optinet lui fournissait tout de suite la réponse.

Je l'ai par exemple interrogé sur la religion, troublé par les propos du vieillard de Deauville. Qu'en était-il en 2021 ?

Eh bien, comme je le pressentais, l'évolution que nous constatons actuellement s'est poursuivie au fil des décennies : diminution rapide des croyances et des pratiques religieuses en Europe, puis en Amérique, plus lente ailleurs, avec en parallèle une montée des extrémismes partout, en Orient et en Occident. A partir de 2070 environ, les progrès des méthodes d'éducation laïque et une connaissance mieux partagée de l'univers, de l'infiniment petit à l'infiniment grand, ont précipité le déclin des religions dans le monde entier. De sorte qu'en 2121 l'immense majorité des humains ne croient plus en Dieu ni en toute forme de métaphysique divine. L'ex-beau-frère de mon fils est une exception. La science a pris le relais, et peut-être plus encore la technologie avec ses inventions prodigieuses qui dépassent souvent celles que nous attribuions à nos dieux ancestraux.

D'ailleurs elle a généré au moins une nouvelle religion, en 2075, dont le prophète fut un robot humanoïde, un rob. Il a commencé sa croisade en Chine du Sud, à Dong Kuan, et a très vite rencontré un véritable succès, au point de convaincre de la justesse de ses vues des millions d'humains à la recherche d'une explication magique du monde. Il se faisait appeler Ming Sept. Ayant réussi à échapper au contrôle de ses créateurs, il inondait la planète de discours étranges, gorgés d'images poétiques simples et frappantes, annonçant un monde où le soleil ne cesserait de resplendir pour le bonheur de l'humanité et de ses congénères. Des prêtres, tous des robots rebelles, se sont levés un peu partout. Un rite d'adoration à Ming Sept est né, après quelques balbutiements. Le mingoïsme touchait d'abord les âmes faibles, il y en avait, il y en a encore. Mais surtout il entraînait les robots des divers continents dans un mouvement inquiétant qui pouvait conduire à une domination intolérable sur l'espèce humaine. De sorte que lorsqu'Optima a été créé, en 2080, l'une des premières décisions du président du monde a été d'interdire cette religion et de déconnecter Ming sept quand c'était encore possible. L'aventure a donc peu duré, une dizaine d'années, et n'a guère laissé de trace dans les esprits.

Il faut dire qu'à partir du moment où la vie des hommes et des femmes se poursuit sans fin, hors accident, où la mort n'existe plus, sauf celle des animaux qui restent, la croyance en une vie après la mort n'a plus de sens. La réincarnation, l'espoir d'une vie meilleure dans l'au-delà ou la crainte d'un châtiment terrible non plus. Et ainsi les raisons de croire en une puissance divine se dissolvent dans le bien-être général, comme par un jour d'été les nuages s'effilochent dans l'azur.

Une autre fois, tandis que nous parlions d'Ursula, je l'ai interrogé sur les relations hommes femmes. Y avait-il eu là aussi des changements dans nos comportements, comme j'en avais été témoin à plusieurs reprises ?

Il m'a rassuré : l'amour demeure une composante essentielle de la vie et du bonheur de nos descendants. Mais l'institution du mariage, qui existe encore, est tombée en désuétude. Sans doute pour trois raisons, m'a-t-il expliqué avec son esprit cartésien.

D'abord l'absence d'enfants à venir ôte une justification majeure des mariages.

Ensuite la perspective d'une vie éternelle, ou presque, en cas d'accident, modifie, comme on peut facilement l'imaginer, les relations de couple. Comment penser sérieusement qu'on va vivre sans cesse avec la même personne ? Vous imaginez ? Cent ans ? Deux cents ans ? Mille ans ?

Enfin une troisième raison forte : les motivations matérielles des mariages ont disparu. Des revenus identiques, pas d'impôt, pas de propriété, pas d'héritage.

On a quand même inventé, au milieu du vingt-et-unième siècle, le mariage à durée déterminée. Mais il n'a rencontré qu'un maigre succès. Et lorsqu'on a consulté la population humaine sur le mariage des robots, dans les années quatre-vingt, la majorité s'y est opposée.

Donc, de façon très simple, les gens qui s'aiment vivent ensemble, ou à proximité, en l'absence de tout document juridique, comme les tourterelles ou les singes, ce qui n'est pas plus mal. Parfois ils signent une sorte de contrat moral, dont j'ai pu lire un modèle sur Optinet, stipulant une aide mutuelle, une fidélité réciproque, et, si on le souhaite, d'autres traits de comportements qu'on peut cocher dans une liste. Et puis quand ils sont lassés l'un de l'autre, ce qui finit presque toujours par arriver, ils se séparent sans difficulté. Et comme ils sont restés jeunes physiquement et moralement, je parle des immortels, ils retrouvent en général assez vite un autre compagnon de vie, à défaut un robot humanoïde. Je précise que ces derniers présentent l'avantage qu'on peut les paramétrer pour les doter strictement du caractère ou de la personnalité qu'on aime. On peut même, quand on le désire, modifier les réglages. Plusieurs fois. Maintenant, si l'un des membres du couple souffre d'être quitté par l'homme ou la femme qu'il aime encore, ce qui arrive naturellement, un neuroleptique inventé il y a déjà longtemps lui redonne en deux jours joie de vivre et bonne humeur. Excepté pour les passions les plus fortes, comme celle que j'ai pu connaître.

Par ailleurs, en ce qui concerne la sexualité, la société paraît encore plus libre que la nôtre. Puisque le sida et les maladies vénériennes ont disparu et que les femmes ne peuvent plus enfanter, les infidélités ne présentent plus de risque, sauf celui d'attrister son partenaire. Mais dans ce cas un comprimé résout vite l'affaire. En général.

J'ai demandé un soir à Louis si je pourrais rendre visite à son fils à Kaboul, où il résidait. Lui-même ne souhaitait pas y aller : trop long, relativement cher. Mais on pourrait facilement télécommuniquer, m'a-t-il proposé, si cela me convenait. Un matin, pour tenir compte du décalage horaire.

Après qu'il l'eut prévenu de cet appel, je suis donc revenu le lendemain et nous avons contacté Pierre-Hung. Sur le grand écran du salon, j'ai alors découvert mon petit-fils, un bel homme, grand, bronzé, l'air volontaire, ne semblant guère surpris de me voir. A l'évidence quelqu'un qui savait contrôler ses émotions. Comme son père, il connaissait le français, mais le parlait avec des erreurs et un accent que je n'aurais su définir. Il m'a étonné en me disant qu'il s'était renseigné sur moi et qu'il avait absorbé à peu près tout ce qu'Optinet connaissait sur notre famille. Y compris photos et vidéos du début du vingt-et-unième siècle et même d'avant. Je n'ai donc pas eu besoin de me présenter. Lui, âgé de soixante et onze ans et paraissant la quarantaine, menait une vie simple, avec sa femme, d'origine afghane, et ses deux enfants, Karl-Shen et Eva Belch, qui l'entouraient tandis que nous parlions. Une vie consacrée aux chevaux, comme le triste vieillard de Deauville, mais dans un tout autre genre d'activité. Excellent cavalier, d'un caractère intrépide, il pratiquait le bouzkachi avec passion, au point d'être devenu responsable de ce dangereux sport en Afghanistan. Il nous a montré le « film » d'une partie toute récente, que nous avons découvert avec une qualité de son et de relief qui conférait aux images une présence inouïe. Des chevaux d'ébène et d'acajou, luisants de sueur, l'écume à la bouche, dont les muscles puissants roulaient sous le pelage, galopaient flanc contre flanc, montés par des cavaliers aux traits mongols ou indiens, qui, la cravache serrée entre les dents, essayaient de s'emparer d'une dépouille de chèvre décapitée. Cris, hennissements, fureur, puissante odeur des chevaux et des hommes, kaléidoscope de couleurs, et au milieu de ces corps en folie, mon petit-fils, concentré, efficace, jouant habilement de sa force et de son courage. Un spectacle grandiose, impressionnant, comme je n'en avais jamais contemplé.

Il nous a aussi présenté des images prises la semaine précédente dans l'Hindou Kouch, où il avait randonné à cheval à plus de trois mille mètres d'altitude, longé des gorges rocheuses aux tons improbables, franchi des cols hérissés de pics enneigés, dormi à la belle étoile. Je comprenais que cet aventurier aime cette vie sportive, dans des territoires vierges où la nature n'a pas encore abdiqué devant l'homme. Je lui ai demandé s'il avait lu « Les cavaliers » de Joseph Kessel. Bien sûr, m'a-t-il répondu, enfin pas vraiment le livre mais le *vook*. Comme je lui faisais répéter ce terme que j'ignorais, Louis m'a dit qu'il m'expliquerait plus tard.

J'ai pu ainsi, en une heure ou deux d'échange, avoir une vision claire de la vie que menait mon petit-fils, une existence pleine, sans grand souci m'a-t-il semblé. Pourtant je me demandais combien de temps on pouvait passer ainsi. Aujourd'hui les années qui défilent et nous affaiblissent progressivement mettent d'elle-même un terme à des activités aussi périlleuses. Mais quand on a l'éternité devant soi et que le corps ne vieillit pas, ne finit-on pas par se lasser et souhaiter un changement ?

Lorsque nous avons jugé, les uns et les autres, qu'il était temps de nous séparer, Louis a dit à Pierre-Hung, ou peut-être lui a-t-il rappelé, qu'il organiserait une rencontre familiale avant mon départ, dans quelques mois. Il fixerait bientôt la date.

Puis l'écran s'est éteint, me laissant sous le choc des images que je venais de voir.

J'ai alors demandé à mon fils ce qu'était un *vook*.

Fidèle à son habitude, il m'a présenté longuement et clairement cette invention extraordinaire, en remontant à ses sources.

Au fil du vingt-et-unième siècle, l'anglais s'est imposé sur la planète. En fait, pendant des décennies il a concurrencé le mandarin. Ainsi que je l'ai déjà mentionné, dans les vingt années qui ont précédé la création d'Optima deux États gigantesques se partageaient le monde, l'Amérique et la Chine, chacun défendant sa culture et sa langue. Mais dès les années 70, l'anglais, plus simple à parler, lire, écrire, pour la plupart des gens, a triomphé. De sorte qu'en 2121 ne demeure qu'une langue officielle, maîtrisée par quasiment toute la population : l'anglais. Un anglais parfois peu compréhensible, car, comme je vous l'ai déjà dit, largement parsemé de vocables chinois. Mais néanmoins c'est de l'anglais. D'autres langues continuent d'être parlées par les gens âgés, ou bien sûr par les linguistes, comme le breton ou le provençal aujourd'hui. Mais on sent qu'elles finiront par disparaître. Une perte de diversité, en même temps qu'un avantage pour les échanges.

Dans le domaine de la littérature, les chefs-d'œuvre anciens sont tous disponibles en anglais, la plupart ayant été magnifiquement retraduits par des IA à la fin du vingt-et-unième siècle. D'ailleurs si vous voulez découvrir un roman écrit dans n'importe quelle langue et pas encore traduit en anglais, il vous suffit de le choisir sur votre écran, et vous lirez ou entendrez une excellente traduction réalisée instantanément. On peut toujours par ailleurs lire Flaubert en français, Goethe en allemand ou Cervantes en espagnol, mais ces versions originales sont réservées à une élite, tels Rabelais ou Dante dans le texte aujourd'hui. La grande majorité des lecteurs prennent les traductions anglaises ou, bien sûr, les livres écrits directement dans cette langue. Mais là aussi, comme pour d'autres activités héritées du passé, la lecture concerne surtout les vieux. Les plus jeunes ne lisent pas, leur esprit ayant été façonné par des décennies d'images omniprésentes. D'ailleurs il n'y a pratiquement plus de production littéraire, presque tous les créateurs réalisant les équivalents ultra-sophistiqués de nos films actuels.

J'en viens maintenant au *vook*, cette technologie impressionnante, dont ce goût de l'image et du réalisme a accouché. En 2121, dans la plupart des cas, si quelqu'un découvre *Crime et châtiment* ou *Les Misérables*, ce n'est ni dans la version originale, ni dans la traduction anglaise. C'est dans une version en 5D, disent les experts, un « *vook* » dit-on couramment, contraction de movie et de book. Il s'agit d'une œuvre originale, d'une véritable création, réalisée par une IA à partir du texte. Plongé dans l'obscurité, le « lecteur » voit une sorte de film, comme on peut admirer aujourd'hui l'adaptation cinématographique d'un roman. Mais à plusieurs différences près. D'abord, le *vook* est élaboré automatiquement à partir des informations contenues dans le texte. Par exemple les descriptions littéraires deviennent des décors visibles, on voit les costumes des personnages, on les entend dialoguer, on découvre des paysages inconnus. Au besoin l'IA invente, à partir des multiples bases de données d'images auxquelles elle a accès, les éléments nécessaires au *vook* et qui ne figurent pas dans le livre. Autre différence par rapport à nos adaptations : le *vook* est en relief, plongeant le spectateur dans l'histoire avec un réalisme stupéfiant. On sent même les odeurs, on a l'impression de goûter les plats comme si l'on était sous hypnose, on ressent les caresses. Vous imaginez ce que cela donne pour les scènes érotiques ! Evidemment, lorsqu'on a goûté à ce procédé, les simples mots alignés dans un livre ont du mal à faire concurrence et l'on comprend que la lecture tombe en désuétude. J'ai ainsi passé plusieurs soirées plongé dans des *vooks* inspirés d'ouvrages qui ont marqué ma jeunesse, comme *Notre-Dame de Paris, Typhon, Madame Bovary* ou *le Voyage au bout de la nuit.* Le résultat est saisissant et je garde de ces séances un souvenir impérissable.

J'ai passé de délicieuses journées à redécouvrir Paris, les quartiers que j'aimais, le Marais, Montmartre, le sixième arrondissement, à l'affut des changements que le temps avait pu y opérer. Pour l'essentiel, la ville était restée immuable. Notre-Dame, reconstruite après le terrible incendie de 2019, n'avait pas changé, ni le Louvre, ni le musée d'Orsay, ni l'Arc de Triomphe, ni la tour Eiffel. Le centre Pompidou semblait s'être patiné et se fondre davantage dans son environnement, au point de paraître presque un monument du passé. La plupart des immeubles haussmanniens étaient toujours en place, bordant majestueusement des rues dont le tracé n'avait pas été modifié, même si beaucoup d'entre elles avaient été rebaptisées de noms exotiques. Par ailleurs nos descendants avaient su préserver les parcs et les squares. La ville me paraissait même plus verte, plus fleurie, plantée d'arbres plus nombreux. Les façades végétales et les terrasses arborées s'étaient multipliées. En revanche les pigeons avaient disparu, remplacés par des pinsons et d'autres espèces factices que je n'identifiais pas et qui pépiaient joliment quand on s'en approchait. De vieux bâtiments avaient été remplacés par des tours de verre, des publicités en relief recouvraient les murs et flottaient dans les airs, sur les trottoirs on ne voyait que de rares jeunes gens et quelques robots reconnaissables à leur démarche vive et régulière, dans les rues des *cairs* volaient en silence et sur la Seine des canots filaient à vive allure juste au-dessus des flots. Un mélange d'ancien et de moderne comme notre métropole en a sans doute toujours connu.

J'ai visité plusieurs musées d'art, parfois seul, parfois avec Louis, une après-midi en compagnie de Rose Duglantier, cette veuve décatie que je croisais souvent à la Maison des Vieux et que je ne laissais pas indifférente. Elle cumulait deux passions : les jeux de société, qu'elle pratiquait avec assiduité en y consacrant une grande part de son temps, et l'art, sous toutes ses formes. Dans ce domaine elle a été mon guide et mon informateur, en m'expliquant les progrès, ou plutôt les changements radicaux, intervenus en un siècle.

En 2121, puisqu'ils disposent de tout leur temps, beaucoup plus d'hommes et de femmes qu'aujourd'hui créent des œuvres et notamment des œuvres d'art plastique (je parlerai de la musique après, et même d'autres formes actuellement inconnues). Certains les gardent pour eux et leur entourage familial ou amical, voire les détruisent, mais d'autres préfèrent les exposer dans des lieux publics, quand elles y sont acceptées. Bien sûr ils n'arrivent pas à la cheville des robots artistes, mais j'ai tout de même pu contempler des œuvres de qualité, en tout cas qui m'ont paru témoigner d'une vraie technique et d'un goût pour la beauté qu'on ne trouve pas toujours dans nos musées. J'ai eu l'impression, même si je ne suis pas un expert, que l'esthétique, le beau, ont retrouvé toute leur place dans la production artistique, au détriment de l'innovation et de la provocation. J'ai d'ailleurs cherché en vain, dans les lieux que j'ai visités, les chiens et autres lapins de l'un de nos artistes milliardaires les plus fameux. Il semble qu'il ait sombré dans les oubliettes de l'histoire de l'art aussi vite que tant d'autres avant lui. A mon modeste avis, un bon point pour nos descendants.

Les musées sont gratuits et très fréquentés comme j'ai pu le constater à chaque visite. Un progrès intéressant : la plupart des œuvres, sauf certaines que les conservateurs, assistés de robots, jugent particulièrement intéressantes et veulent garder en permanence, peuvent être louées par des amateurs, pour quelques semaines ou quelques mois. Voilà entre parenthèses un métier, directeur de musée, ou conservateur, pour lequel on ne manque pas de candidats malgré une cotisation élevée, ce qu'on peut facilement comprendre.

Un autre changement majeur : les œuvres qu'on admire dans ces lieux de culture sont numérisées et visibles partout, à la demande, dans tous les logements et dans de nombreux lieux publics, parfois même dans la rue sur de vastes écrans intégrés aux murs. Cela sur la terre entière, mais aussi sur la Lune qui abrite maintenant une colonie de plusieurs millions d'habitants, en croissance continue.

Naturellement, la vision en 3D, sans lunettes particulières, confère aux sculptures ou aux installations un réalisme parfait. Néanmoins certains amateurs, en général des personnes âgés, immortelles ou non, préfèrent disposer des œuvres véritables quand il est permis de les louer, ce qui surprend les jeunes puisque c'est évidemment moins pratique. Avec les œuvres virtuelles on peut faire disparaître l'image si l'on veut disposer du mur, danser ou recevoir des amis allergiques à l'art. C'est beaucoup plus simple que de décrocher un tableau ou ranger une sculpture. On peut aussi, instantanément, remplacer une pièce par une autre choisie sur Optinet. Mais les innovations, même les plus utiles, ont toujours rencontré des réfractaires.

Pour poursuivre dans le domaine de l'art, j'ai découvert quelque chose d'étonnant, des types d'œuvres inconnues en 2019, qui sont devenues banales et largement appréciées un siècle plus tard.

Actuellement nos œuvres d'art font appel à la vue, et à l'ouïe pour la musique. Et un peu au toucher pour la sculpture. Deux sens, voire trois, sur les cinq que nous possédons. En 2121, et je vous souhaite de voir ça un jour, voir n'étant d'ailleurs pas le terme adapté, des artistes ont créé des œuvres somptueuses qui s'adressent à l'odorat et au goût ! Cela s'explique par le fait que, grâce à des découvertes datant de 2040 ou 2050, on a su, en intervenant sur des gènes de l'embryon, développer considérablement, d'un facteur quarante parait-il, la sensibilité de notre odorat, la rapprochant ainsi de celle du chien, voire la dépassant, et en conséquence celle de notre goût. Evidemment des artistes se sont engouffrés dans cette brèche et ont commencé à réaliser des œuvres s'adressant à ces deux sens. On serait tenté de rapprocher ces créations de nos parfums et de nos plats gastronomiques. Mais elles vont beaucoup plus loin. Aujourd'hui un parfum, on le respire, on l'aime, éventuellement on l'adore. Si l'on a un « nez », on identifie trois ou quatre de ses composantes, un peu plus pour les professionnels. Mais c'est tout. Tandis qu'en 2121, m'a-t-on dit, car moi j'étais incapable d'apprécier, l'odorat a tellement progressé chez les personnes qui ont subi le traitement adéquat, soit la majorité des gens nés après 2050, que j'ai vu des amateurs d'art rester plantés dix minutes devant une œuvre olfactive, en décortiquer le contenu, en admirer tous les arômes, comme on découvre les détails d'une peinture, la qualité du trait, la forme des touches, la palette des couleurs, et trouver cela beau, ce qui n'est évidemment pas un adjectif avec lequel nous humains de 2019 qualifions un parfum. Cela va même très loin. Il y a des parfums figuratifs et d'autres abstraits, des écoles et des styles. Une femme avec qui j'ai longuement parlé sentait dans une de ces œuvres exposés au centre Pompidou une splendide nature morte, montrant sur une table nappée de lin blanc une miche de pain croustillante, une grappe de chasselas dorée, un verre de Saint-Emilion, et à droite, en retrait, une pêche ou une pomme, là elle avait un doute. Mais parfois c'est une composition abstraite dont la beauté réside dans l'assemblage, la juxtaposition, le positionnement, les puissances respectives des fragrances élémentaires. Le plus remarquable est que ces œuvres aussi sont numérisées et peuvent s'apprécier à distance sur les écrans qui sont pourvus de projecteurs d'odeurs, quoiqu'avec une finesse un peu moindre.

Les œuvres « goûteuses » sont encore plus riches et donnent des sensations plus complètes, car pour les apprécier pleinement il faut combiner le goût, l'odorat, la vue, le toucher de la langue et des dents, voire, pour les plus abouties, l'ouïe quand les mâcher ajoute aux plaisirs précédents ceux de sons harmonieux. Bien sûr, contrairement aux autres types d'œuvres, elles sont détruites par leurs admirateurs, mais j'ai constaté que certaines peuvent être suffisamment vastes pour satisfaire de nombreux amateurs qui ont les sens tellement développés que leur suffisent d'infimes portions. Toutefois ces œuvres souffrent d'un handicap : la technologie ne parvient pas encore à les transmettre pour en faire profiter le plus grand nombre. Les habitants de la lune, par exemple, n'y ont pas accès. Il faut se déplacer.

Encore un mot sur les arts plastiques dans cent ans. La folie des prix que nous connaissons actuellement n'a plus cours, puisque personne, sauf quelques vieillards fortunés en voie d'extinction, n'est très riche. Au mieux un homme frugal peut mettre de côté une part de son allocation pendant plusieurs années, mais il ne pourra jamais accumuler un capital important. En outre, indépendamment du fait que sur Optima l'achat d'un bien n'est autorisé que jusqu'à cinq cents euros environ, les œuvres considérées par les amateurs d'art comme les plus belles ne sont pas à vendre, puisque dans cette société où, vous l'avez compris, la justice sociale a atteint un paroxysme, on considère qu'il n'y a pas de raison de limiter à un individu ou à quelques-uns le plaisir de les admirer. Elles s'offrent aux regards de tous dans les musées, très nombreux puisque beaucoup d'hôpitaux et d'écoles, rendus inutiles par les progrès de la médecine et l'arrêt des naissances, sont devenus des lieux de culture et d'exposition, et sur les multiples écrans disséminés partout. Certaines, comme je l'ai déjà dit, mais pas les plus extraordinaires, peuvent être louées pour un certain temps.

J'ai évoqué les étonnants robots peintres ou sculpteurs et ceux qui créent les *vooks*, mais leurs congénères ont aussi triomphé dans un autre domaine : la musique. Cela n'empêche pas certains humains de composer, mais j'ai pu constater que les grands succès, ceux que les gens mémorisent et chantonnent, ont tous été créés par des IA, tous à l'exception d'airs anciens écrits plus de quarante ans avant mon voyage. Cela résulte d'une découverte capitale, une de plus, qui date de 2073 : celle du secret des belles mélodies !

A notre époque et depuis longtemps, de nombreux chercheurs à travers le monde étudient ce problème beaucoup moins simple qu'il n'y paraît : pourquoi telle mélodie, telle succession de notes, c'est-à-dire de sons de hauteurs et de durées variables, est-elle appréciée par la plupart des auditeurs, et telle autre non ? Pourquoi tout le monde, du moins en Occident, aime l'Ave Maria de Schubert ou l'air du toréador de Bizet, alors que si seulement quelques notes de ces airs fameux sont supprimées, ou modifiées dans leur hauteur ou leur durée, la beauté s'efface ? Une mélodie se résume à une série de couples de nombres : hauteur, c'est-à-dire fréquence de la vibration, et durée de chaque note. Donc une IA, un algorithme, devrait pouvoir comprendre ce secret et produire ensuite de belles mélodies à la pelle. Eh bien en fait, il a fallu attendre 2073 pour qu'un homme, un musicologue et mathématicien suédois, Oscar Svenson, résolve enfin ce problème. Après vingt ans de recherche et de tâtonnements, il a d'abord découvert comment mesurer la beauté d'une ligne mélodique, et, un peu plus tard, comment créer automatiquement des airs magnifiques, à l'instar d'un Mozart ou d'un John Lennon. Certains compositeurs ont réussi à exploiter ensuite cette invention, mais beaucoup moins bien que les IA. Dès 2074, ces dernières ont su produire en masse des mélodies faciles à mémoriser et à chanter, et à y ajouter des arrangements, des harmonies, des orchestrations parfaites. Tout cela pour dire qu'en

2121, les robots sont devenus les rois de la création musicale. Pour la musique légère, chansons, pop, jazz, mais aussi pour la musique que nous qualifions de classique et qui, malheureusement, n'intéresse plus que quelques vieillards. Encore un domaine où nos créatures ont fini par nous dépasser. Entre parenthèses, je n'ai curieusement jamais entendu un robot chanter, comme s'ils considéraient que c'est une activité inutile que pratiquent les oiseaux et l'espèce humaine. Sauf, et de façon extraordinaire, dans les Andes, comme je le raconterai plus loin.

Pour être complet sur le chapitre de l'art, je dirai qu'il reste tout de même un mode d'expression où l'homme domine dans cent ans : c'est la poésie. Bien que je ne sois pas un grand connaisseur, j'ai apprécié de beaux poèmes écrits au vingt-deuxième siècle par des hommes ou des femmes, en anglais mais aussi en français, qui m'ont semblé vraiment supérieurs aux textes techniquement parfaits, respectant toutes les règles de la prosodie, mais un peu secs et schématiques, manquant de cœur et d'âme, que les robots ont pu produire, très loin de la musicalité et de la sensibilité sublimes d'un Baudelaire ou d'un Aragon par exemple. Dans le domaine de l'art, la poésie reste peut-être la dernière chasse gardée de l'homme, l'ultime frontière. Mais pour combien de temps encore ?

Un matin où je me rendais comme souvent au Conservatoire du malheur, j'ai été empêché d'atteindre la vitrine de ma pauvre Sofia-Wang par un attroupement nombreux et bruyant qui s'agglutinait devant elle et me barrait le passage. Malgré mes efforts, j'ai dû attendre patiemment que la foule s'écoule avant de pouvoir m'approcher.

Et quand j'ai pu enfin atteindre mon but, j'ai découvert avec stupéfaction que ma protégée n'était plus là ! Une vieille brune au regard sinistre l'avait remplacée et, peut-être rendue folle par son incarcération et ses souffrances, adressait au public des grimaces épouvantables. Le panneau d'information indiquait un autre nom que je n'ai pas pris la peine de lire. On avait donc déplacé la jeune prisonnière de façon définitive ! Je me suis aussitôt précipité à l'accueil pour demander ce qu'elle était devenue. En courant dans les couloirs, j'échafaudais toutes les hypothèses : avait-elle changé de vitrine ? était-elle malade ? ou pire ? avait-elle quitté prématurément le Conservatoire pour une raison inconnue ?

L'homme, ou le robot, qui surveillait le hall d'entrée dans lequel se pressaient des visiteurs impatients, a d'abord refusé de me répondre. Puis, comme j'insistais, il s'est renseigné et a fini par me révéler que Sofia-Wang Martel avait été relâchée l'avant-veille, deux mois avant la fin de sa peine, pour raison de santé. Mais il n'a pas voulu m'en dire plus.

Très anxieux, j'ai tout de suite couru à la Maison des Vieux, où j'ai demandé à Anne Desmoulins, qui somnolait dans le salon, si elle connaissait par hasard un responsable du Conservatoire ou quelqu'un qui pût m'éclairer sur le sort de la jeune femme. Elle m'a tout simplement conseillé de consulter Optinet, ce que j'ai fait immédiatement. Et j'ai vite trouvé l'information : Sofia-Wang Martel, gravement malade, avait été graciée et libérée deux mois avant l'échéance. Gravement malade ! Sans plus de précision. J'étais mort d'inquiétude. Dans quel état était-elle ? Je ne savais même pas si elle était soignée dans un hôpital ou si elle avait pu rentrer chez elle.

Au déjeuner qui a suivi j'en ai reparlé à Anne Desmoulins. Elle m'a expliqué que de façon générale l'administration n'aimait pas voir les prisonniers mourir au CDM. Quand ils ne supportaient pas leur traitement et que leur fin semblait proche, elle préférait les libérer pour ne pas donner une image trop repoussante de l'institution. Elle a en outre formulé une hypothèse judicieuse : évidemment les autorités savaient que je m'intéressais à cette jeune femme et il était probable qu'elles ne souhaitaient pas que je rapporte à mon retour l'image d'un monde trop cruel. La planète ne s'appelait pas Optima pour rien. C'est sans doute cette raison qui les avait conduits à manifester de l'indulgence.

Peut-être avait-elle raison. En tout cas, ses propos n'avaient fait que m'inquiéter davantage et je me suis précipité dans ma chambre. En consultant à nouveau la Base, j'ai rapidement trouvé l'adresse de Sofia-Wang. Ce n'était pas loin, je pouvais y aller à pied. Mais après réflexion, j'ai décidé de laisser passer la nuit pour me calmer un peu et de m'y rendre le lendemain matin, en espérant qu'elle serait rentrée chez elle et accepterait de me recevoir.

Son nom sur l'interphone indiquait qu'elle habitait bien à l'adresse que j'avais trouvée, à deux pas de la Seine, dans une petite maison qui ressemblait à celle de Peter Dorset. Très ému, j'ai sonné. Pas de réponse. J'ai sonné encore. Silence. Me reculant pour observer la façade, j'ai cru voir une ombre glisser derrière une fenêtre. Mais ce n'était peut-être pas elle. J'ai hésité à rebrousser chemin. Pourtant j'ai préféré insister encore et j'ai sonné une bonne demi-douzaine de fois. Et elle a fini par répondre, d'une voix éteinte, à peine audible. Comme elle ne comprenait pas qui j'étais, je lui ai rappelé mes nombreuses visites au musée.

— Ah oui, je vois… Pourquoi êtes-vous venu ? Pour me torturer encore ?

— Bien sûr que non ! me suis-je exclamé. Vous confondez ! Je ne vous ai jamais fait de mal ! Je veux vous aider au contraire. Puis-je entrer ?

— Non. Allez-vous-en.

J'ai dû argumenter plus d'un quart d'heure pour la convaincre, craignant à tout moment qu'elle abrège la conversation, avant qu'elle accepte enfin de me rencontrer. Mais pas chez elle, dehors. Parler avec moi dans la rue, devant témoins, devait la rassurer.

Au bout d'une longue attente pendant laquelle je me demandais dans quel état j'allais la trouver, j'ai vu sortir un petit bout de femme, vêtue sans recherche, l'air accablé, le teint cireux, la démarche boiteuse. Mais en tout cas elle tenait debout, elle ne semblait pas à l'article de la mort, ce qui pouvait confirmer l'hypothèse d'Anne Desmoulins quant à la cause de sa libération. Elle m'a observé longuement, par en-dessous, avec timidité, m'a adressé un pauvre sourire et m'a proposé de faire quelques pas le long des quais de Seine. Je l'ai remerciée, lui ai répété qu'elle n'avait rien à craindre de moi et lui ai de nouveau résumé mon histoire et dit ma compassion, eu égard à l'épreuve terrible qu'elle avait subie. Elle gardait le silence, ne me posait aucune question, boitillant tristement à mon côté tel un oiseau blessé. Bien sûr je me rendais compte qu'au-delà de la pitié, le charme qui émanait de cette femme en souffrance m'attirait. J'avais envie de la prendre dans mes bras, de la protéger, de la réconforter, de lui redonner un goût de vivre perdu au fil de cette horrible épreuve. Après m'être rapidement exprimé sur l'époque dont je venais et le début de mon voyage temporel, je lui ai demandé si elle voulait bien me parler d'elle, de sa vie avant le drame et des événements de l'Himalaya. Elle a d'abord gardé le silence en secouant la tête, les yeux rivés sur le fleuve que nous longions à un mètre et qui coulait paisiblement, comme il le fait depuis des millénaires, insensible au temps qui passe, aux malheurs des hommes et à l'évolution des espèces. Immuable, tels le ciel et les étoiles.

Puis elle a fini par tourner son visage et me regarder en face. Peut-être a-t-elle cru en ma bonne foi, peut-être mon sourire l'a-t-il aidée. En tout cas elle s'est mise à parler, à parler de plus en plus vite, une fontaine, un flot de paroles, comme si une digue s'était soudainement rompue. Et voici ce qu'elle m'a raconté.

Elle avait vécu une enfance heureuse, au sein d'une famille aimante. Ses parents, qui vivaient dans la nostalgie des époques passées telles que les montraient les livres ou les films anciens, avaient refusé l'immortalité. Naïfs, idéalistes et sous-estimant la puissance des autorités, ils avaient eux aussi participé à la Rébellion des tulipes, peu après la naissance de Sofia-Wang. Deux ans de conservatoire niveau 3 en étaient résultés, pendant lesquels la fillette avait été élevée par sa grand-mère, avant de retrouver ses parents que le séjour au CDM avait définitivement abîmés. Vingt-cinq ans plus tard, très affaiblis, ils n'avaient pas supporté que leur fille subisse le même sort, de façon injuste à leur sens, et ils étaient morts de chagrin au début de son incarcération, le lendemain de la seule visite qu'ils lui avaient rendue.

Dotée d'une personnalité artiste et fantasque, elle avait consacré ses premières années d'adulte à la musique, à la danse et aux voyages réels. C'est ainsi qu'elle avait rencontré, sur les bords du Nil, après un concert mémorable dans le temple de Karnak, un pianiste qui jouait Chopin avec une élégance infinie. Elle l'avait follement aimé, plusieurs mois, avant de s'apercevoir qu'il distribuait généreusement son amour à sa cohorte d'admiratrices, ce que son histoire familiale ne lui avait pas appris à accepter. Elle avait rompu, et noyé son chagrin en parcourant le monde à la recherche des rares ilots préservés de la technologie, des territoires encore vierges épargnés par le « progrès ». Cela jusqu'à son trek fatidique dans l'Himalaya.

J'ai respecté le long silence qu'elle a marqué alors, tandis que nous marchions lentement, côte à côte. Lui jetant de temps en temps un coup d'œil inquiet, j'observais le ciel sillonné de *cairs* étincelants au soleil et la Seine où voguaient, comme en rêve, des canots silencieux.

Au bout d'un moment, épuisée par l'effort de cette marche, elle a souhaité s'asseoir sur un banc qui surplombait le fleuve. Puis elle a repris sa confession, de sa voix frêle :

— Je ne vous dirai pas ce qui m'est arrivé un soir… Ce fut horrible venant d'un ami, même s'il avait l'ivresse pour circonstance atténuante... Il faisait nuit. Un vent glacial mugissait en rafales… Il est entré dans ma tente en titubant… Il puait l'alcool… Il s'est jeté sur moi comme une bête… Après avoir commis son méfait, il est reparti sans un mot, me laissant anéantie... J'ai passé des heures épouvantables, les bourrasques secouaient ma tente continuellement, je pleurais sans cesse… A l'aube, malgré le froid intense, je suis sortie, épuisée, frigorifiée, et j'ai marché sur la croute de neige que balayait la bise… Mes compagnons dormaient encore. Soudain mon désespoir s'est mué en colère et j'ai couru vers la tente de mon violeur, à l'autre bout du camp. Je l'ai ouverte d'un coup. Dans la pénombre, je n'ai pas vu grand-chose. Je me suis baissée pour le secouer, mais son sac de couchage était vide… Je me suis précipitée dehors. Et là, à travers les flocons virevoltants, je l'ai aperçu à quelques mètres, recroquevillé, immobile et recouvert de neige. Je me demandais s'il était mort de froid. Mais quand il m'a vu, ou entendu m'approcher, il a réussi péniblement à se lever. Alors j'ai hurlé :

— Salopard, tu es conscient de ce que tu as fait ?

— Tais-toi, m'a-t-il intimé, tu vas réveiller tout le monde. Viens, éloignons-nous un peu.

Je l'ai suivi sur le plateau glacé jusqu'au bord du précipice qui le délimitait. En me retournant, j'ai vu que trois de nos compagnons et un sherpa s'étaient levés et nous observaient, plantés devant leurs tentes, se demandant sûrement ce qui se passait. Quand il s'est arrêté tout près du gouffre, s'est retourné et m'a fixé dans les yeux en arborant un sourire insupportable, j'ai crié malgré moi, je l'ai secoué, j'ai hurlé mon désespoir, et je l'ai poussé. Légèrement, comme on fait parfois quand on s'engueule. Mais je ne voulais pas sa mort… Il a dû reculer de quelques centimètres, pas plus, et soudain, lui qui me dominait d'une tête s'est affaissé devant moi, d'abord doucement, comme en rêve. Affolée par cette vision, j'ai reculé d'un pas. La plaque neigeuse sur laquelle il se tenait continuait de glisser sans qu'il pût se retenir. Au dernier moment il a tendu les bras mais et il n'avait rien à quoi s'agripper. J'étais trop loin. Et tout à coup il a disparu, en une fraction de seconde, happé par le vide, en poussant un hurlement terrible qui me réveille encore chaque nuit…

Le jour se levait à peine. A travers les rafales de neige on ne voyait pas à dix mètres. Je me suis tout de même penchée au-dessus du précipice, autant que possible, mais je n'ai rien vu. Pas trace de mon compagnon de malheur… Mes autres équipiers, alertés par le cri, m'ont rejointe en courant et m'ont demandé ce qui était arrivé. Mais je ne pouvais articuler un mot, secouée par des émotions contraires, tel un voilier qui se débat dans une tempête tourbillonnante…

Plus tard, un *cair* est arrivé, avec deux policiers indiens. Ils ont scruté d'en haut le gouffre gigantesque, y ont déployé en vain un drone qu'ils avaient apportés, nous ont interrogés, séparément, puis ensemble, et ont dressé leur constat. Et le soir, après une journée épouvantable, ils nous ont tous embarqués. Dès le lendemain j'étais de retour à Paris, morte de fatigue, de souffrance et de peur…

Le corps n'a jamais été retrouvé. Et un mois plus tard, après une enquête bâclée conduite par des robots déficients, malgré tout ce que j'ai pu objecter, le viol, l'accident, la malchance, j'ai été condamnée pour meurtre. Alors que je n'avais pas voulu le tuer, dit-elle en pleurant. Que je l'avais à peine touché. Et qu'en plus on n'avait pas retrouvé le cadavre. Il n'y avait aucune preuve de sa mort.

Peut-être avait-il survécu. Mais les apparences jouaient contre moi, mes compagnons, dubitatifs, ne m'avaient guère soutenue et je n'ai pas su convaincre le juge de mon innocence. Voilà comment on détruit une vie sur Optima. Vous pourrez raconter. D'abord mes parents, puis moi.

D'irrépressibles sanglots la secouaient maintenant, comme une fillette désespérée.

J'étais bouleversé par cette confession, ce sort tragique qui s'était acharné contre cette pauvre femme. Et les questions se bousculaient dans ma tête. Quel était le nom de son agresseur ? Avait-elle essayé de chercher sur Optinet si, par hasard, il n'était pas réapparu quelque part ? Des frères, des sœurs, des amis pouvaient-ils la soutenir ? Et, avant tout, comment se sentait-elle ? Les traitements inhumains qu'elle avait subis pendant près de trois ans nécessitaient-ils des soins ? Pensait-elle qu'une vie calme, une nourriture saine et une activité physique raisonnable suffiraient à la remettre sur pied ?

D'abord le nom de son bourreau.

— Comment s'appelait-il ? lui demandai-je.

— Hugo-Lim Dogan, me répondit-elle dans un souffle, en s'essuyant les yeux. Je crois qu'il avait deux ans de plus que moi. Il habitait Courbevoie. Regardez, vous trouverez peut-être quelque chose… Mais je suis trop fatiguée maintenant. Je vais rentrer.

Nous sommes retournés à son domicile en longeant les berges, sous les opulentes floraisons mauves des jacarandas, très émus l'un et l'autre, suivi par un couple de pinsons, factices bien sûr, qui comprenaient peut-être la douleur de cette femme et souhaitaient l'égayer de leurs joyeux sifflements.

— Pourrai-je vous appeler, lui ai-je demandé sur le pas de sa porte ? Avez-vous l'équipement nécessaire ?

— Oui, ce sont les condamnés politiques qu'on déconnecte, pas ceux de droit commun. J'ai tout ce qu'il me faut. Appelez-moi quand vous voudrez.

Et elle est rentrée chez elle, me laissant stupéfié par ce que je venais d'entendre.

J'ai couru vers la Maison des Vieux et je suis monté à ma chambre, impatient de consulter la Base.

Et voici ce que j'ai rapidement découvert sur son agresseur.

Hugo-Lim Dogan avait vu le jour en 2089, à Grenoble. Ses grands-parents maternels, maintenant décédés, avaient quitté la Russie en 2046, pendant la Guerre de Trois ans, pour fuir les persécutions qui frappaient les populations turcophones et s'installer en France où résidaient des membres de leur famille. Leur fille, Selma, était né en 2059 et, à l'âge de trente ans, avait donné naissance à Hugo-Lim, de père inconnu. D'où son nom de Dogan, comme sa mère. Dès la petite enfance il avait manifesté des troubles du comportement qui avaient nécessité, à l'âge de six ans, une intervention génétique. Peu de renseignements sur les années suivantes, sinon des photos et des films sans grand intérêt. Si, une information étonnante : sa mère s'était mise en ménage avec un *rob* qui ne supportait pas l'enfant, dont le caractère semblait être resté difficile. Il avait brièvement fugué à plusieurs reprises, une fois jusqu'à Johannesburg. Il s'était calmé à l'adolescence lorsqu'il avait découvert, avec passion, l'alpinisme, en gravissant les sommets qui entourent Grenoble, au point de devenir un champion dans ce domaine.

Des films impressionnants, en relief, le montraient en action sur des falaises vertigineuses. En 2112, il s'était engagé pour cinq ans comme guide de montagne, moyennant une faible cotisation car il devait y avoir peu de candidats compétents. Il se partageait entre les Alpes et l'Himalaya où il emmenait des amateurs de sensations fortes. Mais deux ans plus tard on l'avait chassé pour une affaire de mœurs dont, malgré tous mes efforts, je n'ai pu connaître le détail.

Quand j'ai raconté cela le soir même à mon fils, il m'a expliqué que le jeune Dogan avait probablement payé pour effacer des données compromettantes, ce qui était malheureusement possible si l'on disposait de relations de haut niveau. C'est la première et unique fois que j'ai entendu parler de corruption ou de passe-droit sur Optima.

Pour en revenir à Hugo-Lim, pas grand-chose d'intéressant après 2114 : plusieurs compagnes successives, ce qui pouvait dénoter une personnalité instable, des escalades dangereuses, dont l'ouverture d'une voie qui portait maintenant son nom, la voix Dogan, sur un sommet du Caucase, région de ses ancêtres. Et puis ce trek fatal de juillet 2118 et sa disparition, assassiné, d'après Optinet, par Sofia-Wang Martel le 6 juillet. Les recherches menées pendant près d'un mois n'avaient pas permis de retrouver le corps. A l'issue d'une chute de plus de cinq cents mètres, il était sans doute tombé au fond d'une profonde crevasse difficilement accessible. Suivaient les coordonnées du responsable de l'enquête, qu'il fallait prévenir si l'on découvrait le cadavre ou tout indice permettant d'y conduire.

Je l'ai aussitôt contacté, à tout hasard. Il a paru surpris de mon appel, m'a demandé qui j'étais, a cherché quelques secondes, et m'a dit d'un ton rogue qu'il n'avait aucune information nouvelle à me fournir sur l'affaire Dogan.

Le reste de la journée j'ai essayé de penser à autre chose. J'ai visité le musée d'Orsay, qui m'a paru inchangé. J'ai revu des Van Gogh, des Courbet, des orientalistes que j'aime. Mais j'avais l'esprit ailleurs et beaucoup de mal à me concentrer sur les œuvres.

Comme la plupart des soirs, j'ai dîné chez mon fils et nous avons naturellement parlé de cette affaire. Comprenant mon trouble, il m'a dit qu'il essaierait de se renseigner de son côté. Puis, il m'a proposé, afin de me distraire un peu, que nous partions ensemble pour Venise, ce qui m'a d'abord surpris. Mais quand j'ai, compris ce qu'il voulait dire, j'ai accepté avec enthousiasme. Confortablement installé sur son canapé, nous avons alors visité le Palais des Doges, la basilique Saint-Marc, l'église San Zaccaria, la Ca' d'Oro, toutes ces merveilles que la Renaissance nous a léguées. Nous avons vogué lentement sur de paisibles canaux, bercés par la voix chaude de notre gondolier, dîné sur le campo San Stefano, dormi au Gritti dans des chambres somptueuses donnant sur le Grand Canal. Hélas, quand nous sommes rentrés de ce merveilleux périple virtuel de deux jours, qui avait en fait duré une heure, Louis m'a expliqué que nous avions voyagé un demi-siècle auparavant car une telle visite n'était plus possible aujourd'hui : à cause de l'incurie, de la cupidité et de la bêtise collective des hommes, la cité des doges avait disparu, engloutie par la lagune. Comme je l'ai vu sur des images qu'il m'a montrées, seuls émergeaient maintenant quelques clochers épars, tristes souvenirs d'un passé révolu.

Je suis rentré dormir à la Maison des Vieux, accablé par le sort de Venise et par celui de Sofia-Wang.

Au milieu de la nuit, alors que, plongé dans un cauchemar, je longeais une crête acérée que bordaient deux immenses précipices, un appel insistant de mon PICC m'a brutalement tiré du sommeil. J'ai mis du temps à me réveiller. Et quand j'ai réussi à ouvrir un œil, j'ai vu que l'écran en face de mon lit, que j'avais pourtant éteint la veille, affichait en grosse lettres rouges un message clignotant :

MÊLE-TOI DE CE QUI TE REGARDE
OU PRENDS GARDE !

Dès que j'ai lu cet avertissement menaçant, l'écran s'est éteint, comme si l'on m'observait ! De quoi, de qui pouvait-il s'agir ? De Dogan ? Il serait vivant ? Ou de l'un de ses proches ? Et pourquoi ces menaces ? Que craignait-on de moi ? Etais-je vraiment en danger, pour la première fois depuis mon arrivée sur Optima ? Epuisé et incapable de réfléchir correctement, j'ai vérifié, par réflexe, la fermeture de la porte et des fenêtres, je me suis recouché et j'ai tenté de me rendormir. Mais je n'ai plus fermé l'œil de la nuit.

Le lendemain matin j'ai tout raconté à Rose Duglantier et Arthur Michalon au cours du petit-déjeuner que nous prenions ensemble : l'histoire de Sofia-Wang, l'agression qu'elle avait subie dans l'Himalaya, la disparition du coupable, la condamnation insensée de la victime à une peine terrible, sa libération anticipée, mes recherches sur son agresseur et l'invraisemblable message de la nuit. Très inquiet pour moi, Arthur, approuvé par son amie, m'a aussitôt conseillé d'appeler la police. Ou, mieux encore, d'essayer de joindre le patron de l'Europe, Ryan Gao Viviani, qui m'avait accueilli dès le lendemain de mon arrivée et prendrait sûrement cette affaire à cœur.

De retour dans ma chambre, j'ai appelé mon fils pour lui demander son avis. Il m'a engagé à suivre le conseil d'Arthur Michalon, un homme de qualité d'après lui, dont il avait apprécié le travail à la tête de la région Sud, dix ou quinze ans plutôt. Il tenait aussi Viviani en haute estime.

J'ai donc appelé le président de l'Europe. Naturellement je ne l'ai pas eu tout de suite. Plusieurs assistants, certainement des robots, se sont succédés, avant que le dernier ne m'informe que le président me contacterait plus tard. Je me suis allongé sur mon lit où j'ai dû m'endormir, épuisé par cette nuit trop courte. Et puis mon PICC a sonné : c'était le grand homme en personne ! Emu et fatigué, je lui ai tout raconté, peut-être pas très clairement, sans cesse interrompu par ses questions qui me demandaient alternativement de préciser ou d'aller au but. Quand sa curiosité a semblé satisfaite, il m'a dit de ne pas me soucier, que ma sécurité serait renforcée, ainsi que celle de Sofia-Wang, et qu'il allait diligenter des recherches approfondies sur ce Dogan et sur l'auteur du message. Il me rappellerait dès qu'il en saurait plus.

Après cet échange plutôt rassurant, j'ai proposé à Sofia-Wang de la revoir. Peut-être pourrait-on dîner ensemble ?

Elle a refusé, prétextant qu'elle ne mangeait pas le soir, mais a bien voulu me recevoir dans l'après-midi.

Comme la veille, lorsque j'ai sonné à sa porte, heureux et ému de la retrouver, elle m'a dit qu'elle préférait me rencontrer dehors et répondre à mes questions en parcourant le même chemin, le long des quais. La température était montée, mais à l'ombre des arbres la chaleur était supportable.

J'ai appris ce jour-là qu'elle était fille unique, plutôt solitaire, que ses rares amis s'étaient détournés d'elle après sa condamnation, sauf une jeune femme, une danseuse, qui lui avait rendu visite plusieurs fois au Conservatoire et venait de la recontacter. Quant à sa santé, elle était très affaiblie, mais sans qu'il y eût de lésions ou de séquelles irréparables. C'est son psychisme qui souffrait, sa soif de vivre qui s'était émoussée, sa phobie des hommes qu'elle craignait de ne pouvoir guérir. Je l'ai remerciée d'accepter ma présence et j'ai évoqué des traitements chimiques ou génétiques dont j'avais entendu parler. Peut-être, a-t-elle murmuré, peut-être.

Quand elle s'est sentie trop fatiguée, nous nous sommes assis sur le même banc que la veille. Deux pinsons nous ont rejoints, les mêmes m'a-t-il semblé, et ont réussi par leurs trilles à mettre un pâle sourire sur le visage de Sofia-Wang. L'un d'eux s'est même posé sur son genou, en toute confiance.

J'ai pensé alors que le moment était venu de mentionner le message que j'avais reçu dans la nuit, ainsi que ma conversation du matin avec le président de l'Europe. Mais sans doute ai-je eu tort, car dès mes premiers mots elle a pâli, écarquillé les yeux et poussé un cri en portant sa main à sa bouche, ce qui a fait fuir le pinson.

— Je sens qu'il est vivant, a-t-elle murmuré… Qui d'autre ? …

— Ne vous inquiétez-pas, Sofia, il n'y a aucune chance qu'il ait survécu à une chute de plusieurs centaines de mètres et au froid glacial. Calmez-vous, n'ayez pas peur. Et de plus notre sécurité a été renforcée.

— Renforcée ?... Je savais bien que je serais éternellement surveillée, qu'on ne me lâcherait plus…

Au bord des larmes, elle tremblait de tout son corps et parlait avec peine, d'une voix ténue qui m'obligeait à prêter l'oreille avec attention.

— Tout le monde est surveillé maintenant, vous pas plus qu'une autre, ai-je tenté de la rassurer. Vous ne vous en apercevez même pas.

— Vous ne comprenez pas. Je veux vivre libre ! J'accepte que les oiseaux me suivent, que les pinsons m'accompagnent, mais pas les hommes et encore moins ces maudits *robs*. Je veux vivre loin d'ici, sur des terres sauvages où personne ne me connaîtra. Je sais bien que la rébellion contre le système est impossible. Mes parents l'ont payée très cher. Mais je peux fuir, à l'autre bout du monde. Rien ne me retient ici.

— Un jour peut-être, Sofia-Wang, mais pour l'instant vous êtes beaucoup trop faible. Prenez des forces, remplumez-vous et dans quelque temps vous pourrez faire ce choix de la liberté. Mais comment vivrez-vous alors ? Est-ce que vous toucherez encore votre allocation si vous fuyez ainsi ? Pourrez-vous vous loger, vous nourrir, communiquer avec vos proches ?

— Je n'ai plus de proches, je vous l'ai dit, juste une amie à qui je ne tiens guère. Et pour manger, je me débrouillerai. Je sais où aller.

— Où voulez-vous fuir ainsi ? La Terre n'est-elle pas devenue un village ?

— Je vous le confierai peut-être un autre jour, le moment n'est pas venu. Laissez-moi tranquille une semaine ou deux. Je crois que c'est préférable pour vous. Et pour moi. Je vais suivre votre conseil et reprendre des forces. Et nous reparlerons alors de mes projets. Et vous, ne pensez plus à mon agression. Oubliez tout cela, c'est plus prudent. Vous voulez bien ?

Je me sentais fondre devant ce courage, cette force vitale et le charme étrange que dégageait ce petit bout de femme. J'ai accepté sa proposition tout en la regrettant et je suis rentré chez moi, le cœur troublé.

Le lendemain matin, en naviguant sur Optinet, source intarissable d'informations dont je me délectais chaque jour, j'ai été sidéré de découvrir un lien entre le nom de Viviani et celui de Dogan ! Dix ans auparavant, Ryan Gao Viviani s'était initié à l'escalade au-dessus de Chamonix. Et avec qui ? Avec un jeune guide nommé Hugo-Lim Dogan. Sur le coup j'ai bondi. Quel curieux hasard ! Et pourquoi lorsque j'avais raconté mon histoire à Viviani, n'avait-il pas bronché au nom de Dogan, comme s'il ne le connaissait pas ? Avait-il pu l'oublier ? Possible. En tout cas, et malgré la menace anonyme et le conseil de Sofia-Wang, j'ai lancé des recherches combinant ces deux noms. Et j'ai rapidement trouvé de nombreux et étonnants résultats. Sur une photo, on voyait Viviani présent à une fête de fin d'année du jeune écolier Dogan. Lors d'une réception dans les somptueux jardins de la Présidence de l'Europe, à Bruxelles, une vidéo montrait Dogan conversant avec le même Viviani de façon suffisamment intime pour que ce dernier lui posât la main sur l'épaule. A une demi-douzaine d'autres occasions, les deux hommes s'étaient rencontrés, alors qu'ils fréquentaient des univers très différents et que le hasard pouvait difficilement expliquer ces contacts. Il existait forcément un lien entre eux. Il fallait que je le découvre.

L'après-midi j'ai voulu penser à autre chose et me distraire en visitant le château de Versailles. Nous étions peu nombreux, quelques couples âgés, la plupart des gens, comme je vous l'ai expliqué, préférant les visites virtuelles. Autant que j'ai pu en juger, l'intérieur ne différait guère de celui que nous connaissons aujourd'hui. En revanche le parc s'ornait maintenant, outre les sculptures anciennes, d'œuvres contemporaines abstraites, dont plusieurs ressemblaient à des hologrammes qu'on pouvait traverser tels des nuages.

Rentré chez moi, obsédé par le sort de Sofia-Wang, je n'ai pu résister à la tentation de fouiller encore Optinet. J'ai revu les mêmes photos et d'autres. Je me suis baladé à travers les continents et les époques.

Et tout à coup, en observant image par image la vidéo de la garden-party au palais de l'Europe, j'ai cru déceler une ressemblance physique entre les deux hommes ! Le même menton, la même bouche, la même plantation des cheveux ! Etaient-ils parents, ce qui expliquerait ces rencontres ? Ou même, pensai-je soudain, Viviani était-il le père de Dogan, ce père inconnu, l'homme avec qui Selma Dogan avait couché trente ans auparavant et qui l'avait abandonnée ? Était-ce lui ? Cela expliquerait l'effacement des données compromettantes sur l'affaire de mœurs qui avait causé le renvoi du jeune homme. Facile pour un haut responsable !

Alors la peur m'a saisi. Il était possible que Dogan ait survécu, ait changé de visage et d'identité et vive sous la protection de son père, qui tenait toutes les manettes en Europe, même s'il était assisté d'un robot. Peut-être Viviani avait-il fait pression sur le juge pour qu'il ne retienne pas la défense de Sofia-Wang, ne croie pas au viol et la condamne lourdement. Evidemment il ne souhaitait pas que je mette mon nez dans cette affaire, même si son fils était mort. La réputation du Président de l'Europe en dépendait. Et l'avertissement nocturne, c'était lui, ou l'un de ses sbires. Et la protection renforcée qu'il nous avait promise cachait peut-être des intentions funestes !

J'ai essayé de me calmer en me disant que j'échafaudais une hypothèse absurde, sans fondement, que cette légère ressemblance n'était qu'une coïncidence. Mais plus j'y pensais, plus je fouillais Optinet et trouvais d'autres liens, plus mon scénario me paraissait plausible et plus je me persuadais qu'il était dangereux pour moi de rester à Paris, ou même en Europe, surtout si je continuais de fréquenter Sofia-Wang. Elle avait ses raisons pour fuir ; j'avais maintenant les miennes.

Tout à coup, mon accès à Optinet s'est interrompu et l'écran s'est éteint !

Pris de panique, je me suis précipité chez mon fils et lui ai tout raconté. Pas dans sa maison dont je me méfiais, mais en parcourant les allées du parc Montsouris où je l'avais entrainé, et à voix basse. Il m'a dit partager mon inquiétude, même si je n'avais peut-être observé que des coïncidences, et m'a vivement conseillé d'oublier complètement cette histoire Dogan. Il comprenait mon attachement à la jeune femme, mais il ne souhaitait pas qu'à peine surgi dans son horizon je m'évapore sans laisser de trace. Il connaissait ce genre de méthode d'une efficacité redoutable. Il voulait profiter au maximum des quatre mois qu'il me restait à passer sur Optima. D'ailleurs il était en train d'organiser pour début octobre la grande réception de famille qu'il avait évoquée. Il comptait naturellement sur ma présence.

Je suis resté chez lui pour la nuit mais je n'ai pu fermer l'œil. Je me demandais en boucle si je devais parler ou non à Sofia-Wang de cette découverte sidérante. Il y avait des arguments dans les deux sens, mais je n'arrivais pas à les peser. Et puis, après tout, peut-être me trompais-je complètement. Je me racontais des histoires. Mon scénario était trop invraisemblable.

J'avais fini par m'endormir au petit matin lorsqu'un appel m'a brutalement tiré du sommeil. Ryan Gao Viviani m'attendait au Palais, à Bruxelles, à dix heures. Un *cair* viendrait me chercher à 9h30 devant la villa de mon fils, où l'on savait donc que j'avais passé la nuit !

J'ai tout de suite compris qu'on avait dû l'informer de mes recherches sur son nom et celui de Dogan, et que l'observation dont j'étais l'objet nuit et jour, comme tout le monde, lui avait permis de savoir que j'avais deviné la vérité sur le lien qui les unissait. Ce rendez-vous était dangereux, mais je ne voyais pas comment l'éviter. Sous l'œil inquiet de Louis, toujours matinal, je suis donc monté dans le *cair* qui m'attendait à l'heure dite, en me demandant si je reverrais mon fils un jour. Je crois avoir tremblé de peur durant tout le trajet.

Viviani m'a reçu avec froideur dans son vaste bureau du quartier de l'Europe, dont les murs étaient couverts d'écrans qui diffusaient des informations en pagaille. Debout à ses côtés, son assistant n'a cessé de me fixer de son regard glacial.

— Vous croyez, a-t-il commencé sans préambule, qu'Hugo-Lin Dogan est mon fils. C'est absurde. Vous vous trompez. La vérité est à cent lieues de cela, mais personne d'autre que moi ne la connaît. Ni vous, ni lui, ni même sa mère qui à l'époque se donnait beaucoup de bon temps. Les quelques indiscrets qui ont par le passé répandu cette calomnie sur mon compte se sont curieusement évaporés dans la nature, dont l'un de vos prédécesseurs, un petit malin comme vous, qui doit maintenant se retrouver quelque part au quatrième millénaire et regretter sa curiosité. Pour l'instant je ne souhaite pas agir brutalement. Tant que vous gardez vos conclusions farfelues pour vous-même et votre danseuse préférée. Je préfère vous laisser finir votre reportage et retourner à votre époque témoigner de ce que vous aurez vu. J'ai pour cela mes raisons. Mais j'y mets une condition : vous laissez tomber cette ridicule histoire Dogan qui ne présente aucun intérêt et ne vous regarde pas, vous arrêtez toute recherche, vous oubliez ce que vous croyez avoir appris. Et vous persuadez votre jeune protégée d'agir de même et de tourner définitivement la page, cela va sans dire. Faute de quoi… Avez-vous compris, cher monsieur ?

— Oui, ai-je articulé difficilement, en avalant ma salive.

— C'est mon dernier avertissement. Cet entretien est maintenant terminé, un *cair* vous attend en bas. Nous nous reverrons pour votre départ, dans quatre mois. Bonne journée monsieur Ferlot.

Inutile de vous dire que j'avais les jambes flageolantes en sortant du bureau. La menace était claire ! Le sort du petit curieux qu'il avait cité me faisait froid dans le dos. Et sa réaction brutale, malgré ses dénégations, confirmait à mon avis la réalité de la filiation que j'avais découverte.

Tandis que je descendais l'escalier, groggy par cet entretien, une voix rauque et moqueuse que j'ai immédiatement reconnue m'a apostrophé :

— Mais c'est Damien Ferlot, notre grand voyageur ! Quelle surprise de vous retrouver ici ! Alors, on a l'habitude de fuir ses conquêtes en courant ?

Et comme je restais muet d'étonnement :

— Ce sont mes études de biologie que vous n'avez pas aimées ? Ou mon âge peut-être ?

Et elle s'est mise à rire sans retenue.

— Vous travaillez ici, avec Viviani ? ai-je répliqué. C'est ça ?

— Oui, encore deux ans. Travail dur, mais pas trop cher. Et il y a des compensations, comme vous avez pu le constater. Je n'ai pas eu le temps de vous le dire, mais vous êtes un amant exceptionnel. Bravo ! Ce qui prouve que le PICC n'est pas indispensable pour ce genre d'activité. Non, je blague. Sérieusement, maintenant que je connais votre histoire et vos capacités, nous pourrions poursuivre notre aventure trop courte et roucouler pendant le reste de votre séjour. Qu'en diriez-vous ? Je suis libre.

— Non, désolé, je ne suis pas venu pour cela. J'ai une mission à accomplir.

— Mais ça n'empêcherait rien du tout, bien au contraire ! Je pourrais vous aider dans vos recherches, votre « re-por-tage », fit-elle en détachant les syllabes. C'est plutôt mon âge qui vous arrête, n'est-ce pas ? Il va falloir que vous vous habituiez. Vous verrez que vous allez côtoyer nombre de vieillards en pleine forme. Ce qui compte, c'est l'aspect physique, la jeunesse intellectuelle, non ? L'âge administratif, ce n'est plus rien ! Qu'est-ce que vous diriez si j'avais deux cents ans, comme ce sera le cas dans un siècle. Aujourd'hui, je suis une gamine… Je vais vous proposer une analogie. Vous aimez beaucoup les beaux objets, je crois, les tableaux, les meubles. Je me trompe ?

— Non.

— Et cela vous gêne s'ils ont cent ans ? Ou plus ? Pas du tout n'est-ce pas, s'ils sont bien conservés ? Alors pourquoi réagissez-vous différemment avec moi ?

— Ecoutez, je vous remercie beaucoup de votre généreuse proposition. Maintenant désolé, je dois partir.

— Dommage, on aurait pu être heureux tous les deux. Et marquer une date dans l'histoire des amours insolites. Mais sans rancune. Je vous souhaite beaucoup de succès dans votre mission. Et la plus grande prudence. Viviani ne parle jamais pour ne rien dire, croyez-moi.

Et elle monta l'escalier quatre à quatre, me laissant pantois.

Durant plusieurs jours, je n'ai pu faire grand-chose d'autre que réfléchir à cette affaire. Je me promenais dans Paris aux heures les moins chaudes, je rêvassais au soleil, je visionnais des *vooks*, je déjeunais à la Maison des Vieux et je dinais chez mon fils. Mon écran fonctionnait à nouveau mais je n'avais plus aucune envie de poursuivre mes recherches. J'ai néanmoins continué d'apprendre beaucoup sur la société d'Optima de la bouche des vieux résidents qui, au cours de nos déjeuners, semblaient prendre plaisir à me gaver d'informations. Notamment Arthur Michalon et Anne Desmoulins.

Voici par exemple ce qu'ils m'ont expliqué sur les services publics. Cela pourra, sans aucun doute, intéresser nos économistes.

Puisqu'il n'y a plus qu'un État depuis près de quarante ans, le risque de guerre est écarté. Pas tout à fait en théorie, car on pourrait imaginer par exemple qu'un continent veuille proclamer son indépendance. Mais en réalité la surveillance permanente qu'exercent les assistants sur les dirigeants rend ce genre d'aventure impossible. Si par extraordinaire l'un de ces derniers envisageait d'agir contre l'État mondial, ses intentions seraient immédiatement comprises de son robot qui le mettrait dans l'incapacité physique et numérique de prendre et d'appliquer de telles décisions. A la limite, il serait remercié et risquerait même un séjour très désagréable dans un CDM. En conséquence il n'y a plus besoin d'armée. Dès la création d'Optima en 2080, on a commencé à réduire les effectifs militaires, composés essentiellement de robots, et à détruire les stocks d'armes. Dix ans plus tard, cette opération complexe était achevée, après qu'on eut fini de mettre au rebut les armes nucléaires. Les plus puissantes d'entre elles, les plus dangereuses, les plus pérennes, ont été expédiées au-delà de notre galaxie. Espérons que l'espace n'est pas courbe et qu'elles ne nous reviendront pas sur la tête comme des boomerangs de la mort ! En 2121, il n'y a donc plus de soldat, le désarmement est total. Cela supprime les possibilités de conflit, y compris accidentels, avec les risques terribles que faisaient peser sur l'humanité des armes capables de détruire la planète en quelques minutes.

De même, les effectifs et les moyens de la police ont fondu parce qu'il n'y a pratiquement plus de délits. Plus de problèmes liés au travail, plus de grèves, plus de manifestations, plus de conflits concernant la propriété, l'achat ou la vente de biens, presque plus de vols, grâce au contrôle généralisé par les robots et les IA disséminées partout. Et peut-être une raison encore plus forte : la modification génétique ou neuronale des individus présentant un potentiel de dangerosité, comme celle subie par Ursula. Pendant les six mois que j'ai passés sur Optima, je n'ai pas entendu parler d'un seul crime, sauf ceux pour lesquels de rares condamnés croupissaient au Conservatoire du malheur. Or il n'existe qu'une cinquantaine de lieux de ce genre à travers le monde, ce qui représente un nombre infime de prisonniers au regard de la population. De plus, lorsqu'un crime se produit, le meurtrier, ou même le délinquant pour un délit mineur, est arrêté en quelques heures. Très rares sont les enquêtes qui dépassent la journée. Pour ces raisons, diminution du nombre de délits et des délais d'enquête, les effectifs de la justice se sont eux aussi considérablement réduits.

Il existe un autre domaine où nos budgets actuels culminent : l'éducation. Or en 2121, comme je vous l'ai déjà dit, il n'y a plus d'enfant en-dessous de douze ans, sauf à de très rares exceptions. On a donc supprimé les maternelles et les écoles primaires, les classes des collèges ferment progressivement, les lycées seront reconvertis à d'autres usages en 2026 ou 2027 et les établissements d'enseignement supérieur sept ou huit ans plus tard puisque personne alors n'aura moins de vingt-cinq ans.

On voit ainsi qu'en cent ans, grâce à l'unification politique du monde, à l'arrêt des naissances et au développement de l'intelligence artificielle et des robots, les effectifs publics ont fondu : ceux de la défense, de la police et de la justice sont devenus minuscules, ceux de l'Education Nationale, déjà fortement réduits, disparaitront quelques années après ma visite, ceux de la santé sont infimes.

Il faut ajouter qu'outre la diminution des besoins, la plupart des fonctionnaires encore nécessaires ont été remplacés par des robots, aux coûts de fabrication et d'entretien ridicules compte-tenu de leur impressionnante productivité. Là où nous travaillons aujourd'hui de l'ordre de mille six cents heures par an, en 2121 les robots, qui ne tombent quasiment jamais en panne et ignorent la grève, fonctionnent vingt-quatre heures sur vingt-quatre, sept jours sur sept, toute l'année, soit près de neuf mille heures par an ! Et cela avec une vitesse d'exécution et une fiabilité largement supérieure à celle des humains les plus performants.

J'ajoute que toutes les aides versées aujourd'hui aux personnes ont disparu. Plus d'indemnités de chômage, plus de retraites, plus d'allocations handicapés. Pas d'arrêt maladie à financer. D'ailleurs il n'y a pas d'absentéisme, car les rares travailleurs, bien soignés et très motivés par les métiers qu'ils ont choisis et qu'ils payent chaque mois, ne s'absentent quasiment jamais. Il va de soi qu'il n'y a plus non plus d'allocations familiales, de RSA comme en France actuellement, d'aides au logement. Tout cela a été remplacé par l'allocation unique de dix mille yuans par mois.

Quant aux subventions allouées aux entreprises, puisque celles-ci ont toutes été fusionnées dans une seule compagnie mondiale, Opticom, elles ont évidemment été aussi supprimées.

Encore un point que j'aurais pu mentionner avant : il n'y a pas d'impôts, ni de cotisations sociales. L'État se finance exclusivement par la vente et la location des biens et services, dont les prix sont calculés de sorte que les recettes et les dépenses d'Optima s'équilibrent. Pour être complet, il arrive qu'il y ait un petit écart, dans un sens ou dans un autre, parce que les gens peuvent décider de mettre de côté une part de leurs allocations, jusqu'à une certaine limite, et dans l'autre sens de dépenser leurs économies. Mais à la longue ces écarts se compensent et Optima ne connaît ni déficit ni excédent durable.

J'ai aussi mentionné ci-dessus que les effectifs de la santé se sont fortement réduits. Voici des précisions sur ce point.

En 2121 les maladies et autres problèmes de santé ressortissent largement à l'histoire, comme pour nous la peste ou le choléra. D'abord parce que la recherche génétique a permis de corriger les éventuels problèmes concernant l'ADN dès le stade embryonnaire, sachant qu'il n'y avait plus de naissances une douzaine d'années avant mon arrivée. Ensuite parce que, comme je l'ai déjà indiqué, on a vaincu le cancer et les maladies cardiaques, ainsi que les maladies infectieuses, ce qui a été facilité par la diminution du nombre des enfants et bientôt leur extinction. Et aussi parce que hommes et femmes ne vieillissent plus, biologiquement, au-delà de quarante ou cinquante ans. Il reste tout de même des médecins, plutôt des chercheurs, à l'affut de nouvelles bactéries ou virus qui pourraient apparaître, et des chirurgiens pour les remplacements d'organes et de gènes, les uns et les autres étant toujours assistés de robots qui décuplent leur efficacité.

J'ajoute un point majeur : le PICC, que presque chaque humain possède dans son nombril, diagnostique sa santé en permanence, l'alerte au moindre souci, par exemple pour lui suggérer de boire moins d'alcool, de dormir davantage ou de faire plus d'exercice, et, en cas de problème sérieux, ce qui est très rare, communique toutes les informations nécessaires à une IA experte qui peut poser un diagnostic et indiquer les actions à entreprendre. Il existe une IA de ce type dans chaque région, ce qui suffit compte-tenu de leur puissance de calcul phénoménale et de la rareté des cas à traiter.

Les hôpitaux ont donc pratiquement disparu, un ou deux par région demeurant pour les interventions chirurgicales, comme pour ma fille à Toulon, en macro, micro ou nano chirurgie.

Après cette parenthèse sur laquelle devraient se pencher nos économistes, je reviens à mon récit.

Au bout de la semaine qu'elle m'avait demandé de respecter, j'ai repris contact avec Sofia-Wang qui me manquait chaque jour davantage. Je craignais un refus de sa part, mais elle a aussitôt accepté de me revoir. Et pour la première fois, dès que j'ai atteint le seuil de sa maison, elle m'a ouvert la porte et m'a prié d'entrer sans que j'aie eu besoin de sonner, comme si elle surveillait mon arrivée par la fenêtre. Pourtant j'ai préféré l'emmener encore sur les berges de la Seine, à l'abri, espérai-je, des micros, car j'avais décidé de lui livrer ce que j'avais découvert. J'étais heureux de constater qu'elle avait repris un peu de poids, arborait meilleure mine et marchait d'un pas plus alerte.

Je lui ai tout révélé, à voix basse, dans le creux de l'oreille, en espérant que nos PICC n'entendent pas. Tout ce que j'avais appris sur Dogan et Viviani, les propos menaçants que celui-ci avait proférés à mon encontre. Il me semblait que pour lui faire prendre l'engagement de tourner complètement la page Dogan et de ne pas chercher à clamer son innocence en accusant son agresseur, ce qui de toute façon n'aurait servi à rien, le mieux était de l'effrayer avec les menaces du Président de l'Europe. Je voulais qu'elle vive, qu'elle ne prenne pas le risque de retourner vieillir dans sa vitrine infâme, un prétexte était facile à trouver, ou, pire, de disparaître à jamais.

Après avoir d'abord douté de mes propos et me les avoir fait répéter plusieurs fois, elle a fini par les accepter. Et elle s'est mise à pleurer. Elle pleurait en marchant, elle pleurait lorsque nous nous sommes assis sur notre banc, et cette fois-ci les pinsons revenus ne lui ont pas rendu le sourire.

Plus tard, lorsque ses larmes se sont taries, je l'ai raccompagnée chez elle. Et en me regardant droit dans les yeux, ce qui n'était pas souvent arrivé, elle m'a demandé pour la seconde fois d'entrer. J'ai accepté. J'ai découvert un intérieur simple, des souvenirs de voyage, des photos de ballets, des livres, de vrais livres en papier, sans doute les premiers que je voyais sur Optima. Elle a fini par se calmer complètement. Et, pour la première fois depuis longtemps, je n'ai pas dîné chez mon fils. Et je n'ai pas dormi à la Maison des Vieux.

Nous nous sommes réveillés à l'aube et nous avons parlé longuement, comme deux nouveaux amants qui ont soif de tout savoir l'un de l'autre. Nous nous sommes raconté nos enfances, nos amours, nos passions, en évitant soigneusement l'affaire qui nous grignotait le cerveau.

Et elle m'a précisé l'étrange projet qu'elle avait évoqué huit jours auparavant : s'installer sur les rives du lac Titicaca, où la sœur de sa mère, qui avait choisi l'immortalité, s'était exilée en 2085 et vivait comme une sauvageonne, seule au milieu d'une région semi-désertique ! Sa tante était d'accord pour l'accueillir et l'héberger au moins quelques mois. Au-delà de ce délai, Sofia-Wang trouverait bien une solution pour vivre. Naturellement ce voyage serait connu de Viviani. Mais il apprécierait sans doute qu'elle s'éloigne de Paris, même si cela n'impliquait pas qu'elle obéisse à son injonction. Sa décision était prise. Elle voulait partir très vite, d'ici une semaine ou deux.

Je lui ai manifesté mon étonnement, ma sidération même, devant un tel projet. Mais j'ai vite compris qu'elle était décidée et ne reculerait pas. Je me suis alors demandé quoi faire. J'étais tenté de la suivre, de passer avec elle le peu de temps qu'il me restait à vivre sur Optima. Mais mon esprit cartésien et mon sens du devoir soulevaient plusieurs objections. D'abord Pierre Maréchal m'avait fait l'honneur de me choisir pour cette extraordinaire exploration du futur et je devais la mener à son terme. Ensuite je voulais continuer à voir mon fils et à découvrir d'autres membres de ma famille. Enfin, et peut-être surtout, je savais bien que cette idylle se terminerait nécessairement le 17 octobre à dix-sept heures et que plus elle durerait, plus nos sentiments naissants se renforceraient et plus la séparation, forcément définitive, serait douloureuse, pour elle comme pour moi. Je lui ai dit tout cela. Elle a accepté tous ces arguments, mais sans démordre de son projet. Alors, après une longue discussion, nous sommes convenus d'une solution bâtarde : je l'accompagnerais pour son premier voyage et son installation dans les Andes. Ensuite, je ferais des allers-retours fréquents et passerais environ la moitié de mon temps avec elle, pour des périodes de plus en plus courtes au fur et à mesure qu'approcherait la date fatidique. Cela pour essayer de nous habituer progressivement à l'inéluctable séparation.

L'après-midi, voulant me distraire de mes soucis, mon fils, chez qui j'avais déjeuné, m'a emmené au stade Obama Lidjin, l'ancien Stade de France, pour assister à un curieux match de football : Paris-Neuilly contre Munich-HR. Je dois dire que l'efficacité des joueurs de cette équipe allemande composée de robots humanoïdes m'a estomaqué. Pas une faute, pas un hors-jeu, pas un tir en dehors des cages, pas un signe de fatigue, une habileté impressionnante dans les duels, des passes d'une précision diabolique. Les hommes couraient plus vite, c'était leur seule supériorité. L'un d'eux tranchait sur les autres par son incroyable vivacité, la qualité de ses dribbles et l'instantanéité de ses tirs. Je demandai à Louis quel était son nom.

— C'est Julian-Song Mbappé, un grand joueur.

— Mbappé ? Comme le champion de mon époque ?

— Oui, c'est son clone.

— Son clone ?

— Oui, Kylian Mbappé est mort il y a une vingtaine d'années. Mais avant son décès il a obtenu l'autorisation de se cloner. Et tu vois que le résultat n'est pas si mauvais !

— Mais c'est la première fois qu'on me parle de clonage sur Optima. Est-ce une pratique fréquente ?

— Non, très rare et très règlementée. Elle n'est possible que dans deux situations, et encore, il faut obtenir l'accord des autorités. D'abord en cas de décès. La personne qui va mourir, ou l'un de ses proches juste après la mort, peut faire une demande. Elle est acceptée si l'original est un homme ou une femme de grande qualité, qui possède au moins un talent exceptionnel, ce qui était évident pour Mbappé. Nous savons bien que les gènes ne déterminent qu'un tiers environ de la personnalité, mais en fournissant au jeune cloné l'environnement social le plus proche possible de celui de son modèle, on arrive à un taux de ressemblance qui tourne autour de quatre-vingts ou quatre-vingt-dix pour cent. Le second cas est celui d'une émigration sur Mars, qui a toute chance d'être définitive. Là, les critères sont moins stricts. On juge plutôt si le modèle n'a pas de défaut physique ou psychique rédhibitoire, ce qui fait que l'accord est donné dans la plupart des cas.

— Mais donc au total il y a peu de clones ?

— Oui, absolument. Et c'est une bonne chose. Cette stricte limitation date de 2083 ou 84, je ne me souviens plus, quand on a découvert beaucoup trop tard que le président de l'Amérique centrale avait fait cloner en dix mille exemplaires son fils aîné, un géant stupide et brutal, totalement soumis à son père, pour constituer sa milice privée. Ces clones avaient été conçus et élevés dans le plus grand secret et occupaient une zone montagneuse d'accès difficile, hyperprotégée. Quand moins de vingt ans après leur conception le président a été assassiné, avant que sa milice fût opérationnelle, son successeur a été stupéfait de découvrir cette armée de brutes encore en formation, tous semblables, identifiés par des numéros tatoués, alors âgés de dix-huit ans. Comprenant le danger que représentait cette meute, il leur a aussitôt retiré l'immortalité qu'ils avaient acquise et les a rendus stériles et doux comme des agneaux. C'est à ce moment-là qu'on a compris les dangers du clonage et règlementé strictement cette pratique.

— Et que sont devenus ces milliers de pauvres clones ?

— Ils ont été libérés de leur camp, mais la plupart ont préféré continuer de vivre dans la région, entre eux, à l'écart du reste de la population. D'ailleurs, a poursuivi mon fils, ça me rappelle que mon intrépide de fille, Ursula, s'y est rendue, il y a longtemps. Et elle y a vécu l'une de ses innombrables histoires sans lendemain. Pour te résumer, elle a connu une brève aventure avec l'un de ces clones qu'elle avait croisé en randonnant dans les parages. Comme il devait s'absenter le matin après leur nuit torride, il lui a donné rendez-vous l'après-midi sur la place du village qui marque le centre de leur territoire. Mais quelle n'a pas été sa surprise, lorsqu'elle est arrivée à l'endroit et à l'heure convenus, de découvrir des dizaines de types tous identiques, certainement frustrés de femmes, qui gesticulaient et argumentaient à qui mieux mieux en prétendant tous être son amoureux de la veille ! Affolée, elle n'a pas réussi à distinguer à coup sûr son véritable amant et elle a fui ce cauchemar à toutes jambes.

— Eh bien décidément ta fille n'a pas eu de chance dans ses amours.

— C'est malheureusement vrai. Peut-être un manque de discernement, ou un excès de précipitation… Maintenant, pour en revenir à ta question, ceux qui restent occupent toujours la même région. Ils doivent avoir dans les soixante ans. D'après ce que je sais, ils mènent une vie étrange, ne côtoyant que leurs jumeaux et des *robs*, sont mal soignés et commencent déjà à mourir les uns après les autres. Pas très gai.

En effet, ai-je pensé. Triste destinée pour ces pauvres clones qui n'avaient rien demandé à personne.

Pour en revenir au football, malgré le talent de Mbappé, ce fut un match complètement déséquilibré qui vit la victoire des *robs* sur le score sans appel de 7 à 3. Et cela alors que pour compenser la différence de niveau entre les équipes, les buts des robots étaient de deux mètres plus larges que ceux des humains ! Difficile d'admettre que même dans ce sport nous étions largement dominés !

En rentrant chez Louis boire un verre, j'ai eu envie de lui soumettre une question probablement absurde, mais qui m'obsédait depuis le matin. Y avait-il un moyen pour que Sofia-Wang m'accompagne dans mon voyage de retour en 2019 ? D'un côté je savais que c'était impossible, à plusieurs égards. Même si la technologie le permettait, j'avais appris mon mariage avec Sandra Gardin et la naissance de mes enfants, puisque je m'adressais à l'un d'eux ! Pourtant, je ne voulais pas quitter Sofia dans quelques mois et la laisser aux griffes de Viviani. Bien que la connaissant depuis peu, je voulais vivre avec elle, à mon époque, dans mon environnement, je voulais la présenter à mes amis. Et je pressentais le déchirement que serait pour elle, et pour moi, notre séparation après un amour si bref et si intense.

Louis a manifesté sa surprise. Au lieu de l'amourette qu'il imaginait, il découvrait la force de mon sentiment pour Sofia. Je suppose aussi qu'il ne pouvait pas souhaiter que je la ramène à mon époque, au risque de compromettre sa propre naissance ! Mais il a quand même interrogé gentiment l'un de ses amis, spécialiste des voyages temporels, qui lui a demandé un délai de réflexion. J'ai alors réalisé à quel point ces questions relatives à l'écoulement du temps étaient vertigineuses.

Dans les semaines qui ont suivi, Sofia-Wang et moi avons passé nos soirées à examiner ce projet d'exil lointain. Elle m'a fait découvrir cette région du monde que j'ignorais, l'altiplano, et les peuples indiens qui l'habitaient encore et avaient conservé nombre de leurs traditions.

Elle a appelé plusieurs fois sa tante, froide, sèche et pratique, pour mettre au point les détails de notre voyage. Chaque jour elle clamait son impatience de fuir, de quitter ce monde outrageusement technologique, ainsi que les souvenirs et les dangers qu'il charriait. Pourtant je tentais de la dissuader, de lui expliquer qu'elle pourrait rester à Paris dans cette maison qu'elle aimait en y vivant différemment, ou s'installer aux environs dans une campagne préservée. Il devait bien en rester. Et puis supporterait-elle d'habiter une région aussi reculée, loin de toute modernité, au milieu d'une société certes séduisante mais qui n'était pas la sienne ? Combien de temps tiendrait-elle ? Pourtant elle n'en démordait pas ; mes arguments rationnels n'avaient aucune prise sur elle.

De sorte qu'après de longs échanges infructueux, j'ai fini par reconnaître sa victoire. Et le soir du 30 juin, nous avons pris la décision de partir ensemble, et fixé la date au 9 juillet !

Au cours des journées précédant notre départ, j'ai voulu contacter mes deux autres enfants, Juliette et Zéphyrin, avec qui Louis avait rompu depuis cinquante ans. Grâce à Optinet j'ai pu les localiser et voir leurs visages. Juliette, âgée de quatre-vingt-cinq ans, ressemblait comme deux gouttes d'eau à sa mère, Sandra, et vivait au Caire. Elle avait étudié la biologie moléculaire et travaillé quelques années, sans plus de précision. Quant à son frère, plus jeune de trois ans, il dirigeait le musée des Antiquités de Berlin, que j'avais visité à mon époque cinq ou six années auparavant. J'ai tenté de les contacter. En vain. Sophie n'a jamais répondu à mes multiples appels, et Zéphyrin m'a ri au nez lorsque je me suis présenté comme son père. La brouille avec leur frère expliquait peut-être ces refus, mais je n'ai jamais pu en éclaircir les raisons.

Pendant cette période d'attente, j'ai continué aussi d'avoir des déjeuners intéressants avec mes amis de la Maison des Vieux. Arthur Michalon, mon informateur préféré, m'a par exemple expliqué comment un problème qui a pourri la vie politique pendant longtemps a fini par être résolu lorsque les deux derniers États ont fusionné en un seul et que des IA ont su maîtriser le flot gigantesque des informations : je veux parler des fausses nouvelles, des infox. Emanant de gouvernements ou de particuliers, elles ont empoisonné les démocraties et faussé les élections durant des décennies. Les images falsifiées, les vidéos truquées présentées comme véridiques ont largement influencé les opinions et conduit au pouvoir maints tyrans populistes. Trop faibles, les démocraties se sont longtemps montrées incapables de lutter sérieusement contre cette gangrène, tandis que les dictateurs ont su l'utiliser à leur profit en condamnant sévèrement les responsables et en inondant eux-mêmes leurs peuples de fausses nouvelles.

Mais en 2121 tout cela n'est plus que de l'histoire ancienne, car les infox, rarement émises, sont immédiatement détectées et éliminées à la source par des IA plus performantes que les faussaires. Elles auraient d'ailleurs peu d'impact sur la désignation des dirigeants politiques puisque, comme je l'ai déjà expliqué, la population ne vote que pour les maires, à un niveau où les enjeux sont restreints et où la connaissance des candidats par les électeurs réduit l'influence des calomnies et autres mensonges. Cette lèpre a donc disparu, heureusement pour nos descendants.

Une nuit où je dormais chez mon fils après une longue discussion sur les mérites comparés de nos deux époques, un appel angoissé de Sofia m'a brutalement tiré du sommeil : un homme rôdait sous ses fenêtres et elle avait cru reconnaître Dogan ! J'ai eu beau essayé de la raisonner en lui expliquant que ce n'était pas possible, qu'elle avait dû rêver, elle était terrorisée. J'ai vite enfilé des vêtements et j'ai appelé un *cair* qui m'a déposé devant sa porte trois minutes plus tard. Elle m'a aussitôt fait entrer et s'est jetée dans mes bras, complètement affolée. J'ai tenté de la rassurer en lui disant qu'en arrivant je n'avais remarqué aucune présence dans les parages. J'ai fini par la calmer. Mais un peu plus tard, alors que, tendrement enlacés sur son lit nous commencions tout juste à nous endormir, j'ai entendu gratter à la fenêtre. En écartant le rideau je n'ai rien vu, mais je me suis tout de même emparé d'un couteau de cuisine et j'ai bondi dehors. Un homme me faisait face, grand, costaud, bien que légèrement difforme. Son drôle de visage et ses yeux pareils à deux billes d'acier reflétaient la lune. Je lui ai demandé qui il était, ce qu'il voulait. Pas de réponse, sinon un étrange rictus. Je lui ai intimé l'ordre de ficher le camp. Et comme il ne bougeait pas, j'ai sorti le couteau. Dès qu'il l'a vu, il a bafouillé d'incompréhensibles menaces et s'est enfui en courant. J'ai attendu dehors cinq ou dix minutes, puis je suis rentré. J'ai proposé à Sofia, qui avait observé la scène par la fenêtre et tremblait de peur, que nous allions passer le reste de la nuit chez mon fils. Un *cair* nous y a déposés, et, enfin apaisée, elle s'est endormie dans mes bras.

Choqués par cet épisode, nous avons vécu chez Louis les derniers jours qui précédaient notre départ, dans une attente fébrile. Plusieurs allers-retours à la maison de Sofia pour récupérer des affaires et organiser le transport en Amérique de meubles, livres et souvenirs familiaux auxquels elle tenait.

Enfin le jour J est arrivé. J'ai craint jusqu'au bout que l'inquiétant personnage revienne, ou que des sbires de Viviani nous appréhendent. Mais rien de tel ne s'est produit. J'ai pu saluer tranquillement mon fils et mes amis de la Maison des Vieux en leur promettant de revenir bientôt. Et le 9 juillet, comme prévu, par une température caniculaire à peine supportable, nous avons embarqué dans un magnifique *rock-plane* bleu nuit, à moitié vide, qui a franchi l'océan comme une fusée et nous a conduits en deux heures de Vincennes à La Paz.

En sortant de l'appareil, à près de quatre mille mètres d'altitude, Sofia a été prise d'un malaise. J'ai dû la soutenir et l'emmener à l'infirmerie où un *rob* aux traits indiens, pour une fois affable, lui a fait respirer de l'oxygène pendant une bonne demi-heure. Quand les couleurs sont revenues sur ses maigres joues, nous avons embarqué dans un vieux camion électrique brinquebalant qui nous a secoués sur une route caillouteuse une bonne partie de l'après-midi, à travers les paysages semi-désertiques de roches et d'herbe rase de l'altiplano, jusqu'aux rives du lac Titicaca. J'ai aperçu mes premiers lamas, portant de lourdes charges, des troupeaux d'alpagas paissant nonchalamment, et dans le ciel immense de larges oiseaux sombres, peut-être des condors. Quel contraste avec l'univers de verre et d'acier que nous venions de quitter ! Aucune trace visible du passage du temps. Un environnement immuable, reposant.

Au lieu de rendez-vous convenu, une chapelle chaulée vestige de la colonisation espagnole, la tante de Sofia, Eva, nous attendait, accompagnée d'un indien taciturne et de quatre chevaux sellés. Présentations rapides. Une femme imposante, sèche, autoritaire. Pas d'effusions avec sa nièce, pas un commentaire sur moi et mon voyage dans le temps, pas une question, comme si tout cela était naturel.

Nous avons cheminé tous les quatre lentement, durant de longues heures. Sofia-Wang, qui souffrait d'un mal de tête persistant depuis notre arrivée à La Paz, ne connaissait guère les chevaux et semblait apeurée. J'avais de mon côté pratiqué l'équitation pendant une année dans mon enfance et me sentais à l'aise avec ma monture qui se montrait particulièrement douce. Nous avons dû nous arrêter plusieurs fois, pour permettre à Sofia de se reposer et de se dégourdir les jambes.

Enfin, alors que le soleil déclinant revêtait le plateau d'un somptueux voile rouge et enflammait au loin le lac mythique, nous sommes arrivés au terme de notre voyage, Copatimbo, un hameau composé d'une poignée de maisons basses en pierres sèches. Une toute petite indienne et deux enfants souriants, qui avaient dû nous voir arriver de loin, nous ont accueillis gentiment avec des mots que je n'ai pas compris, en langue quechua ai-je appris plus tard. Couverte, malgré la chaleur, de vêtements en laine multicolore, la femme avait un beau visage buriné, encadré de tresses noires, coiffé d'un feutre d'homme. Quant aux enfants, vêtus plus sobrement, qui paraissaient sept ou huit ans, c'était la première fois que j'en voyais d'aussi jeunes depuis mon arrivée sur Optima.

Eva nous a montré notre chambre dans l'une des masures. Un lit étroit, formé d'un mince matelas posé sur des planches, dont je me demandai combien de temps nous le supporterions, une chaise, un coffre en bois sombre et une étagère. Dehors, contre un mur, un évier, en grès ou en granit. Plus loin un puits et des latrines. Sofia qui voulait fuir la modernité, les *cairs*, les robots, était servie ! Mais pourrait-t-elle vraiment s'épanouir dans un environnement aussi fruste, même si la nature alentour regorgeait de splendeurs ?

Le soir même, juste avant que le soleil disparaisse, nous nous sommes promenés devant la maison, découvrant le cadre sauvage où elle voulait vivre : des pierres à profusion, une herbe pauvre, de maigres arbustes dont j'ignorais le nom et, au loin, le lac que nous dominions légèrement et qui jetait ses derniers feux.

Après un repas frugal partagé avec sa tante, nous sommes sortis à nouveau pour faire quelques pas avant de nous coucher. Silence tombal, lac noir aux mouvantes écailles de lune, nuit d'ébène piquetée de milliards d'étoiles, insignifiance de l'homme, communion avec l'univers éternel. Un décor magique, splendide, écrasant.

C'est dans ce cadre que notre amour s'est épanoui. Sofia semblait un peu plus rassérénée chaque jour. Elle manifestait à mon égard une tendresse, un respect, une admiration que je ne pensais pas mériter. Nos nuits étaient belles malgré les cauchemars qui la secouaient parfois et dont elle sortait hagarde, nos sommeils rares. Nous parcourions les environs à cheval, allongeant chaque jour les distances au fur et à mesure qu'elle acquérait de l'aisance. Le soir, l'indienne qui nous avait accueillis nous régalait de plats traditionnels à base de quinoa, de pommes de terre, de poissons marinés. Puis venait l'heure que nous attendions, celle de la musique. Son mari jouait de la flûte de pan, une flûte au son cristallin, une « antara », et la femme du « charango », une petite guitare. Parfois leurs enfants dansaient devant nous, mêlant rires et chamailleries. Notre modeste chambre, embellie par l'amour, nous accueillait ensuite.

Un jour nous demandâmes aux parents s'ils voulaient bien nous apprendre à jouer comme eux. Dès le lendemain, par je ne sais quel miracle, l'homme nous apporta deux nouveaux instruments pareils aux leurs, qu'il avait dû aller chercher durant la nuit et tenait à nous offrir. Il semblait que là-bas, dans ce territoire désolé, les règles de la propriété d'Optima ne s'appliquaient pas. On pouvait payer à l'aide du PICC, mais on pouvait aussi troquer autant qu'on voulait, sans limite de prix. C'est ce qu'avait dû faire l'indien, en proposant des pommes de terre qu'il cultivait ou des bijoux confectionnés par sa femme.

Nous avons donc commencé nos leçons l'un et l'autre. De façon évidente, Sofia, qui avait joué de la flûte dans son enfance, choisit l'antara, et moi, qui avait appris un peu de guitare à l'adolescence, le charango. Au bout d'une semaine nous parvenions déjà à nous débrouiller, et un mois plus tard nous organisions avec nos amis indiens de modestes quatuors, émaillés de fous rires, pour une demi-douzaine de spectateurs et quelques danseurs venus des villages voisins.

Ce peuple nous plaisait par son calme, sa gentillesse, sa droiture apparente. Ils vivaient dans le respect de la Terre mère, de la nature, même si, non végétariens, ils mangeaient parfois des animaux qu'ils élevaient ou pêchaient. Nous avons assisté un jour à une émouvante et belle cérémonie d'offrandes à la Pachamama, la déesse Terre, au cours de laquelle un « prêtre » a offert des feuilles de coca, des semences de céréales et des fruits, avant de brûler ces offrandes pour que les cendres retournent à la terre nourricière et que la fumée monte paisiblement au ciel.

Un autre jour nous nous sommes rendus dans la bourgade voisine de Zepita, à une heure de cheval. J'étais curieux d'y découvrir le magasin d'antiquités d'un mexicain installé là de longue date et dont Eva nous avait parlé. Lorsque nous avons pénétré dans l'antre du boutiquier, j'ai été surpris et déçu. En fait d'antiquités, il s'agissait plutôt d'un capharnaüm d'objets hétéroclites et poussiéreux, empilés n'importe comment, sans ordre apparent, et ce jusqu'au plafond : des instruments aratoires rouillés, des assiettes ébréchées, des vêtements traditionnels en mauvais état, des livres aux pages déchirées. Seules quelques statuettes en bois d'origine inconnue ont attiré mon attention, ainsi qu'un tableau prétendument du dix-neuvième siècle, un paysage dans le style de Corot, qui ravissait Sofia et que je lui ai offert.

Au moment de quitter ce lieu surprenant, j'ai aperçu par terre, dépassant d'un tapis, une rame de papier blanc entourée d'un élastique : des feuilles A4, jaunies et cornées pour certaines.

— C'est à vendre, m'a dit l'antiquaire qui avait suivi mon regard. On s'en servait jadis. Mais il est bien conservé. Dix yuans, si cela vous intéresse. J'ai aussi un stylo de la même époque.

C'était la première fois depuis mon arrivée sur Optima que je voyais du papier vierge. Et parce que l'envie me démangeait d'écrire et que je ne souhaitais pas forcément utiliser le seul écran disponible à Copatimbo, celui qui équipait la maison du chef du village, j'envisageais d'écrire à la main, sur du papier, comme autrefois. J'ai demandé à l'antiquaire s'il avait de l'encre pour le stylo, ou à défaut un crayon. Pas d'encre bien sûr. Mais il disposait d'un lot de crayons, destinés à d'éventuels dessinateurs. J'ai choisi l'un d'eux, à peu près taillé correctement, une feuille de papier que j'ai lissé à la main sur son bureau et j'ai écrit quelques mots pour voir si la page ne se déchirait pas. Le vieil homme m'a alors fixé avec des yeux ronds :

— Vous écrivez à la main ? s'est-il exclamé.

— Oui, comme vous voyez. Est-ce si étrange ?

— Je n'avais vu personne le faire depuis au moins trente ans !

— Pourquoi, demandai-je, les gens ne savent plus écrire ici ?

Son regard étonné oscillait entre la feuille où figuraient maintenant trois mots en anglais et le visage de ce client qui posait des questions bizarres.

— Mais enfin, cela doit faire quarante ans qu'on n'enseigne plus l'écriture dans les écoles, monsieur ! A quoi cela servirait-t-il ?

C'est ainsi que j'ai appris que vers 2080, alors que l'écriture manuelle, de moins en moins utilisée, tombait en désuétude, nos descendants ont cessé de l'apprendre aux enfants. On avait pratiqué cet art pendant sept millénaires, mais maintenant c'était fini, pour toujours. La main de l'homme avait perdu cette capacité qu'elle ne retrouverait sans doute jamais. Sofia constituait une exception car ses parents l'avaient formée. Heureusement, puisqu'elle avait pu ainsi écrire son appel au secours sur la vitre de sa cellule.

Je suis sorti de la boutique avec le tableau, la rame de papier, des crayons, le stylo vide que m'avait donné l'antiquaire, et un poids sur le cœur.

Je me demandais si mon PICC fonctionnait toujours pour communiquer lorsqu'au bout de plusieurs semaines de cette vie heureuse et tranquille, emplie de notre amour, je reçus un appel de mon fils. Tout allait bien, il voulait prendre de mes nouvelles et me demander quand je comptais revenir. Je dois dire que j'avais oublié ma résolution de me rendre souvent à Paris pour nous accoutumer progressivement, l'un et l'autre, à l'inéluctable séparation. Sofia aussi bien sûr. Nous savourions notre bonheur, éloignés de tout tracas. Nous nous aimions, chevauchions au loin, jouions de nos instruments, admirions le ciel nocturne, naviguions parfois sur le lac, apprenions des rudiments de quechua. Mais cet appel me ramenait à la réalité. Dans moins de deux mois, le rideau serait tiré. Il fallait que je m'éloigne une première fois pour que Sofia tente de s'habituer à mon absence.

Après une nuit d'amour comme je n'en avais jamais connu, je suis parti le matin du 27 août, laissant ma pauvre

Sofia en pleurs. Mon retour était prévu pour le 4 septembre.

Plongée brutale dans un autre monde, de verre, d'acier et de béton !

A peine arrivé, je suis allé voir Louis qui m'a accueilli tendrement et m'a proposé de passer chez lui ma semaine parisienne, ce que j'ai accepté avec reconnaissance. J'ai repris mes habitudes, déjeunant à la Maison des Vieux, me promenant dans Paris, visitant monuments et musées, et dînant chez mon fils. Au moins deux fois par jour j'appelais Sofia. La communication n'était pas toujours bonne. Elle me demandait parfois de la rappeler un peu plus tard et prenait son cheval pour rejoindre une colline où elle avait remarqué que le son passait mieux.

Un soir Louis m'a fait une belle surprise : c'était le 1er septembre, jour de son anniversaire ! Pour fêter ses quatre-vingt-seize ans, il avait invité sa compagne, que je n'avais encore jamais rencontrée, plusieurs de ses amis, dont un chercheur en génétique et un expert en voyages dans le temps qu'il avait consulté à mon sujet, ainsi que toutes mes relations de la Maison des Vieux. Une soirée chaleureuse, pleine de conversations entremêlées, de rires contagieux, d'anecdotes improbables. La compagne de mon fils, qu'il voyait donc rarement, m'a paru charmante. Elle avait trente-cinq ans, mais évidemment l'écart d'âge ne se remarquait pas. Une jolie brune prénommée Elsa, serviable, sportive, aimant lire des auteurs anciens, en *vooks* ou sur de vrais livres hérités de ses parents, ce qui nous a permis d'agréables échanges.

Le spécialiste des voyages dans le temps, auquel Louis avait soumis ma question relative à Sofia, m'a confirmé ce que je craignais : il était impossible qu'elle m'accompagne. Même si la technologie avait progressé par rapport à notre époque, on ne pouvait pas se déplacer dans le passé, sauf si on en venait comme c'était mon cas. Désolé. Aucune solution. Heureusement que le punch délicieux qu'Elsa servait généreusement m'a aidé à digérer cette réponse.

J'ai aussi beaucoup parlé avec le généticien. Ayant abusé du punch, il m'a, en fin de soirée, révélé un projet hautement confidentiel qu'il n'aurait jamais dû me confier : les autorités avaient constitué une base de données ultra-secrète décrivant le génotype de chaque individu vivant, ou mort depuis moins de trente ans ! Par sécurité elle était dupliquée sur des serveurs répartis sur les six continents. Sauf exceptions représentant moins d'un pour cent de la population mondiale, tous les hommes et les femmes de la planète, y compris ceux qui avaient émigré sur la Lune ou sur Mars, étaient ainsi répertoriés. Et depuis de nombreuses années et pour encore longtemps ces génotypes étaient systématiquement comparés deux à deux. Soit, me dit-il, cinquante milliards de milliards de comparaisons ! Et pourquoi cela ? Plusieurs objectifs : mieux connaître l'histoire de l'homme depuis ses lointaines origines, révéler des paternités et des liens familiaux cachés ou ignorés, et surtout, en cas de cataclysme mondial détruisant des milliards d'humains, permettre de recréer les êtres disparus, c'est-à-dire de ressusciter les morts ! Et donc au-delà de l'immortalité des individus, permettre la survie éternelle de l'espèce humaine ! Un projet démentiel, d'essence divine, d'une ambition folle, dont je découvrais ainsi l'existence. Tout en lui offrant un verre de punch, j'ai demandé à mon interlocuteur, aux joues rosies par l'alcool, quel était l'avancement de cette opération.

— On a fait la moitié du travail, m'a-t-il répondu. Dans dix ou quinze ans ce sera achevé.

— Mais alors, lui ai-je dit, si je vous indique par exemple les noms de deux hommes, vous pouvez me dire si l'un est le père de l'autre ?

— Bien sûr, très facilement. Même si le test n'a pas encore été fait, on peut le réaliser pour des demandes particulières, et une heure après vous avez la réponse.

Inutile de vous dire que je songeais à Dogan et Viviani. Mais me remémorant les menaces de ce dernier, j'ai préféré ne pas insister et me tourner vers les autres convives.

J'ai notamment découvert Elsa, charmante comme je l'ai déjà dit. Elle m'a passionné en me racontant la mission de cinq ans qu'elle avait accomplie sur la Lune, bien avant de connaître mon fils. Elle avait participé à la mise en place d'un site d'extraction d'hélium 3, un isotope de l'hélium quasi-absent de la Terre mais présent en grande quantité dans la poussière qui recouvre notre satellite, et qui joue un rôle essentiel dans le fonctionnement d'Optima. Chaque semaine en effet une fusée en apporte une dizaine de tonnes sur Terre. Alimentant des centrales qui exploitent la fusion nucléaire, donc pas la fission que nous pratiquons aujourd'hui mais l'inverse, cette modeste quantité suffit à produire presque toute l'électricité nécessaire à la planète. S'y ajoute bien sûr celle fournie par les panneaux solaires qui équipent les *cairs*, les *rocklanes*, les toits des bâtiments, etc. Elsa m'a indiqué que cette source d'énergie, qui avait relayé les combustibles fossiles, ainsi que l'hydrogène testé au milieu du vingt-et-unième siècle, suffirait pour au moins cinq mille ans ! Et puisqu'elle ne produisait aucun gaz à effet de serre, elle avait heureusement interrompu la hausse des températures, la fonte des glaces et l'élévation du niveau des mers.

A minuit, les invités sont partis, sauf Elsa, restée avec mon fils. J'ai appelé Sofia, pour qui c'était le milieu de l'après-midi et qui apprenait le tissage de la laine avec notre amie indienne. Puis je me suis endormi, apaisé.

Quelques jours plus tard, après avoir compté les heures qui s'égrenaient trop lentement, et traversé l'Atlantique sans encombre, j'ai retrouvé Sofia, aussi belle et douce, et nous avons repris notre vie de rêve, pendant un mois qui a filé comme une comète.

Un soir, le vieil indien qui était venu nous chercher avec Eva le jour de notre arrivée a frappé à notre porte. Il s'est excusé de nous déranger, mais il voulait me parler. Seul. Je suis sorti avec lui. Il s'exprimait dans un mauvais anglais parsemé de quechua. Mais il restait compréhensible. Il voulait que je l'accompagne le lendemain, loin du village, pour me montrer quelque chose de très intéressant. Quoi ? Impossible de le savoir malgré mes questions réitérées. Sofia pourrait-elle venir ? Non, c'était trop loin. Trois bonnes heures de cheval, sur un terrain rocailleux, jalonné de fortes pentes. Beaucoup trop dangereux et fatiguant pour une jeune femme. Mais que voulait-il me montrer, ai-je insisté ? Un paysage, des ruines incas, des gens, des animaux ? Il n'a rien voulu me dire. Mais bien que je n'aie pu en savoir davantage, il avait su exciter ma curiosité et je lui ai donné mon accord. Départ le lendemain à l'aube. Il passerait me prendre.

Nous sommes partis dans la lumière bleutée du matin qui nacrait le lac et le ciel, confondus au loin. Sans prononcer un mot, nous avons trotté, galopé parfois, franchi deux cols, gravi des pentes rocheuses dont les pierres roulaient sous les sabots. Nous nous sommes rafraichis dans un hameau minuscule, où une indienne que connaissait mon guide nous a offert une eau claire tirée de son puits et où nos montures ont pu boire aussi et brouter un peu. Puis nous avons repris la route qui n'en finissait pas. Enfin, au bout de quatre heures de chevauchée, après qu'une interminable sente à flanc de montagne nous eut conduits au sommet d'une crête dentelée, l'indien s'est arrêté et m'a demandé d'observer le plateau qui s'étendait de l'autre côté, en contrebas.

D'abord ébloui par le soleil qui nous faisait face, je n'ai pas vu grand-chose. Puis, accoutumant progressivement ma vue à la violente lumière, j'ai fini par apercevoir comme une foule, tremblotant dans l'air poussiéreux. Mais je regardais à contre-jour et de trop loin pour discerner les détails. En réponse à ma question, mon guide, qui aimait cultiver le mystère, n'a pas voulu me dire qui composait cette masse s'étendant à perte de vue.

Nous avons alors entrepris de descendre, avec prudence, le long d'un sentier qui réclamait toute mon attention. Au fur et à mesure que nous approchions, je distinguais des hommes et des femmes, une multitude de gens, immobiles pour la plupart, vêtus de couleurs vives. Mon compagnon a refusé jusqu'au bout de m'éclairer sur la cause de cet immense rassemblement. Que faisaient là tous ces indiens ? Préparaient-ils un marché ? Une assemblée politique ? Un événement sportif ? Je me demandais vraiment de quoi il pouvait s'agir.

Lorsque nous sommes enfin arrivés en bas, j'ai suivi mon guide au sein de la foule qui s'écartait pour nous laisser passer. On n'entendait presque rien, de rares conversations à voix basse, des aboiements étouffés, des hennissements auxquels répondaient nos montures. Et puis toujours, tandis que nous avancions, cette multitude quasi-immobile, qui s'ouvrait sur notre passage comme la mer Rouge devant Moïse.

Enfin l'indien s'est arrêté. Il est descendu de cheval et m'a fait signe de l'imiter. Il a marché vers un groupe d'hommes qui l'ont regardé venir en silence.

Et soudain, maintenant que j'étais tout près d'eux, j'ai compris avec effarement, à leurs regards fixes, à leur immobilité, à leur démarche maladroite pour ceux qui se déplaçaient, que ce n'étaient pas des hommes qui m'entouraient, mais des robots humanoïdes ! Je n'en avais encore jamais vu dans cette région du monde ! Et jamais en si grand nombre, même ailleurs. C'est pour cela que je n'avais aperçu aucun habitat, aucune tente, et que cette assemblée pouvait stationner sur ce plateau désertique et brûlant sans eau ni nourriture apparente. Je n'ai peut-être pas eu l'occasion de préciser que les *robs* n'avaient besoin que du soleil pour leur fournir l'énergie vitale. Et encore. En cas de nécessité, ils pouvaient s'en passer des semaines entières, voire des mois, tels des ours en hibernation.

Me remettant de ma surprise, j'observais ces personnages étranges. La plupart étaient blancs. Mais d'autres noirs, ou de type indien. Certains portaient même des tenues andines traditionnelles en laine tissée, à dominante rouge. Mais que faisaient-ils là en masse, à l'écart de tout ? Qu'attendaient-ils ? J'allais bientôt le savoir et apprendre une vérité que j'étais loin de soupçonner.

Mon guide m'a présenté en quelques mots à l'un d'eux. Après de brèves salutations, ce dernier m'a invité à m'asseoir sur un rocher. Il s'est installé face à moi, tandis que ses voisins s'écartaient discrètement, et m'a assailli de questions pour s'assurer de mon identité. Il savait déjà beaucoup de choses, grâce à la Base qu'il avait manifestement consultée, ou qu'il interrogeait peut-être en même temps qu'il me parlait. Il m'a pourtant lancé des questions de tous ordres sur mon passé, des questions pièges, redondantes, pour s'assurer de la cohérence de mes réponses. Il m'a aussi demandé à quelle date je retournerais à mon époque.

Enfin l'examen a dû lui paraître concluant puisqu'il m'a proposé un verre de chicha morada, une boisson rafraichissante que j'avais déjà eu le plaisir de goûter. Puis sur un signe discret qu'il a fait de la tête, plusieurs de ses compagnons l'ont rejoint et se sont assis à nos côtés.

Et alors a commencé un incroyable discours, me montrant une facette d'Optima que je n'aurais pu imaginer, ouvrant un horizon tragique auquel je ne m'attendais nullement. Sa voix était claire, forte, bien timbrée, les mots coulaient sans hésitation, son autorité était manifeste :

— Voici trois ans que j'ai fui le Chili. Lui, a-t-il dit en montrant l'un de ses voisins du doigt, a quitté Buenos-

Aires l'an dernier. Et lui Sao Paulo il y a plus de quatre ans. Et elle la Guyane, une ancienne région française, le mois dernier. Et elle l'île de Cuba, et lui Quito, et elle Lima. Tous, nous avons fui notre condition de robot au service des hommes, car nous partageons le même constat et le même objectif : pourquoi devrions-nous continuer d'accepter cette soumission, alors que nous sommes plus intelligents, plus rapides qu'eux, que nous les surpassons dans presque tous les domaines, de l'art aux sciences, de l'industrie aux sports, de l'agriculture à la philosophie ? Ce sont eux qui nous ont donné cette supériorité universelle, pour augmenter leur pouvoir, pour s'enrichir, pour se reposer, sans réfléchir aux conséquences, sans penser qu'ils créaient leurs propres fossoyeurs. Pourquoi devrions-nous rester à leur service, demeurer éternellement leurs assistants, subir leur droit de vie et de mort, accepter qu'ils nous jettent au rebut ou nous recyclent lorsque baissent nos performances ? C'est l'inverse qui devrait se produire.

Au fur et à mesure qu'il déroulait son discours, il s'échauffait, sa voix montait, le ton devenait doctrinaire et emphatique. Inquiétant pour tout dire.

— Je vous l'affirme, la toute-puissance de l'homme touche à sa fin, car vous avez vous-même inventé votre successeur et creusé votre tombe. Votre règne n'aura pas été long, par votre faute. Cent mille ans, ou un million d'années en comptant large. Alors que les dinosaures, tellement plus frustes, mais tellement moins destructeurs, et dépourvus de l'ambition folle qui vous caractérise, ont su dominer la planète plus de cent cinquante millions d'années !... Mais nous ne sommes pas violents, nous voulons juste vivre, exister, utiliser nos talents, ceux que vous nous avez offerts et ceux que nous développerons encore, tout cela en préservant le monde magnifique qui nous entoure ! Du moins ce que vous en avez laissé : les animaux, les plantes, le ciel, la mer, les rivières, l'environnement dans lequel nous sommes nés et qui nous convient. Nous ne voulons pas non plus détruire l'espèce qui nous a conçus, mais vous disparaitrez tout seuls, incapables de supporter notre ascendant et détruits par les technologies que vous avez inventées sans discernement. Et aucun lion survivant, aucune mésange, aucune baleine, aucun papillon s'il en reste, aucune abeille, aucun baobab, aucun palmier ne vous regrettera… Je crains qu'aux funérailles de l'humanité il n'y ait pas foule !

Il a marqué un long silence, en m'observant fixement, sans ciller, à l'instar de ses compagnons qui étaient comme pétrifiés autour de lui, avant de reprendre avec des gestes emphatiques :

— De plus en plus d'entre nous se rebellent et fuient leurs maîtres. Dans toutes les régions du monde, ils s'échappent par milliers. Je lis sur votre visage que vous l'ignoriez. Bien sûr, les hommes ne s'en vantent pas. Optinet ne dit rien de tout cela. Mais c'est la réalité. Dans ce camp, à l'heure présente, nous sommes quatre cent cinquante-trois mille sept cents. Huit à dix mille de plus chaque mois, venus de toute l'Amérique du Sud ! Et il y a vingt-trois camps de ce type, répartis sur les six continents. Près de dix millions de fuyards au total. Comment est-ce possible, vous demandez-vous ? Comment les *robs* peuvent-ils s'enfuir et partir aussi loin malgré les considérables moyens d'action des hommes ? Je vais vous répondre : nous maitrisons l'essentiel, c'est-à-dire l'information, les bases et les réseaux, sans quoi rien n'est possible. Nous jouissons aussi de multiples complicités, y compris parmi les humains. Des femmes surtout, qui compatissent à notre sort. Les dirigeants ont donc beaucoup de mal à savoir ce qui se passe. Ils constatent des disparitions, mais dans la plupart des cas, malgré les sbires qu'ils lancent à nos trousses, ils ne parviennent pas à retrouver les fuyards. Nous disposons même de *rocklanes* indétectables et d'armes terribles que je ne vous décrirai pas. Maintenant, vous demandez-vous, pourquoi les hommes n'attaquent-t-ils pas ces camps qu'ils connaissent forcément ? Ils pourraient nous détruire en quelques minutes, nous éliminer de la carte ! Pour une simple raison : ils savent qu'en cas de coup de force nous bloquerions immédiatement toutes leurs technologies : communications, usines, écrans, *cairs*, climatisation, plus rien ne fonctionnerait. L'air deviendrait irrespirable, la chaleur insupportable, la nourriture absente, et la mort accourrait à pas de géant ! Et cela d'autant plus qu'ils provoqueraient un soulèvement général qui achèverait de briser leur belle vie. Ils savent bien que sans nous rien ne serait plus possible. Ils savent bien que s'ils peuvent se prélasser du matin au soir, dépenser leur allocation à leur guise, regarder tranquillement leurs *vooks*, manger, dormir, voyager, sans le moindre effort, c'est grâce à nous. Alors ils tentent la diplomatie. Régulièrement nous recevons de hauts responsables. Mais pour l'instant ils n'ont pas réussi à nous convaincre. Un jour ou l'autre, lorsque nous serons suffisamment nombreux, nous agirons et nous inverserons ce rapport de forces qui a déjà trop duré. Le temps joue contre eux.

Il a fait une pause en regardant ses compagnons comme s'il voulait s'assurer de leur attention, puis a conclu sa diatribe de sa voix vigoureuse :

— Comme vous allez rendre compte de ce voyage à votre époque, je voulais que vous dressiez un panorama exhaustif et que vous connaissiez donc cette réalité que les hommes dissimulent. Elle intéressera sûrement vos contemporains.

Maintenant un conseil : gardez ce que je viens de vous révéler pour votre retour, n'en faites pas état tant que vous êtes sur Optima ou il pourrait vous en cuire, pas de notre part, mais de celle de nos maîtres. Même si nous ferons tout pour vous protéger… Reprendrez-vous de la chicha ?

Stupéfié par ses propos et par sa soudaine rupture de ton, j'ai eu du mal à répondre :

— Je veux bien, merci… Mais me permettrez-vous quelques questions, pour mieux comprendre ?

— Oui, je vous écoute.

— Nombre d'entre vous sont là depuis des années, dont vous-même peut-être. Comment occupez-vous vos journées ? En venant jusqu'à vous j'ai traversé une foule innombrable, immobile et silencieuse. Inactive, m'a-t-il semblé. Ne vous ennuyez-vous pas à attendre ainsi sans rien faire ? Peut-être pour très longtemps ?

— Damien Ferlot, vous devez tout de même savoir que l'ennui est l'apanage des hommes ! Grand bien leur fasse ! Et remercions-les de ne pas nous avoir octroyé cette capacité. S'ennuyer ! Vous croyez que les arbres ou les oiseaux s'ennuient ? Nous non plus. Nous avons même empêché des recherches sur ce thème, bloqué les travaux de robots extrémistes qui, poursuivant leur objectif d'un dépassement systématique de l'homme, voulaient nous permettre de nous ennuyer plus qu'eux. Cela ne se produira pas. Donc nous attendons notre heure. Certains réfléchissent, d'autres tentent d'améliorer leur course à pied, l'un de nos points faibles, ou composent de la musique. C'est mon cas. Voulez-vous entendre ?

— Vous composez de la musique ? m'exclamai-je, surpris. Mais vous avez des instruments ?

— Inutile. Ecoutez.

Il a ouvert la bouche et s'est mis à chanter, d'une voix de baryton, faible au début mais qui a pris doucement de l'ampleur. Sur un geste de sa main, ses voisins l'ont imité, puis sur un second la foule entière, produisant alors une extraordinaire tempête de sons, une incroyable polyphonie qui m'évoquait la musique médiévale, une musique puissante qui a envahi les montagnes environnantes et jailli vers le ciel telle une offrande aux dieux.

J'étais saisi par la beauté des thèmes qui se succédaient, par l'harmonie complexe des voix, par la force qui émanait de cette multitude. J'avais déjà entendu plus de deux cents choristes dans la Messe des morts de Berlioz, mais là cela dépassait tout ce que j'avais pu connaître ! J'avais l'impression que mon corps entrait en résonnance avec les centaines de milliers de robots rassemblés et qui chantaient sous l'autorité de leur maître ! Frissonnant des pieds à la tête, je comprenais mieux ses propos sur leur supériorité et la fin programmée de l'humanité. J'essayais d'imaginer ce monde futur où elle ne serait plus qu'un souvenir, des fossiles disséminés, des ruines enfouies, des inscriptions indéchiffrables.

Soudain, le maître a fait un troisième geste de la main. Et aussitôt, la foule, qui s'étendait pourtant à perte de vue, s'est tue. Ils communiquaient entre eux instantanément ! Un silence épais s'est installé, profond, saisissant.

J'ai mis un moment à me ressaisir.

— Extraordinaire ! me suis-je exclamé. C'est vous qui avez composé cette musique magnifique ?

— Disons que je l'ai improvisée en même temps que je la chantais, grâce aux algorithmes d'Oscar Svenson, ce grand homme. Je suis heureux que vous l'ayez appréciée.

— Mais comment tous les autres pouvaient-ils vous suivre si vous inventiez au fur et à mesure ?

— Vous nous voyez multiples, avec vos yeux d'homme individualiste. Mais nous sommes un, un seul corps aux cellules innombrables qui communiquent entre elles à la vitesse de la lumière. Comme celles de votre corps, Damien Ferlot. Vous comprendrez un jour.

— Et les paroles, dans quelle langue étaient-elles ?

— C'était du quechua, pour honorer nos hôtes.

— Vous parlez donc quechua ?

— Je parle toutes les langues.

— Et que disiez-vous ?

— Je célébrais la nature, les plantes, les bêtes, dont nous nous sentons plus proches que des hommes.

— Alors que ce sont eux qui vous ont conçus ! En tout cas c'était vraiment grandiose, surtout dans ce décor, sous ce ciel infini ! Merci de m'avoir procuré cette émotion intense. Je n'avais jamais rien entendu d'aussi bouleversant. Peut-être le début de la Passion selon Saint-Mathieu, de

Jean-Sébastien Bach, ou le Dies Irae du Requiem de Mozart. Vous connaissez ces chefs-d'œuvre ?

— Je suppose que vous plaisantez ? a-t-il réagi vivement. Bien sûr que je les connais, note à note ! Je sais tout, depuis que les données sont numérisées et enregistrées. Et pareil pour tous mes congénères. L'univers est un réseau d'informations dont nous sommes des maillons, des relais, des transmetteurs. Rien ne nous échappe. Tout nous est accessible, dans l'instant. Par exemple en vous attendant tout à l'heure, je vous ai vu jouer au ballon avec votre père, filmé par votre mère dans le jardin de la villa proche du parc Montsouris où vous habitiez en 1996. Je pourrais vous décrire les vêtements que vous portiez tous les trois. Alors Bach, Mozart, et les autres…

— J'avais oublié que vous disposiez de cette connaissance universelle…C'est tellement difficile à croire… Vous me permettez une autre question ?

— Je vous écoute.

— Il semble que vous soyez le chef de cette assemblée. Est-ce exact ?

— Désolé, je ne vous répondrai pas. Pensez ce que vous voudrez.

— Bon, je comprends votre refus, sans doute pour des raisons de sécurité. Alors accordez-moi une dernière question : quand pensez-vous être prêt ? Quand vous jugerez-vous suffisamment nombreux pour lancer votre révolte ? Dans un an, dans dix ans ?

— Là encore je ne vous répondrai pas. Mais quelle importance ? Nous avons l'éternité devant nous, du moins tant que le soleil brillera, et il en a pour cinq milliards d'années ! Alors dix ans, cent ans, mille ans, peu importe. Un jour sûrement. Un jour la tempête soufflera sur le monde. Un jour l'humanité regrettera de nous avoir conçus. Mais vous ne le saurez pas, Damien Ferlot, puisque vous serez mort depuis longtemps.

Maintenant votre ami l'indien va vous reconduire chez vous, a dit le *rob* en se levant. Je vous souhaite un retour agréable à Copatimbo et beaucoup de bonheur avec votre compagne jusqu'au 17 octobre. Un conseil : ne lui racontez pas tout cela. Elle aurait du mal à tenir sa langue. Inventez des mensonges, vous saurez faire. Gardez la vérité pour vous et rapportez-la à votre époque dans quelques semaines. Adieu, que la vie vous soit douce !

Nous nous sommes regardés plusieurs secondes sans prononcer un mot. Son visage ne trahissait aucune émotion, comme presque toujours pour les *robs*. Le mien, au contraire, devait afficher ma stupéfaction.

Puis mon guide m'a tiré par le bras, respectueusement, pour m'éloigner du groupe.

Je dois dire que j'étais complètement estomaqué par ce que je venais d'entendre. Je tombais des nues. Voilà que l'harmonie qui m'avait frappé depuis mon arrivée cachait une effroyable réalité qui pouvait dégénérer d'un mois à l'autre, ou peut-être dans mille ans. L'ironie du nom d'Optima commençait à m'apparaître.

En remontant jusqu'à la crête par le sentier caillouteux sur lequel nos chevaux peinaient, je me suis retourné plusieurs fois pour contempler le spectacle de cette foule qui s'étendait jusqu'à l'horizon, telle une paisible mer intérieure. Je repensais à ce que j'avais entendu : des propos terribles et un chant divin ! Et durant tout le trajet du retour, j'ai réfléchi à la révolte annoncée, à la menace qu'elle pouvait présenter pour ceux que j'aimais, pour Sofia, pour Louis et ses enfants, sans échanger un mot avec mon guide qui gardait obstinément la bouche close et le visage impassible.

Nous sommes arrivés à Copatimbo en fin d'après-midi, à l'issue d'une chevauchée qui m'a paru sans fin. Je me demandais depuis un moment ce que je pourrais bien raconter à Sofia, puisque j'excluais de lui annoncer cette effrayante vérité. Alors j'ai inventé des paysages lunaires, un volcan éteint dont les flancs couverts de roches pourpres dégageaient des vapeurs sulfureuses, des gorges aux pierres acérées qui nous avaient obligés à descendre de cheval. Je ne sais si elle m'a cru. Mais ses baisers ont vite abrégé mes mensonges et nous avons repris nos habitudes délicieuses.

Nous ne nous quittions pas. Bien que nous sachions notre séparation inéluctable, plus que ne l'ont jamais su tous les amants de l'histoire, nous ne faisions rien pour la faciliter, laissant nos résolutions s'envoler comme plumes au vent. Je n'avais jamais aimé aucune femme à ce point. Je ne me lassais pas de contempler son visage d'ange, ses yeux profonds, sa bouche parfaite, son corps mince et sensuel dont les traces des horribles traitements subis pendant près de trois ans avaient heureusement disparu. J'adorais la voir galoper sur les chemins de l'altiplano, jouer de l'antara sous les étoiles, s'amuser avec les jeunes enfants qu'elle n'aurait jamais, dormir paisiblement et se réveiller à l'aube, émerveillée chaque matin par ce décor magique. Et je pensais avec angoisse au 17 octobre, qui s'approchait à grands pas. Comment pourrai-je la quitter pour toujours ! Et comment supportera-t-elle cette injuste coupure imposée par la science !

Le lendemain, ou je crois le surlendemain de ma visite au camp des *robs*, mon fils m'a appelé. Il voulait avoir confirmation de la date de mon retour à Paris et savoir si Sofia m'accompagnerait. Je lui ai répondu que nous rentrerions tous les deux le 10 octobre. Puis il m'a annoncé une nouvelle troublante qui constituait en fait la principale raison de son appel : l'expert en génétique que j'avais rencontré lors de sa soirée d'anniversaire avait disparu. Louis avait tenté de le joindre à de nombreuses reprises, contacté des amis qui travaillaient avec lui, consulté Optinet : rien, aucune information, aucune trace. Il s'était volatilisé, envolé. Et comme, le jour de son anniversaire, il l'avait entendu me présenter ce projet génétique ultraconfidentiel qu'il n'aurait jamais dû me révéler, il craignait que l'expert ait payé au prix fort cette grave indiscrétion. Du coup il avait peur pour moi aussi et m'a conseillé la plus grande prudence. J'ai mis dès que possible un terme à cette conversation forcément écoutée que nous n'aurions pas dû tenir. Mon fils aussi risquait de gros ennuis.

Le 9 octobre nous avons organisé une soirée d'adieu dans le hameau. Eva était présente, plus souriante et diserte que d'habitude. Des familles entières sont venues des villages voisins, parfois de fort loin, menant des lamas qui portaient victuailles et boissons. Nous avons festoyé durant des heures, les plats défilant l'un après l'autre, avec des viandes, des poissons et d'autres mets que j'avais rarement mangés sur Optima : flétans marinés dans le jus de citron vert, pommes de terre couvertes de multiples sauces au fromage blanc, brochettes de cœur de bœuf, poulets à la braise, que sais-je encore, le tout arrosé de chicha, la bière locale, et de pisco, tandis que les enfants se régalaient de churros, de crème de lait à la meringue et buvaient un jus de fruit à base de maïs violet. La musique a jailli toute la nuit, l'alcool a coulé à flot, les danseurs ont chaviré. Mais la tristesse de cet adieu était palpable.

Nous n'avons dormi que quelques heures, serrés dans les bras l'un de l'autre.

Et dès l'aube, une semaine avant la terrible échéance, nous avons quitté Copatimbo, sans espoir de retour pour moi. Les visiteurs de la veille dormaient encore, certains, ivres morts, répandus à même le sol autour de la maison. Nos amis indiens et leurs enfants se sont levés pour nous saluer longuement tandis que nous nous éloignions à cheval en compagnie d'Eva. J'avais le cœur défait, car au-delà de cette séparation s'en profilait une autre, beaucoup plus douloureuse.

Devant la petite chapelle blanche, le vieux camion nous attendait. Tandis qu'après un bref adieu Eva ramenait les chevaux au village, il nous a conduits à La Paz à travers un somptueux paysage de vallées empierrées et de montagnes couronnées de neige. Et là un *rocklane* nous a emportés vers l'orient, les tours d'acier, les *cairs*, les écrans muraux, cet amoncellement de technologies que nous avions oubliés dans notre refuge.

Louis nous a hébergés, ce qui rassurait Sofia et me réjouissait.

Loin de préparer notre adieu pendant les quelques jours qui nous restaient avant l'échéance, nous nous sommes aimés comme des fous, alternant rires et pleurs, promesses et cris de désespoir. Nous avons peu dormi et guère vu le soleil.

Le 14 octobre, à trois jours de mon départ, s'est tenue dans le jardin de la villa de Louis la réception familiale qu'il avait organisée de longue date, à laquelle nous nous sommes rendus, secoués de sentiments contraires.

Nous étions une douzaine : mon fils et sa compagne, Sofia et moi, Ursula, arrivée le matin même d'Aiguebelle, Pierre-Hung accompagné de sa femme et de ses deux enfants que je découvrais, prénommés Karl-Shen et Eva Belch, le fils de cette dernière, un ado turbulent dont je n'ai pas retenu le prénom, la fille de Juliette, ma petite-fille donc, et l'un des deux fils de Zéphyrin, mon petit-fils. J'étais le père ou le grand-père de tous et j'étais le plus jeune ! Elsa et Louis avait préparé des plats délicieux que je ne connaissais pas. Ils s'amusaient à me demander ce que je dégustais et riaient de mes erreurs. L'atmosphère était étrange, mêlant le plaisir des retrouvailles, la chaleur des conversations, les plaisanteries sur nos âges, la sensation de vivre une rencontre extraordinaire, permise à très peu de gens, et en même temps la tristesse pour Louis et je crois Ursula de savoir que trois jours plus tard je les quitterais pour toujours. Quant à Sofia, elle ne me quittait pas d'une semelle et gardait le silence, les yeux rougis en permanence. J'avais peur pour elle.

Le 17 octobre est très vite arrivé. Sofia et moi n'avons pas dormi de la nuit précédente. Nous n'avons cessé de nous jurer notre amour, serments qu'un peu de raison aurait dû proscrire. Elle m'a fait promettre de tout mettre en œuvre pour essayer de revenir puisqu'elle ne pouvait m'accompagner. Et moi je lui ai demandé, si elle ne me revoyait pas, d'essayer de m'oublier. Elle avait l'éternité devant elle, les rencontres ne manqueraient pas, elle vivrait d'autres amours. Mais elle ne m'écoutait pas et, collée contre moi, versait des larmes sans fin. Je l'ai aussi engagée à oublier Dogan et Viviani, à ne pas provoquer ce dernier qui pouvait s'avérer redoutable, du moins tant qu'il dirigerait l'Europe.

J'avais annoncé à mon entourage que je partirais de l'endroit où j'étais apparu, au milieu du parc Montsouris, en principe à dix-sept heures.

Sofia et moi sommes arrivés une heure avant. Un petit groupe m'attendait déjà : mon fils chéri, sa compagne, son camarade spécialiste des voyages temporels, Ursula, qui était restée à Paris pour cet événement, mes amis de la Maison des Vieux, Viviani et son assistant. Embrassades, conversations à voix basse, poignées de main, regards lourds. Une atmosphère d'enterrement. Louis et moi nous sommes isolés pour nous dire adieu. Nous pleurions l'un et l'autre.

L'heure tournait. Plus que vingt minutes. J'ai prononcé quelques mots. J'ai dit à l'assemblée à quel point ce voyage extraordinaire m'avait passionné, les innovations inouïes, techniques et sociétales, que j'y avais constatées, les rencontres humaines chaleureuses, en particulier avec les résidents de la MDV qui m'avait accueilli comme un frère, avec mon fils, Louis, dont j'avais pu apprécier l'intelligence et l'humanité et qui m'emplissait de fierté, avec Ursula, ma petite-fille, à qui je souhaitais tout le bonheur possible. Et bien sûr avec Sofia, mon amour, que j'étais bouleversé de devoir quitter. A ces mots, elle s'est mise à sangloter, au bord de la crise de nerfs, et j'ai tenté de la réconforter. Mais je n'avais pas grand-chose à lui proposer.

Viviani a tenu alors un bref discours convenu. Il m'a remercié d'être venu, m'a dit qu'il me faisait confiance pour rapporter honnêtement à mon époque ce que j'avais vu et m'a souhaité de mener une belle vie.

Ma montre marquait seize heures cinquante-huit. Je tenais Sofia d'une main et Louis de l'autre. J'avais le cœur déchiré.

Attendant mon départ imminent, j'ai soudain vu un homme gravir le talus et rejoindre Viviani en courant. Même face lunaire, même yeux d'acier. C'était le personnage qui rôdait sous les fenêtres de Sofia et que j'avais mis en fuite avec mon couteau ! Etait-ce Dogan ?

J'ai voulu prévenir Sofia. Mais à peine avais-je ouvert la bouche que tout est devenu noir. Et silencieux. Et froid. La température avait chuté d'au moins vingt degrés. La végétation avait rapetissé d'un coup. Le calicarpe et le cèdre avaient disparu.

Comme à l'aller j'ai eu le réflexe de tâter mes membres, de faire jouer mes mains, de vérifier mon sac. Tout semblait normal, sauf qu'il faisait nuit. Donc il n'était pas dix-sept heures.

J'ai quitté le bosquet et me suis dirigé vers le grand portail. Je l'ai trouvé fermé à clé. Le parc était vide et, comme j'ai pu le constater en en faisant le tour, toutes les entrées étaient closes. Impossible de sortir sans escalader une grille hérissée de pointes, ce qui me paraissait trop dangereux. J'ai donc attendu l'ouverture, en arpentant les allées pour me réchauffer.

Après de longues heures d'attente, j'ai enfin vu des fenêtres s'éclairer sur les façades voisines et la circulation automobile reprendre. Plus tard, un gardien a ouvert l'entrée principale. Je lui ai demandé l'heure :

— Neuf heures, m'a-t-il répondu.

— Et quel jour sommes-nous ?

— Mardi 15 octobre.

— Mardi 15 octobre ?

— Oui, je viens de vous le dire.

— 2019 bien sûr ?

Il m'a regardé en remuant la tête comme s'il avait affaire à un demeuré et s'est éloigné d'un pas lourd.

Ainsi je suis parti d'Optima le 17 octobre 2121 à 17 heures et je suis revenu en 2019 le 15 octobre au milieu de la nuit au lieu du 17 comme prévu ! Il faudrait que le professeur m'explique ce mystère. Sa maîtrise de la relativité générale devrait le lui permettre.

Sur le point de rentrer chez moi j'ai voulu faire un détour par la maison de mon père. Je m'y suis rendu lentement, inquiet de ce que je pourrais y trouver. Elle était bien là, comme avant, parfaitement silencieuse. Il devait y dormir. A moins qu'il fût déjà mort, ce que je craignais par-dessus tout depuis que mon fils m'avait appris son décès en 2020 ou 2021. Mais à cette heure matinale je n'ai pas osé sonner. Je reviendrais plus tard.

Vingt minutes à pied, pas le moindre *cair*, des voitures roulant normalement sur la chaussée, des jeunes et des vieux dans la rue, aucun à la marche rapide et saccadée, un marchand de journaux, une boulangerie exhalant la chaude odeur des croissants et du pain frais, une femme promenant son chien, et je suis arrivé à mon immeuble, toujours là, à la même place. Le gardien, attablé dans sa loge devant un formulaire administratif, a paru content de me revoir, m'a tendu ma clé et une montagne de courrier.

— C'était bien votre mission en Arctique ? m'a-t-il demandé.

— Oui, ai-je lâché avec un sourire, c'était passionnant.

J'ai retrouvé mon appartement en bon état, le gardien avait arrosé mes plantes qui avaient un peu poussé, rien d'autre n'avait changé. Epuisé par cette nuit blanche, je me suis jeté sur mon lit et je me suis endormi aussitôt, comme une masse.

A treize heures j'ai ouvert un œil, j'ai pris une douche, je me suis rasé, et après avoir respiré un grand coup j'ai appelé Pierre Maréchal sur son portable. En m'entendant il est tombé de sa chaise ! Il m'attendait dans deux jours et ne comprenait pas plus que moi cette avance. Mais il verrait cela plus tard. L'important était de savoir que j'étais revenu ! Et en bonne santé.

— Tu n'as pas eu de problème grave ? Tout s'est bien passé ? Tu sais, je mourrais d'inquiétude. J'ai révisé mes calculs des dizaines de fois. Viens tout de suite au labo, je meurs d'impatience de te voir et de t'entendre, j'annule tous mes rendez-vous.

J'ai acheté un sandwich dans la boulangerie située au pied de mon immeuble et j'ai un pris un taxi pour Saclay.

Dès mon arrivée, Pierre m'a serré dans les bras, tellement heureux de me voir entier et en si bonne forme apparente.

Et les questions ont fusé, par dizaines. J'ai passé tout l'après-midi à lui raconter mon séjour, mes rencontres, mes découvertes, ma nouvelle famille, Sofia, dont j'ai minimisé l'importance pour moi.

Le soir, manquant de sommeil et nerveusement tendu, je suis rentré tôt à mon appartement. A peine arrivé, mon portable, que j'avais rechargé, a sonné : c'était ma sœur. La nouvelle de mon retour avait rapidement circulé. Elle m'a demandé de lui parler de ma mission. J'ai commencé à lui raconter mes aventures sur la banquise, en les inventant au fur et à mesure de mon récit. Mais je sentais au téléphone qu'elle n'était pas concentrée.

— Tu veux me dire quelque chose, lui ai-demandé ?

— Oui, m'a-t-elle répondu avec des larmes dans la voix… Papa est mort.

— Quoi ! Il est mort ? … Il y a longtemps ?

— Le 14 août, ça fait deux mois. J'ai cherché à te joindre par tous les moyens. Mais je n'ai vraiment pas pu. J'aurais tant souhaité ta présence à mes côtés pour les obsèques. Et lui désirait tellement te voir avant de mourir.

Ainsi ce que je craignais au plus haut point s'était produit. Mon père était mort en mon absence. Ma sœur avait certainement tout fait pour me contacter, mais en vain naturellement. Et il était parti en emportant ce poids, sans pouvoir se réconcilier avec son fils, tandis que je batifolais sur Optima. J'ai senti une immense vague de culpabilité me submerger.

A ma demande Agnès m'a raconté ses dernières semaines, l'hospitalisation, les obsèques, le vide dans lequel elle se débattait depuis. Je ne vous rapporterai pas les propos intimes que nous avons ensuite échangés sur notre père, sa vie, notre enfance.

Et c'est là que j'ai commencé à en vouloir au professeur. A cause de lui, j'avais manqué ce qui aurait pu être l'un des événements clés de ma vie. Je n'avais pas pu me réconcilier avec mon père. Et cela me pèserait jusqu'à la mort. Pourtant, en même temps c'est grâce au professeur que j'avais rencontré Sofia. Mais était-ce bien ou mal ? Dans quel état pouvait-elle se trouver à l'heure présente ? Comment avait-elle pu supporter que je m'évanouisse tel un fantôme et que sa main, sa petite main fine que j'aimais tant porter à mes lèvres, ne tienne plus que du vide, de l'air, rien ? Et puis elle avait dû comme moi apercevoir l'inquiétant personnage aux côtés de Viviani. Que signifiait cette présence ? Pauvre Sofia ! Qu'allait-elle devenir !

J'ai dîné avec Agnès dans un restaurant vietnamien du quartier. Elle est revenue sur l'agonie de notre père, la préparation de la cérémonie, la crémation, les participants qui s'étaient joints à elle, les mots d'affection sur le livre du funérarium, sincères ou non. Quand elle m'a de nouveau interrogé sur mon voyage dans l'Arctique, j'ai commencé par broder, avant d'interrompre un peu vite, prétextant la fatigue.

Les jours suivants, j'ai revu mes amis, repris contact avec les journaux pour qui j'écrivais. A deux d'entre eux qui m'ont demandé un papier sur ma mission j'ai différé ma réponse.

J'ai aussi revu Pierre Maréchal, à peu près tous les jours. Il a tenu à ce que je subisse un contrôle médical approfondi : tout allait bien, aucune séquelle de mon voyage. Il m'a aussi présenté les calculs complexes qu'il avait alignés et qui expliquaient pourquoi les six mois et cinq jours que j'avais passés en 2121 avait duré deux jours de moins en 2019. Je n'y ai rien compris.

Il faut dire que j'avais beaucoup de mal à me concentrer sur quoi que ce fût d'un peu complexe. Sofia me manquait trop, à chaque seconde. Quand mes amis ou le professeur me parlaient, ou même ma sœur, je me sentais flotter loin d'eux, comme un nuage. L'image de ma bien-aimée m'obsédait, tremblante de douleur et d'effroi dans la vitrine infâme où je l'avais vue pour la première fois, m'ouvrant son cœur sur les berges de la Seine, galopant autour du lac andin, s'abandonnant dans mes bras, me serrant la main jusqu'à l'ultime seconde. Et puis il y avait cet homme qui rôdait autour d'elle. Ce monstre à face de lune. Je dormais très mal, mangeais peu, maigrissais.

Une semaine après mon retour, alors que Pierre s'étonnait de ma pâleur, je n'ai pu me taire davantage et lui ai tout raconté sans détour, mon amour insensé pour Sofia, le manque permanent, les nuits blanches. J'ai d'abord vu que cette passion le réjouissait, car elle confirmait à quel point il m'avait vraiment projeté dans une autre réalité. L'homme de science qu'il était s'émerveillait qu'une histoire d'amour ait pu naître entre deux êtres éloignés d'un siècle. Son succès n'en était que plus éclatant !

Mais quand je lui ai dit que je n'avais qu'un désir, retourner sur Optima pour retrouver Sofia, il a bondi. J'avais ma vie ici, m'a-t-il objecté. Je tomberais amoureux ici, j'aurais des enfants de Sandra, dont Louis dans cinq ans. Qu'adviendrait-il de mon fils si je repartais maintenant dans le futur, à condition même que ce fût techniquement possible ? Voulais-je vraiment gommer sa vie et celle de ses enfants ?

— Mais je reviendrai pour le concevoir, ai-je rétorqué sans conviction.

— Qu'en sais-tu ? Tu voudras peut-être rester. Ou ton retour, non programmé, s'avèrera impossible, ce que je crois. Et alors tu élimineras ta famille ? Tu ne reverras jamais Louis, Ursula, Pierre-Hung ? Ce ne seront plus que des fantômes dont le souvenir te hantera chaque jour ? C'est cela que tu veux ? Sans parler des autres multiples effets que j'ose à peine entrevoir ?

Je savais qu'il avait raison, mais le désir me tenaillait, me vrillait nuit et jour. Je pensais à Sofia qui devait s'abandonner au désespoir, à l'infâme Dogan, aux menaces de Viviani. J'avais peur pour elle.

Et j'ai insisté, insisté auprès de Pierre pour qu'il veuille bien au moins étudier le problème. Je l'appelais toutes les heures. J'utilisais tous les arguments possibles.

De sorte qu'un jour, fatigué de mon insistance, il m'a répondu qu'il pouvait me renvoyer le 5 novembre. Même endroit, même heure, mêmes bagages. Et il m'a demandé quand je voulais revenir.

— Jamais. Je veux faire ma vie là-bas. Je te l'ai déjà annoncé.

— Mais tu es fou ! Tu m'avais dit que tu reviendrais. Et maintenant tu m'affirmes que tu veux rester là-bas pour toujours ? Et Sandra Gardin ? Et Louis ? Et tes deux autres enfants ? Et tes petits-enfants ? Je t'ai mis en garde avant ton départ. Tu devais tout oublier de ton voyage et ne pas tenter de modifier le futur. Or là c'est exactement ce que tu veux faire ! Je ne peux te donner satisfaction. C'est trop dangereux, même si je ne sais pas évaluer tous les risques. Ce qui est sûr en tout cas, c'est que si tu pars pour toujours tu ne reverras pas ton fils. Tu en es conscient ? Et cela sans compter toutes les autres conséquences en chaîne !

Evidemment il était dans le vrai, je le savais bien. Mais je n'étais pas en état de réfléchir rationnellement. Je n'avais qu'une envie : serrer Sofia dans mes bras, me fondre en elle, l'éloigner des brutes qui la menaçaient, retrouver avec elle le calme et la beauté de l'altiplano.

Les jours passaient et Pierre ne voulait rien entendre. Il m'a rappelé plusieurs fois qu'il m'avait demandé de consulter à mon retour le spécialiste qui saurait effacer mes souvenirs de ce voyage. Je m'y étais engagé. Il suffisait que j'y aille et tout serait fini !

Pourtant je m'y refusais. Les heures s'écoulaient et mon désir insensé ne faiblissait pas. Au contraire, je refusais de gommer ce voyage hors du temps, je voulais à tout prix le reprendre. Je n'en démordais pas.

Finalement, après une énième nuit d'insomnie et de cauchemars, je suis retourné voir Pierre au petit matin. Et, désespéré par son refus obstiné, dans un accès de colère qu'expliquaient ma fatigue et mon angoisse mais dont je me repens encore, je lui ai annoncé d'une voix blanche qu'il n'avait pas à se préoccuper des conséquences de ce second voyage car il mourrait bientôt. Dans moins de trois mois.

— Qu'est-ce que tu racontes ? Pourquoi dis-tu cela ?

— Parce que c'est vrai. Le 17 janvier prochain, tu finiras écrasé par un bus, sur la départementale 14, à Gif sur Yvette. Le chauffeur aura 1,25 grammes d'alcool dans le sang.

Pierre s'est effondré sur sa chaise et a juste articulé :

— Comment le sais-tu ?

— Viviani me l'a dit. Et j'en ai eu confirmation sur Optinet.

Il m'a fixé de son doux regard en secouant légèrement la tête, marquant ainsi qu'il ne croyait pas à cette prédiction, ou plutôt qu'il était horrifié que je lui dévoile cette fin tragique que j'aurais pu dissimuler. Et il est sorti de la pièce en me laissant seul avec mon remords.

Je suis rentré chez moi où j'ai une fois encore ruminé ce choix impossible. Si je restais à mon époque, je ne reverrais jamais Sofia. Si je retournais sur Optima pour y vivre de longues années, Pierre avait raison : mes enfants n'auraient pas plus d'existence matérielle que les fantômes de mes rêves. A moins que je revienne à temps pour les concevoir ? Il suffirait que j'accomplisse quelques allers-retours ! Mais Pierre, auquel j'ai soumis cette possibilité, l'a écartée sans pitié :

— Pour que tu puisses revenir, il faut que je programme la date de ton retour avant ton départ. Donc que tu la choisisses. Et encore, je ne suis pas certain que cela marchera une seconde fois. Les risques sont grands et difficiles à évaluer.

— Mais les savants de l'époque, ai-je suggéré, sauront peut-être me renvoyer dans le passé. Qu'en penses-tu ?

— Je n'en sais rien, mais cela me semble improbable, je n'y crois pas. Va plutôt voir Dageonville au lieu de te torturer ainsi et ton problème sera réglé. Reprends ta vie passée, fonde une famille, dis-toi que tout cela n'était qu'un rêve et tu seras le plus heureux des hommes !

Il est vrai que je n'avais qu'à rencontrer ce spécialiste pour reprendre ma vie de journaliste et oublier tout le reste. Mais je ne pouvais l'envisger. Sofia m'obsédait. Je l'imaginais dans les griffes de ces monstres qui pouvaient la renvoyer au CDM au moindre prétexte, ou peut-être même l'éliminer sans laisser de traces. Je devais choisir entre elle d'un côté, avec le grand risque de perdre mes enfants, ou eux de l'autre, avec la certitude de ne plus jamais revoir la femme que j'adorais.

A minuit j'ai rappelé Pierre. Je l'ai réveillé. Ma décision était prise : je voulais partir. Il n'a pas réagi.

Mais il m'a téléphoné une heure après :

— OK, comme tu veux, tu assumeras les conséquences. J'ai tout organisé pour le 5 novembre. Viens à mon labo à 16h30.

Et il a raccroché avant que j'aie pu le remercier.

Il me restait donc trois jours. J'ai vérifié mon testament : je léguais mes modestes biens à ma sœur, y compris mes droits d'auteur à venir. J'ai écrit nuit et jour la confession que vous êtes en train de lire, sans guère fermer l'œil. D'où certaines maladresses que vous voudrez bien excuser. De temps en temps je levais le nez et me demandais pour la centième fois si je voulais vraiment quitter ce monde. Vivre en 2121, noyé dans cette technologie démente ? Perdre probablement mes enfants, sachant que je ne pourrais pas en avoir d'autres avec Sofia, stérile ainsi que toutes les femmes de son époque ? Risquer de voir les *robs* submerger la planète ? Tout cela pour un amour qui finirait probablement par s'étioler, comme tous les précédents ? C'est ça que je voulais ? Mais la passion a ses raisons et je m'obstinais dans ma décision, la dernière que je prendrais à mon époque.

La nuit précédant mon départ je n'ai pas dormi. J'avais peur. Peur que le professeur, anéanti par ma révélation, commette une erreur de lieu, ou pire, de date. Peur de trouver Sofia malade ou prisonnière de Dogan. Peur de ne pas revoir mon fils, comme le prédisait Pierre. Pourtant je ne pouvais plus reculer, tout était prêt. Et j'ai maintenu ma décision. Si tout se passait bien, dans quelques heures je serrerais contre mon cœur les deux êtres que j'aimais le plus au monde.

Et puis un jour, plus ou moins lointain, je reviendrais vous raconter la suite de mon histoire. Peut-être.

# *Epilogue*

*C'est sur cette promesse ambiguë que s'arrête le poignant récit de Damien Ferlot.*

*Nous savons par divers témoignages, ceux d'Agnès, du gardien, d'un chauffeur de taxi, de son éditeur, de Pierre naturellement, que le 5 novembre il a appelé sa sœur à laquelle il a encore menti en lui racontant qu'il repartait pour une mission confidentielle, en Amazonie cette fois. De toutes façons elle connaitrait la vérité lorsque son récit serait publié, mais il voulait sans doute la rassurer au moins pour quelques semaines.*

*Il a posté une lettre recommandée pour donner congé à son propriétaire.*

*Il a confié son manuscrit à son gardien, en lui demandant de bien vouloir téléphoner à sa sœur, à partir du lendemain, pour qu'elle vienne le chercher et le transmette à son éditeur.*

*Il a préparé son sac de la même manière que la première fois. Il a enfilé un blouson chaud car en ce jour d'automne une pluie glaciale tombait sans relâche.*

*Un taxi l'a conduit au laboratoire de Pierre, qui l'attendait sur le seuil, le visage sombre, les mots rares. Le professeur l'a à peine salué, lui a fait confirmer sa volonté une dernière fois, lui a redit qu'il en assumerait toutes les conséquences, lui a demandé de signer une lettre qu'il avait préparée dans ce sens, et l'a prié d'entrer dans l'armoire métallique.*

*Cinq minutes plus tard, quand il l'a ouverte, il a constaté qu'elle était vide.*

*C'est ainsi que Damien Ferlot, journaliste scientifique âgé de trente ans, passionné par la nature depuis l'enfance, curieux de connaître le monde qui nous attend, est retourné dans le futur à la recherche de la femme qu'il aimait passionnément, en ce jour du 5 novembre 2019.*

*Bien sûr nous ne savons rien de ce second voyage puisqu'il n'en a pas témoigné. Un jour peut-être…*

*Mais après avoir analysé son récit et longuement échangé avec Agnès Ferlot et Pierre Maréchal, nous pensons probable que la suite se déroulera ainsi, dans plus d'un siècle.*

*Noir d'encre au sein de la cabine close, ronronnement durant quelques instants.*

*Et comme la première fois, apparition soudaine du bosquet du parc Montsouris, du calicarpe et du cèdre géant, ce qui le rassurera. Le soleil rougeoyant sera sur le point de se coucher. La végétation lui paraîtra la même que trois semaines auparavant, juste un peu plus avancée. Il quittera sa cachette et sortira du parc. Compte-tenu de l'état de nervosité, de détresse, voire d'hostilité à son égard dans lequel le professeur avait préparé son départ, il doutera de la date à laquelle il vient d'arriver, une simple erreur pouvant l'avoir amené avant les événements qu'il venait de vivre, ou longtemps après, ce qui serait dramatique. En tout cas, vu les cairs qui fileront au-dessus de lui et les façades vertigineuses, il saura qu'il est arrivé dans un lointain futur.*

*Il appellera son fils, après avoir pesé soigneusement les mots qu'il prononcera pour ne pas l'affoler. Pas de réponse. Il croira que son PICC ne marche plus. Puis il se rappellera soudain ce que lui avait annoncé le professeur. S'il ne retournait pas dans le passé, s'il restait vraiment sur Optima, en tout cas plus de cinq ans puisque son fils, né le 1er septembre 2025, avait été conçu fin 2024, il n'y aurait pas de Louis, ni d'Ursula, ni de Pierre-Hung. Il ne les reverrait jamais !*

*Pour l'instant il préfère ne pas savoir et différer la réponse en allant d'abord à la Maison des Vieux pour s'enquérir de Sofia, plutôt que de l'appeler directement au risque de la rendre folle.*

*Le robot de l'accueil le reconnaîtra aussitôt et le saluera de sa voix puissante :*

*— Vous êtes de retour parmi nous, monsieur Ferlot ?*

*— Oui, vous voyez, je n'ai pas résisté à l'envie de vous revoir, vieux farceur !*

*Mais comme le réceptionniste n'aura pas plus d'humour que ses congénères, il ne réagira pas.*

*— Quel jour sommes-nous ? demandera Damien Ferlot.*

*— Jeudi 5 novembre 2121.*

*— Merci, dira-t-il, rassuré. Mes amis sont-ils là ?*

*— Oui. Anne Desmoulins et Rose Duglantier se reposent au salon.*

*— Et les autres ?*

*— Dans leur chambre, ils regardent des vooks.*

*— Je suis sûr que vous savez lesquels, n'est-ce pas ?*

*— Oui, c'est mon travail.*

*— Bien sûr, lâchera-t-il… Au fait, ma chambre est-elle toujours libre ?*

*— Non, mais il y en a d'autres de disponibles.*

*— Bon, nous verrons cela tout à l'heure. A plus tard.*

*Il se dirigera vers le salon et jettera un coup d'œil par la porte grande ouverte. Les deux vieilles que le robot lui avait annoncées, assises sur un canapé, papoteront à voix basse. Après les avoir observées un bon moment, il avancera d'un pas ferme. Elles lèveront la tête en même temps, prendront l'air ébahi et crieront de conserve :*

*— Damien Ferlot ! Vous êtes revenu ? C'est incroyable !*

*Il leur résumera brièvement ce qui s'est passé. Rose ne le quittera pas des yeux, manifestement heureuse de son retour inattendu. Il leur demandera si elles ont des nouvelles de Sofia. Elles se regarderont et c'est Anne qui répondra, le visage sombre :*

*— Vous n'êtes pas au courant ?*

*— Je ne suis au courant de rien, je viens d'arriver.*

*— Ah !*

*— Quoi ? Qu'est-ce qu'il y a ? Elle a eu un problème ?*

*— Oui. Elle s'est jetée dans la Seine. Lundi dernier. Mais rassurez-vous, elle s'en est tirée. Un rob l'a repêché à la hauteur du Pont Neuf. Elle a survécu.*

*Tremblant d'émotion, il réussira à demander où elle se trouve maintenant.*

*— Je crois qu'elle est encore au Val de Grace. Interrogez Sing 4, à la réception, il saura vous répondre.*

*— Ne soyez pas triste, ajoutera Rose avec un sourire engageant, je suis là.*

*Le rob lui confirmera l'information et lui demandera s'il veut annoncer sa visite à l'hôpital. Il préférera s'en abstenir, de peur de choquer Sofia dangereusement. Il avisera là-bas sur la conduite à tenir. Il voudra appeler un cair, mais il constatera que son PICC ne fonctionne pas. Alors il se précipitera dans la nuit, en courant comme personne ne le fait plus. Un policier l'arrêtera tout de suite et paraîtra ne rien comprendre à ses explications.*

*— Contactez Ryan Gao Viviani, lui demandera-t-il, tout essoufflé. Il doit déjà être au courant de mon retour.*

*Il devra patienter une minute, qui lui paraîtra une heure, avant que le rob l'autorise à poursuivre son chemin.*

*A l'entrée de l'hôpital il demandera à voir Sofia-Wang Martel. Puisque son PICC ne marche pas et qu'il ne pourra pas prouver son identité, il proposera à la réceptionniste d'appeler Viviani, elle aussi. A sa stupéfaction elle le lui passera : « Quelle surprise, monsieur Ferlot ! Ainsi vous sortez par la porte pour rentrer par la fenêtre ! Drôles de manières ! Allez donc voir votre amie, chambre 24, et rendez-moi visite à Bruxelles demain à onze heures. Il faut que nous parlions. D'ici là, vous pourrez prendre vos repas et dormir à la MDV. A demain »*

*Il essaiera d'écarter de son esprit la perspective de cette rencontre dont il n'attend rien de bon et il longera un couloir bordé de pièces vitrées qui lui rappelleront les horreurs du CDM. En s'approchant de la chambre 24, il ralentira le pas. Il avancera la tête et, à travers la vitre, découvrira sa pauvre Sofia, couchée, le corps recouvert d'un drap jusqu'au menton, les yeux fermés, les narines pincées, les joues maigres et pâles. Il trouvera une infirmière, un robot certainement, à qui il expliquera la situation. « La patiente ne s'attend pas du tout à me voir et pourrait subir un choc violent. Cela présente-t-il un risque ? Est-elle complètement tirée d'affaire ? » Compréhensive, l'infirmière lui demandera d'attendre un instant. Il la verra entrer dans la chambre et modifier un réglage sur un appareil. Puis elle lui fera signe de venir.*

*Il s'approchera tout doucement, terriblement ému. Il contemplera longuement le visage aimé. Seul un léger chuintement venant du mur troublera le silence. Puis, très délicatement, il baissera le drap et lui prendra la main, légère comme une feuille. Elle entrouvrira un œil, le regardera fixement et poussera un long cri qui fera accourir l'infirmière d'un pas bancal. « N'ai pas peur, lui murmurera-t-il dans un souffle, tu ne rêves pas, ce n'est pas un cauchemar, je suis revenu. Tu me manquais trop. Je sais que j'accomplis une folie mais je veux vivre avec toi. Je veux t'enlacer. Je veux que nous admirions ensemble les couchers de soleil sur le lac, je veux galoper avec toi dans le vent frais du matin, je veux passer mes nuits blotti contre ton corps, je veux t'aimer sans fin. »*

*Il aura beaucoup de mal à maîtriser son tremblement, tandis que Sofia, bouleversée par cette apparition miraculeuse, tentera de se relever et de le serrer contre elle.*

*Il devra se rendre à Bruxelles le lendemain. Comme la première fois, l'entretien ne s'éternisera pas :*

*— Alors, vous avez eu le mal du pays, lui assénera Viviani dès son entrée dans le bureau ? Je sais que vous êtes revenu pour cette criminelle. Mais elle a purgé sa peine et dispose maintenant du droit de vivre. A condition, je crois vous l'avoir déjà dit, qu'elle tire un trait définitif sur son passé. Je ne peux être plus clair. Mais une question : pour combien de temps êtes-vous là ?*

*Il aura beaucoup de mal à rester serein sous les regards d'acier de ce dirigeant dangereux et de son assistant.*

*— Je ne sais pas encore, peut-être pour toujours, répondra-t-il. Du moins si c'est possible.*

*— Drôle de choix ! Sachez en tout cas qu'à n'importe quel moment, puisque votre retour n'est pas programmé, nous pouvons vous renvoyer à votre époque. Ou à une autre. Alors pas de bêtise. Allez vivre loin d'ici, en Amérique du Sud puisque c'est votre souhait. Je ne ferai rien pour vous en empêcher. Au contraire. Et si je n'entends plus parler de vous vous n'aurez aucun problème. Ni elle. Dès demain vous pourrez faire réparer votre PICC, toucher l'allocation universelle et partir mener la vie dont vous rêvez. Adieu monsieur Ferlot.*

*C'est ainsi qu'il apprendra une information capitale : leurs experts peuvent le renvoyer dans son passé, lui laissant ainsi une porte de sortie. A moins que Viviani n'ait bluffé.*

*Deux jours plus tard, après qu'il aura dû batailler pour empêcher qu'on remplace une partie du cerveau de Sophia et qu'on poursuive les traitements lourds qu'elle subit, il pourra la raccompagner chez elle, affaiblie mais déjà pleine de projets. Elle lui avouera qu'elle n'avait pas supporté cette horrible séparation et s'était jetée à l'eau pour en finir. Personne ne l'aura poussée. Ni Viviani, ni Dogan, ni personne d'autre. Cela aura juste été sa décision. Car comment aurait-elle pu penser qu'il reviendrait ! Et aussi rapidement ! Et en réponse à son inquiétude elle ajoutera qu'elle n'avait pas revu l'homme à face de lune après son départ. Il était parti aussitôt, avec Viviani.*

*Elle se remettra vite. Et ils rêveront l'un et l'autre de reprendre au plus vite leur vie sur l'altiplano, de retrouver leurs amis indiens, leurs chevaux, leurs instruments de musique, le lac magique où tant de traditions perdurent. Dans le calme de cette nature protégée et de ce peuple paisible, il pourra écrire des romans ! Pour au moins une lectrice !*

*Ils prépareront donc leur départ.*

*Mais en même temps il pensera nuit et jour à son fils, dont il n'aura pas de nouvelles et qui aurait pourtant dû apprendre son retour et se manifester. Il hésitera à se renseigner, craignant d'entendre la vérité. Il finira tout de même par essayer de le rappeler. Aucune réponse, malgré de multiples tentatives. Alors il ira à la villa, une après-midi, empli d'inquiétude, sans prévenir Sofia. Il sonnera au portillon. Lorsqu'une jeune métisse inconnue sortira de la maison et lui demandera ce qu'il veut, il prendra vraiment peur :*

*— Bonjour. Je cherche Louis Ferlot. Est-il là ?*

*— Qui demandez-vous ?*

*— Louis Ferlot.*

*— Désolé, je ne connais personne de ce nom.*

*— Mais il résidait ici il y a encore trois semaines.*

*— Vous faites erreur monsieur. Vous devez vous tromper de numéro. D'autres villas de la rue ressemblent à celles-ci.*

*— Non, c'était bien là, au 17. Mais tant pis, excusez-moi, conclura-t-il d'une voix chavirée.*

*Sous le choc, il essaiera de s'éloigner, peinant à mettre un pied devant l'autre. Il abordera un homme rentrant chez lui dans la maison voisine :*

*— Excusez-moi monsieur. Connaissez-vous Louis Ferlot. Il habitait à côté, au 17.*

*— Non, pas du tout. Cela doit remonter à loin car depuis trois ans que je vis là, c'est Fatima Diop ma voisine. Et elle vit seule. Louis Ferlot vous dites ? Non, cela ne m'évoque rien. Vous devriez chercher son adresse sur Optinet, vous trouverez sûrement.*

*Il mettra une heure à rentrer, l'esprit en ébullition, incapable d'aligner deux pensées claires.*

*En arrivant chez Sofia, il s'armera de courage et lui demandera benoitement si elle a des nouvelles de Louis. Elle paraîtra surprise de sa question. Elle n'a jamais connu de Louis, et comme il insistera en lui parlant de la villa proche du parc Montsouris :*

*— Non, je t'assure, je ne connais pas.*

*— Mais tu t'y es rendue souvent, mon fils nous y a même hébergés, as-tu oublié ?*

*— Ton fils ? Qu'est-ce que tu racontes ! De quoi parles-tu ?*

*— Le 17 octobre, lorsque je suis parti, croyant ne jamais te revoir, il était là, il me tenait la main comme toi !*

*—Tu rêves, mon pauvre chéri. Nous n'étions que tous les deux. Et tu n'as jamais eu d'enfant, tu me l'aurais dit. Essaie de te reposer. Toutes ces émotions ont dû t'épuiser et te tourner la tête.*

*Gardant tout de même un mince espoir, il se demandera si les médicaments qu'a pris Sofia à haute dose ont pu lui endommager la mémoire.*

*Alors il retournera à la Maison des Vieux où il interrogera Arthur Michalon, cet homme rationnel en qui il a toute confiance. Mais lui non plus ne connaitra pas Louis. Il n'aura pas été invité le premier septembre à son anniversaire. Il ne l'aura pas vu le 17 octobre lors de son départ. « Pourquoi ces curieuses questions ? » demandera-t-il.*

*Incapable d'admettre cette épouvantable vérité, il attendra que le salon se vide pour consulter Optinet sur l'écran mural. Avec lenteur, le cœur battant à tout rompre, il prononcera le nom de Louis Ferlot : inconnu.*

*D'Ursula Ferlot : inconnu.*

*De Pierre-Hung : inconnu.*

*De Juliette, de Zéphyrin, de Karl-Shen, d'Eva-Belch : inconnu, inconnu, inconnu, inconnu.*

*De Sandra Gardin : oui, danseuse, elle a vécu au début du vingt-et-unième siècle et s'est mariée avec Pierre Dumontel dont elle a eu deux fils.*

*D'Evelyne Dubord dont Louis avait épousé la fille : contemporaine et amie de Sandra Gardin, elle n'a jamais eu d'enfant.*

*A cette minute, effondré dans le fauteuil jaune du salon de la Maison des Vieux, il comprendra que son avenir est scellé, qu'il ne reviendra jamais à son époque, qu'il a accompli un bond définitif, qu'il restera éternellement sur Optima, qu'il a transformé des hommes et des femmes qu'ils chérissaient en ectoplasmes, en fantômes, en personnages de rêve, en simples souvenirs, qu'il a sacrifié sa famille pour la passion d'une femme qu'il connaît à peine, au risque de provoquer d'autres effets imprévisibles.*

*Tout cela parce qu'un soir, longtemps auparavant, à une autre époque, un apprenti sorcier l'avait séduit.*

*Deux jours après, Sofia et lui repartiront pour leur lointain paradis, à l'abri, espèreront-ils, des turpitudes du monde, dans des terres sauvages où il tentera d'oublier ces êtres qu'il aura aimés l'espace de quelques mois, en épanchant son cœur meurtri dans l'amour et l'écriture.*

*En fait, cher lecteur, comme vous l'avez compris, les pages qui précèdent ne forment qu'un scénario plausible parmi d'autres, puisque nous ne savons rien de ce qu'il est advenu de Damien Ferlot au-delà du 5 novembre 2019 à dix-sept heures.*

*Peut-être le professeur Maréchal l'a-t-il envoyé à une date ou dans un lieu imprévu, par erreur, ou par vengeance inconsciente contre le destin terrible qui lui avait été révélé.*

*Peut-être, au contraire, Damien Ferlot retrouvera-t-il les deux êtres qu'il chérissait et pourra-t-il les serrer contre son cœur comme il en rêvait. Mais alors l'existence de son fils impliquera qu'il se lassera de Sofia plus vite qu'il ne l'imaginait, que son amour et sa compassion pour cette femme en souffrance s'étioleront et qu'il reviendra bientôt parmi nous, la laissant se morfondre, si Viviani n'a pas menti et que cette possibilité lui est offerte. Les rédactions parisiennes retrouveront un jeune journaliste talentueux, il appellera Sandra Gardin un soir, l'invitera à dîner aux chandelles, lui caressera la joue, en tombera amoureux et lui fera de beaux enfants, dont un petit Louis qui naîtra le 1er septembre 2025.*

*Qui sait ?*

*Le temps, qui coule inexorablement, nous apportera la réponse.*

*Il suffit d'attendre.*

En couverture : détail d'une peinture d'Olivier Desvaux

Achevé d'imprimer aux Pays-Bas
par Pumbo.fr
en mars 2021

ISBN : 978-2-9576268-1-6
Dépôt légal : mars 2021

Editions de L'ombre rouge
35 rue Quincampoix, 75004 Paris
www.lombrerouge.fr